現代川柳の宇宙

佐藤 岳俊

新葉館出版

現代川柳の宇宙■目次

現代川柳の宇宙 ■ 目次

〈I〉

〈II〉

〈III〉

〈Ⅳ〉

現代川柳の宇宙

I

白石朝太郎《しらいしあさたろう》の世界を歩く

コスモスの花の群れ咲く中を通りぬけ、畑の向こう雑木林の中に、早春にキノコ菌をうえたヒラ茸のホダ木に向かうと、薄紫色と白い壺のようにヒラ茸が、ひょっこりひょっこり首を出している。その隣のホダ木にも三年前から首を出すシイタケが、昨日の雨に濡れ、縄文土器のように茶色の匂いを放っている。

雑木林は晩秋となり、山モミジの葉が黄から赤へ赤ちゃんの手で染まっている。

野鳥のエナガ、コガラ、シジュウカラ等は私といつも友達なのだが、じっと見ていると地上と枝を飛ぶ間に、木をつつき虫を食べ、木の実を食べる姿は日常の時を一刻も無駄にしない鳥の生きる姿でもある。

この晩秋の大地に立つ時、その風の中に白石朝太郎とその作品が一体となって私に近づいてくる。

昭和四十年代の初め頃、私は川柳に邂逅しそして白石朝太郎にめぐり会った。

鋭く深い眼光が私の目に刺さり、川柳をやるならこの人だと胸に刻んだことを思い起こす。井上剣花坊と共に大正川柳の編集を行い、井上剣花坊・白石維想楼共選の一家吟集は一人百句以内という現代ではどこの川柳社も行っていない熱の入れ方は、全く驚愕する外はない。

「大正川柳」から昭和元年に「川柳人」と改題、川柳人二百号の編集「井上剣花坊句集習作の二十年」「井上信子句集」等を編んで発刊した。

昭和九年井上剣花坊の死へ

隕石の間近に落ちて明けやらず　　維想楼

の弔句を残している。二・二六事件、日中戦争、から昭和十三年国家総動員法の世は戦争へ渦巻く泥沼であった。この中、昭和十三年「諷詩むさしの」を創刊する。

そして昭和二十年、日本は原爆の投下によって連合国軍に無条件降服をしたのである。

戦争終結　　白石朝太郎

神罰を忘れ神風のみを待ち

飛機を見ぬ空はむなしき秋の風
苦に堪えて来し釈迦牟尼仏の御姿
　こがらし
神々も魔王もかくて破れ去る
科学戦たった一機の落す弾
栗も見ず柿も見ず敗戦の秋が逝く
神風を鉢巻にして四等国
勝つため勝つためと乞食まで下り

巨大な戦争が終えた後の昭和二十一年、白石朝太郎は「人生詩」を主宰している。

これは川柳の形を圧縮したものであり、日本の世がマッカーサーの世であったこととつながっている。「人生詩は十七音の詩です。詩の形式を十七音に確立したのが人生詩です。」と語り残している。

白石朝太郎は戦後の昭和二十五年、東北の福島県福島市郊外の佐原にやって来た。

佐原は芒野と石ころの野であった。

「私がここへ来たのは昭和二十五年、ほんとの理由は占領軍にある。今から思うと当時のことは想像もつかない。」と彼は言っていた。東京を離れ北緯三十四度四十七分の東北の開拓地に来た彼にとって、自然の厳しさと直に対する生活は、白石朝太郎の川柳観を深く増していく土壌となっていくのである。

吾妻山や吾妻小富士の吾妻連峰を遠く望む地は、風と雪の激しく荒れる所であり、石ばかりの「荒川」や「川石田」というバス停留所等がそれを証していた。

―白石朝太郎作品―

家根の雪が安達太良山まで続いている
寝返りを打てば雪の屋根が鳴る
くしゃみ一つだけ生きている夜の吹雪
冷えきった手にいり豆をのせてやる
風のたび屋根が飛ぶ楽しい我家
涙拭う手に榾火の匂い
氷柱の檻では見世物にもならず

このような川柳作品は朝太郎の背を毎日流れていく風のように、喉深くに刻まれていった。「人間て奴は環境でいろいろ変わる。人間の気持ちの変りかたはすごい。戦争のときに、びっくりした。これがと思う人が変るのだ。あの時代は大正デモクラシーの洗礼を受けたあとにもかかわらず、それを提唱した人がみんな逆手に出てきた。だから、いま平和を叫んでいる人でも、ひとたび時代が変われば、また変わる。不安で仕方無いのだ」。（白石幸男著―朝太郎断片と一〇一句）

日常を具象化する方法は、白石朝太郎が北方をめざしてやって来たこの地で次々と川柳ノートに刻んでいく精神であった。

昭和四十年代の初め頃、岩手県盛岡市にやって来た朝太郎は「良い句とはどんな句ですか」の質問に「その人の方向がはっきり見える句です」と答えている。

「その人の方向」とは、その人の個性である思想、思慮、思考、そして又体質へもつながるものである。

さくさくと大根を切れば豊かなり　朝太郎
太古より地球の自転音も無し　〃
沢庵を押している石もある　〃
葉を持たぬ枯木となって天を指す　〃
嘘の数だけ大きな墓となる　〃
ポケットは空っぽ風に吹かれゆく　〃
人間を取ればおしゃれな地球なり　〃
学問が人を亡ぼす原子雲　〃
平凡なくらしに悪魔近づかず　〃
台風が近づく釘の音となり　〃
静寂に耐えず再び斧をうつ　〃
怒りもせず嘲笑もせず山は在る　〃
老年の孤独を澄んだ水に見る　〃
母親の手にも足にも子守唄　〃

老いていく自らの影を凝視しながら、自らの方向としての北の地で、落ち葉を手で集積するように、朝太郎は川柳作品をがむしゃらに生んでいくのである。

枯枝に秋の命の柿一つ　朝太郎
日陰にも生き方があり草繁る　〃
棺桶になる木もあって山静か　〃
人間の哀れ悲しい知恵もある　〃
立派な人だった不幸な人だった　〃
ある時はみみずのように人生きる　〃
熊が逃げ人間が逃げ山は無事　〃

乳房は二つ思いもまた二つ　〃
神に似て杉は静かに立っている　〃
日本の貧しさを知る鍬を振る　〃

私達が日常用いる文化とはカルチャー、つまり耕すことから発するのであるが、耕して種を蒔き、その芽がやがて大きく育ち、ひとつの実をつけるとすれば、人生も又この植物の実にたとえることができる。

戦後、六十歳代から七十歳、八十歳と白石朝太郎は東北福島の佐原の地で、老いた身を川柳にさらしつづけた。そしてその眼光に鋭く社会を映し出していくのである。

石一つ置いて気のすむ墓もある　朝太郎
人生の最後の道は北へ向く　〃
斗争の終る日地球亡びる日　〃
原爆をキリスト教徒競い合う　〃
わがために神が用意をした吾妻　〃

白石朝太郎の作品の照り返しは、晩秋の野に広がり私の中へ落下してくる。

我がモンゴロイドの精神風土

十一月初め、凍った曇天から雪が降ってくる。霙、牡丹雪、粉雪となり、みるみる地上に降り積もる。この大地を歩けば、モズがキョキョキョと鋭く枝で鳴き、ミソサザイの小さい影がチョチョチョと、暗い小屋のあたりを蝶のように飛んでいる。

晩秋からいっきに冬へと衣を替えるのは、冷たい雪の精ばかりである。

冬が来たのだ。この白い天空を白鳥の一群が飛んでくる。今年の早春、北をめざして、シベリアに飛んでいった白鳥の家族が冷たい気団を鋭くかき分けて、日本列島へ帰って来たのだ。白鳥が多く飛来する私の目の前に在る半蔵堤《はんぞうつつみ》へと、私は籾を袋に入れてやって来た。

白鳥の多くはオオハクチョウで、中にコハクチョウが多くの鴨類の中で、美しい羽ばたきをしている。

この白鳥の故郷は、シベリアのバイカル湖一帯である。

白鳥の一群は、東日本の湖や沼、小さい池、堤で越冬する。その越冬の地は新潟の瓢湖、阿賀野川、福島の猪苗代湖、阿武隈川、宮城の伊豆沼や池、岩手の北上川、沼や湖、山形の最上川の河口、青森の夏泊半島小湊の浅所海岸などが知られている。

私の目の前でオオハクチョウがクウクウクウと鳴き、私の散布する籾種をチョクチョク音を立てて食べている。シベリアの短い夏に子育てを行い、二千キロも飛びつづけ、この半蔵堤にやって来た白鳥を凝視すると、白鳥の力強い生き方に一人共感する。

それは私のどこかに、白鳥と共に生きた時代があったのではないかと、思念を深くするのである。

目を閉じると、私の祖先は、はるか七〇〇万年前にアフリカに生まれた。これは人類学と発掘の成果によるのだが、五〇〇万年~七〇〇万年前は猿人と呼ばれた。

一八〇万年前頃、ホモ・エレクトウス(原人)が誕生し、彼らはアフリカを脱して、世界へ拡散していく。そして百十万年前に、現在のマレーシア周辺のスンダランドにやってきて生活していた。このスンダランドこそ、ピテカントロプス(ジャワ原人)を生み、私達アジア人のルーツとなるのである。六十万年前に彼らの一部は北方へすすみ、北京原人となる。彼らの脳は一〇〇〇~一二〇〇ミリリットルとなり、火を起こし、狩りも鋭くなっていく。

三万年前、さらに北方へ歩んだ新人(ホモサピエンス)は、シベリアのバイカル湖周辺で、私達の先祖に進化するまで生活する。彼らは現在も、私達の顔と躰が似ている北方民族ブリヤード人である。

食料とするマンモス、トナカイを追って、彼らは強力な武器、細石刃《さいせきじん》を作った。

言わばカミナリの刃である。この細石刃をたずさえ、アムール河を下ってきたのである。北海道、本州に入った彼らは、一方三千年前頃、縄文人として生まれ、縄文時代は三千年前まで、一万年も続いた。

この時代にあって、青森の山内丸山遺跡は、巨大な縄文人の生活土地空間の遺跡である。多量の土器・土偶・耳飾り・石包丁や石斧・石棒・骨針・銛・釣り針・ヘアピン・

魚の骨ではヒラメ・タイ・タラ・カツオ・カレイ・ニシン・ブリ・サメ・イワシ等が多量に出土している。縄文時代、彼らの多くは東日本に住み、その食料は森林（落葉広葉樹）地帯から求めたクリやドングリ・クルミ類が主流であり、山内丸山遺跡からは栗の栽培も確認できた。モンゴロイドとしての彼らから、アイヌ民族そして、現代の私達がその血を継いできたと言える。

　ブリヤード人の伝説には、彼らの祖先が白鳥であり、捕らえたり殺したりは決してしないことが伝わっていると言う。

　この伝説を知った時、私はハッと思い起こした。今、半蔵堤に群れている白鳥は、この伝説を持った白鳥ではなかったかと。

　半蔵堤の南に、白鳥川が流れ、北上川へ注いでいる。そして白鳥川の下流に白鳥神社が在る。そして又白鳥川が注ぐ北上川の曲った崖に、かつてこの地を支配した安倍貞任《あべのさだとう》の弟の則任《のりとう》が、白鳥八郎と称して、白鳥館《しらとりだて》を建てた跡が残っているのだ。「白鳥川」「白鳥神社」「白鳥館」の名は、この一帯で越冬した白鳥を、神として大切にした人々の信頼の証でもあった。そしてこの地域は白鳥村《しらとりむら》として在ったのである。この歴史は深く、ヤマトタケルと白鳥伝説につながっているのだが、その原風景は私の地から、東北一帯に広がっているのである。

　私が生まれた時、臀部にあった青色の蒙古斑は、北方のブリヤード人に似た祖先から、無意識に受け継いだ血であった。それは「モンゴロイド」の証でもある。私は今アイヌ人、縄文人、ブリヤード人へと意識が遡っていく。縄文人、一万年の生活から私達が引き継いだものは、山菜、野草、庭をつくる思想であり、イロリや家族一同が住む習慣、食では潮干狩、刺身、釣り、茸取り、衣では毛皮や木の皮の使用等を掲げることができる。こうした精神風土を自分のものとして、そこから湧きあがる創作が川柳作品なのである。森との共存を意識する。

　川柳は諷刺詩であり、穿ちの精神がその背骨と言える。永い川柳史を凝視する時、これらを抱きかかえた作品は多いが、その精神風土を抱きかかえた作品のいくつかを、私の心奥に刻んでいる。

　凩やあとで芽を吹け川柳　　柄井川柳

田ごと田ごと　月に蓋する薄氷　葛飾北斎
汽車の窓区切り区切りに飢餓の村　井上剣花坊
暁をいだいて闇にゐる蕾　鶴彬
手と足をもいだ丸太にしてかへし　鶴彬
国境を知らぬ草の実こぼれ合い　井上信子
極寒を故郷として鳥白し　白石朝太郎
人間を取ればおしゃれな地球なり　白石朝太郎
前も山後ろも山今日も雪降る　白石朝太郎
血縁は澱みと知れとしなの川　水瀬片貝
闇を吐き血を吐き当てのない流木　細川不凍
嫁の忍従すいこんだ板の間のひかり　川村涅槃
天皇の足裏にある村の墓　佐藤岳俊
人影を地に灼きつくす原爆忌　佐藤岳俊

白鳥の鳴く冬の日に、その白鳥がなぜこの地に飛んで来るのか。そしてこの地の人々が、熱心に白鳥を愛し、幾年もくりかえされる白鳥の北帰行と、故郷での越冬の姿を凝視する時、この水に降りしきる雪がとけていくように、私にはその謎が深層意識となって流れるのである。

それは前述したように、バイカル湖畔に生きるブリヤード人が白鳥を母とし、彼らの氏族の始祖が「白鳥」であるという伝説を持ち続け、やがてアムール河を下り、縄文人、アイヌ人、そして現代の私の顔に辿りついた歴史を遡ることができたからなのである。アフリカに発した猿人が、猿人、原人、旧人、新人であるホモ・サピエンスに辿り着いた現代、国境は民族で争い、戦争へ向かう愚かな精神には、原爆の悲惨さを、世界でただ一国うちのめされた日本の私達が、語り継がねばならないのである。

柄井川柳はそうした愚かな精神を「川柳」の穿ちとして残したのである。精神風土を持つ私の顔に、雪が降り積もってくる。

父の死と太平洋戦争
—今こそ川柳に諷刺精神を—

二〇〇三年二月十日の寒い朝、私の父が死んだ。粉雪が舞うように静かに、音もなく息絶えていた。

父のデスマスクを見つめ、私は父の小さい死の姿を胸に刻んでいた。父は若い頃、軍国日本の社会の中で、海軍を志願し出陣した。

その頃の日本海軍はどのようなものであったのか、一人辿ってみる。

昭和十二年日中戦争が開始される。この間昭和十年、二十六歳の鶴彬は次のような川柳作品を主に「川柳人」に残している。

凶作を救えぬ仏を売り残してゐる　鶴彬

ふるさとは病ひと一しょに帰るとこ　〃

「川柳人」は昭和十二年八月休刊となる。

昭和十五年、日本はドイツ、イタリアと三国同盟を結ぶ。一九四一年(昭和十六年)十二月八日、日本海軍は太平洋のハワイ真珠湾のアメリカ海軍基地を攻撃した。これと同じ頃、中国大陸の満州やマレー、ベトナム、ビルマなどの東南アジアに、大量の軍隊を出兵させている。いわゆる「大東亜共栄圏」を目的とした戦争の拡大である。

戦死する敵にも親も子もあらう　井上信子

稼ぎ手を殺してならぬ千人針　鶴彬

銀針に刺された蝶よ散る花粉　鶴彬

高粱の実りへ戦車と靴の鋲　〃

万歳とあげて行った手を大陸へおいて来た　〃

手と足をもいだ丸太にしてかへし　〃

胎内の動きを知るころ骨がつき　〃

開拓へ農具が着いた日本晴れ　池田菱明

一九四二年(昭和十七年)四月十八日、アメリカの爆撃機十六機が東京を空襲した。この時、日本海軍はアメリカの航空母艦を撃たねばならないと、ミッドウェイ島を占領する作戦を取る。一九四一年、十万人の海軍兵が広島・大湊を出発した。

だが、この作戦の暗号はすでにアメリカに知られていたのである。ミッドウェイ海戦による日本の損害は、航空母艦四隻、飛行機二八五機、死者二五〇〇人であったと言われる。

この海戦の敗北によって、日本は坂を下りころがる石ころのように、加速を増して、敗戦へ向かっていったのである。戦時の世の中で井上信子に次の作品がある。

泣言のない勝利の世にも生きにくい　井上信子
国境を知らぬ草の実こぼれ合ひ　〃
桜散る木肌に芽吹く明日があり　〃
うすら寒くなるこのごろの人の声　〃
戦友へ捧げる草に靴の痕　〃

一九四四年サイパン島「玉砕」、テニアン島「玉砕」、グアム島「玉砕」、硫黄島「玉砕」などがあり、軍国主義日本特有の全員死ぬことが「玉砕」であった。一九四五年(昭和二十年)四月、二十万のアメリカ軍が沖縄に上陸した。そして二十万人もの沖縄の人たちの血が流れた、沖縄戦が終った。私は二〇〇二年、沖縄県平和祈念資料館(糸満市)で、沖縄戦への道、地獄の戦場、証言などの展示室を見て、戦争と戦場の阿鼻叫喚の地獄絵に立ちつくした。展示に《むすびのことば》があった。

「沖縄戦の実相にふれるたびに
戦争というものは
これほど残忍で　これほど汚辱にまみれた
ものはないと思うのです
この　なまなましい体験の前では
いかなる人でも
戦争を肯定し美化することはできないはずです
戦争を起こすのはたしかに人間です
しかし　それ以上に
戦争を許さない努力のできるのも
私たち　人間　ではないでしょうか
戦後このかた　私たちは
あらゆる戦争を憎み
平和な島を建設せねばと思いつづけてきました
これがあまりにも大きすぎた代償を払って得た
ゆずることのできない
私たちの信条なのです」

この言葉に、沖縄の意志が刻まれていた。

一九四五年、アメリカ大統領トルーマンは、「できる限り早く、広島・小倉・新潟・長崎のどこかに原爆を投下せよ」と命令した。

八月六日広島、八月九日長崎に世界で最も恐ろしい原爆が投下され、広島で二十四万人以上、長崎で十二万人以上の死者と負傷者が出たのである。そして現在もこの原爆で苦しんで、毎年仆れていく人々がいるのだ。

日本海軍で出兵した父は主に南方の海上にあったと言う。そこの所を私は注目し探しつづけた。ボール箱の茶けた中に父の背に刻まれた海軍の歴史が折りたたまれていた。

「海軍一等水平佐藤全平

右昭和五年軍艦鳳翔乗組中魚雷員ノ職ニ在リテ発射検定ニ参與シ…。昭和五年十月三十一日　第一艦隊司令長官　山本英輔」

思えばこの時父は二十二歳、軍艦鳳翔は大正十一年竣工した世界最初の航空母艦で、上海、珊瑚海海戦へとの戦歴があった。その後昭和十四年頃、駆逐艦秋風に乗組む。秋風は昭和十年竣工、昭和十九年十一月南シナ海で沈没している。敗戦に近い年、父はマラリアの病で日本に帰って来た。その病は父の海軍兵としての弾痕でもあった。父は言葉が不自由になっていたのである。

石泣いてがんがん棺の釘を打つ　岳俊
豚の胃で安保条約ぶくぶくぶく　〃
天皇の足裏にある父の墓　〃

人影を地に灼きつくす原爆忌　〃
核兵器宇宙を飛んでいる平和　〃

川柳は諷刺詩である。それは又社会批判であり、人間批判の目をもつことによって生まれる。人間に対する最大の暴力、それは戦争である。天皇の軍国主義日本が、アメリカの原爆の使用によって敗戦をむかえ、マッカーサーによって占領され、その中から日本国憲法が生まれた。

兄弟の戦死の占領下　佐藤冬児
天も哭け　ガダルカナルの兵猛し
ニューギニア　芋も南瓜も蔓ばかり
敗戦で　涙も出ない　非国民
マッカーサー　パイプくゆらし降臨す

「……私は兄弟姉妹十人、生めよ殖やせよ！が国策となり、諾らずもおふくろは大臣表彰を受けた。男の兄弟七人私を除いてすべて兵隊にとられた。太平洋戦争の開始を先ず四男がサンゴ海海戦で戦死。長男はガダルカナル島で戦死。五男はニューギニアで餓死した。六男と七男はシベリア抑留。私の同級生も八名戦死している。

〔川柳句集・冬のばら…佐藤冬児〕」

満州事変（一九三一年）から敗戦（一九四五年）までの十五年戦争は、中国人一〇〇〇万人以上を殺し、日本の戦没者三百十万人以上であった。太平洋戦争の巨大な教訓は、世界でただ一国の被爆国日本の、核兵器廃絶であり、日本国憲法第九条「日本国民は、正義と秩序を基調とする国際平和を誠実に希求し、国権の発動たる戦争と、武力による威嚇又は武力の行使は、国際紛争を解決する手段としては、永久にこれを放棄する。前項の目的を達するため、陸海空軍その他の戦力はこれを保持しない。国の交戦権はこれを認めない」に刻まれているのだが、イラク問題に対する全世界の反戦行動にもかかわらず、アメリカ・イギリスの巨大な兵器によるイラクへの武力行使がいま行われようとし、これに日本政府がこの武力支持を各国へ働きかけている。平和や憲法を破る行為だ。

憲法や国連の平和的解決を無視し、暴走する時、「政府の行為によって再び戦争の戦禍が起こる」のである。

鶴彬の残した反戦川柳作品が今現実に、世界戦争へ向かって叫びつづけている。今こそ諷刺精神をふくらませて、川柳作品を刻んでいかなければならない一刻の時なのである。

鶴彬《つるあきら》生誕百年の周辺
―松本清張と太宰治―

木枯らしが黄色い銀杏の葉を宙に舞いあげている。初冬の空に黒い雲が流れ、裸体の雑木林の技に刺さった風が悲鳴をあげている。

この悲鳴を聞きながら、二〇〇九年をゆっくり振返っている。

二〇〇九年はアメリカのオバマ大統領と日本の鳩山首相が所謂チェンジを掲げて登場した。それは古い日本の五十五年体制が雪崩となって破壊された年でもある。

そして又川柳界を見るならば、昭和初期から戦中、戦後と川柳界を牛耳ってきた六大家と呼ばれた先人亡きあと、現代川柳の方向と方針無きままに、全国柳誌が花火のごとく打ちあげられ踊る様になっている。

この中で鶴彬が生誕百年を迎え、映画「鶴彬―こころの軌跡」が全国で上映されている。

これはマスコミ川柳とは別にひとつの光を当てる場になったと言える。

ここで私は鶴彬の晩年に彼に接した人々の姿を辿りたいと思う。そしてそれと同時に、鶴彬と同年に生れ活躍した作家、松本清張と太宰治を凝視したい。

鶴彬生誕百年は松本清張生誕百年であり、太宰治生誕百年なのである。

しかし私の眼の奥から見つめると、鶴彬は二十九歳で死をむかえたので、はるか山の向こうの人に見え、次に太宰治の情死が戦後の昭和二十三年とつづいている。そして松本清張に至っては「或る『小倉日記』伝」が第二十八回芥川賞受賞で、昭和二十七年なのである。時に四十三歳であった。

鶴彬は明治四十二年（一九〇九）一月一日石川県河北郡高松町（現かほく市）に生れている。松本清張は明治四十二年（一九〇九）十二月二十一日福岡県企救《きく》郡板櫃《いたひつ》村（現北九州市小倉区）で生れた。そして太宰治は明治四十二年（一九〇九）六月十九日青森県北津軽郡金木《かなぎ》村大字金木字朝日山四一四に生れている。この三作家の出発は明治四十二年（一九〇九）で同一なのだが、その歩みはみな違っているので、その時代の波で見たい。

すぎ去った昭和時代は日本の歴史においても、激しく国家存亡の時代であった。この昭和に生れた私はその日本の歴史がどのような道を辿ったかに大きな関心があった。

ここに作家松本清張を俯瞰したい。彼の年譜を見ると、十五歳で高等小学校を卒業している。彼も又「私の学歴は小学校卒である。この小学校卒で私はかなり情けない差別待遇をうけてきた。しかし小学卒ということで一度でも自分を恥しいと思ったことはない。たまたま家が貧乏だったために上級の学校に入れなかっただけである。…《実感的人生論》」と語っている。松本清張が小説「或る『小倉日記』伝」を出発として、四十歳をすぎてから約四十年間で執筆した作品は、千点に及ぶと言われる。この想像を絶する量に、私は圧倒されるのだが、その主なものをここに掲げる。「点と線」「眼の壁」「ゼロの焦点」「波の塔」「蒼い描点」「砂の器」「時間の習俗」「Dの複合」「不安な演奏」「遠い接近」「告訴せず」これらは長編の傑作群と言える。又短編では「西郷札」「或る『小倉日記』伝」「菊枕」「火の記憶」「情死傍観」「断碑」「面貌」「特技」「笛壷」「山師」「腹中の敵」「石の骨」「張込み」「ひとりの武将」「顔」「いびき」「陰謀将軍」「佐渡流人行」「地方紙を買う女」「鬼畜」「一年半待て」「カルネアデスの舟板」「捜査圏外の条件」「怖妻の棺」等が目をよぎっていく。そして「球形の荒野」「遭難」「風の視線」「火と汐」「白い闇」「影の地帯」「砂漠の塩」「天城越え」「霧の旗」「北の詩人」「無宿人別帳」「黒地の絵」「証言」も又私の目の気流に浮かんでくる。又古代史への探究は「古代史疑」「古代史の謎」「清張通史①②③④⑤⑥」等である。

古代から現代まで松本清張は書き続けたのであるが、清張が残した昭和への扉は「昭和史発掘」であり、占領下日本の怪事件に挑んだ労作「日本の黒い霧」である。

「昭和史発掘」の中に①陸軍機密問題②石田検事の怪死③朴烈大逆事件④芥川龍之介の死⑤北原二等卒の直訴⑥三・一五共産党検挙⑦満州某重大事件⑧佐分利公使の怪死⑨潤一郎と春夫⑩天理研究会事件⑪「桜会」の野望⑫五・一五事件⑬スパイ〝M〟の謀略⑭小林多喜二の死⑮京都大学の墓碑銘⑯政治の妖雲・穏田の行者⑰天皇機関説⑱「お鯉」事件⑲陸軍士官学校事件⑳二・二六事件が刻まれ、私達に大正から昭和への日本のうごめく姿がさらけだされている。

松本清張がこれを書いた時期について藤井康栄氏は「『昭和史発掘』は五十代半ばから六十代にかけて、脂ののりきった時期に全力投球して自らの同時代史と取り組んだ成果である。〔藤井康栄著―松本清張の残像〕」と評した。

私がこれらの中から、昭和初期から鶴彬の死（昭和十三年九月十四日）頃のものに目を凝らすと、⑬スパイ〝M〟の謀略⑭小林多喜二の死に当たるのだが、⑭小林多喜二の死は鶴彬と同時代の作家なので焦点が定まる。

小林多喜二は周知のごとくプロレタリア作家であっ

たが、鶴彬も川柳のリアリズムを求め活動し続けた。鶴彬（本名、喜多一二）の名と小林多喜二の名が全く似ていることに私は驚くのだが、鶴彬は石川県高松町の日本海の波音の地であり、小林多喜二は秋田県秋田郡下川沿村（現大館市）の生れである。そして共に二十九歳で時の国家権力、特高の手で倒されたのである。松本清張は「小林多喜二の死」で「ープロレタリア文学は、昭和の初めに異常なエネルギーをもって興り、文壇を震撼させ、やがて戦争の進行とともに弾圧によって断絶した。大正末年の『種蒔く人』から多喜二が死んだ昭和八・九年まで十年も足りない短い期間ではあったが、これほど強烈な文学運動は曾ってなかった。しかし、それには小林多喜二という一人の若い作家の作品と、その時代を象徴した死がどれほど大きな意義と比重になっているかしれない。

もし、小林多喜二が居なかったら、日本文学史の上でプロレタリア文学のスペースは、はるかに狭いものになっているであろう。」と結んでいる。

ここで私は思い起こすのだが、松本清張の「昭和史発掘」「日本の黒い霧」を読むことがなかったなら、昭和時代の戦争と国民への弾圧、敗戦、占領軍マッカーサーの世で起こった事件（帝銀事件の謎、下山国鉄総裁謀殺論、推理、松川事件、白鳥事件、ラストヴォロフ事件、謀略朝鮮戦争）に日本が流されてきた昭和の時代を私は把握できなかったに違いない。

私にとって松本清張は私の思春期に真実の矢を放つ作家であった。このことは詩人・作家の辻井 喬《たかし》氏の次の文にあらわれている。

「…彼（松本清張）が歴史に強い意識を持っていたことは出世作「或る『小倉日記』伝」また『西郷札』を見れば明らかだ。しかし、清張の作品を吉川英治の英雄同士が戦う〝英雄史観〟司馬遼太郎の『普通の人』に光を当てる史観と比較すると、清張が常にその時代ごとの社会的矛盾を見据えている姿が際立っていることに気付くのである。

そこから『社会派』というような指摘も生まれるのだが、この点については、わが国の明治以後の文学への、政治、思想警察の、いまから考えれば信じ難い検閲制度を考慮する必要がありそうである。敗戦前の権力は、文学者に社会の矛盾を描くことを許さなかった。

　天皇が統治する国に矛盾があるはずはない、というのが権力の側の信念だった。その信念は資本の原始的蓄積を強行している当時の社会とは根本的に食い違っていたから、為政者は文学者の目を過度に警戒することになった。…〈『砂の器』—タブーへの挑戦〉」

　ここに松本清張の「…社会的矛盾を見据えている姿…」が掘り出されている。

　社会的矛盾を見る姿とはどのように表わされたのだろう。清張は推理小説、ノンフィクション作家、歴史作家、旅の作家、古代史研究家等とも呼ばれているが、それらのテーマと発想は弱者の立場に立っていることと言える。ここに彼が国民作家としての位置を持続した姿があったのだ。

　さてここから明治四十二年、松本清張と同じ年に生まれた太宰治に入る。

　太宰治は先に述べたように、青森県北津軽郡金木村に明治四十二年六月十九日に生れた。

　本名津島修治である。津島家は屋号を∧源《やまげん》という大地主で、父の源右衛門は貴族院議員、衆議院を行った金木の殿様であった。

　太宰治は六男であったので叔母や乳母や子守に育てられた。

　かつて私は太宰治の「津軽」「人間失格」「斜陽」「走れメロス」「晩年」「富嶽百景」等を読んだが、その文体は津軽弁そのままの語りかけの小説が多い。これは彼をとりまく津軽の風土から発している。生活からの笑いやユーモア、その反骨性も太宰治の環境から生れた。そして大地主の六男坊に生れたという意識が彼の躰全体に溢れだす。

　つまり津島家が農家に金を貸し、田地をとりあげて大地主になったこと、貧しい農民からのそれは搾取で富を得たこと等を知り、弘前高等学校、東大ではマルキシズムの政治運動に参加し、やがて脱落したのである。

　ここに岩手の作家、石上玄一郎《いそのかみげんいちろう》の語る弘前高校時代の文がある。「…太宰治はだいたい昔から親しい友人のない男であまり他人と交らず、人に隠れて、青森の花街へ一人で遊びに行くという性質だった。一度、何かの機会に友人と彼の別荘に訪ねた事があったが、小ぎれいな部屋の壁に歌舞伎の隈絵などがはりめぐらされてあり、彼は赤い友禅の布団のかけてある火燵に坐って、太棹の三味線を抱え、義太夫か何かをうなっていた。それから話は文学の方へ移って行ったが、当時の彼は鏡花、荷風、谷崎、里見弴といった風な文学に心酔しており、私の方はもっぱらチュホフ、ツルゲネフ、ゴーゴリ、ドストエフスキーといった露西亜文学がその対象だったので、話が兎角うらはらとなり、その部屋の妾宅じみた雰囲気も鼻について、それ以来二度と彼の家を訪れる気は起らなかった。…〔弘高時代の太宰―石上玄一郎〕」

このように太宰治は家ではオズカス(叔父の糟)として疎外されたとして、自らは滅ぼされる身であることを自覚したのである。

昭和五年二十一歳の時、東大の非合法運動に参加したがやがて脱落した。

太宰治はこの頃から自殺と薬物の中毒にひたっていった。自殺未遂(昭和五年、昭和十二年)そしてその中で先に私が読んだ「津軽」「人間失格」「斜陽」「走れメロス」「晩年」「富獄百景」等を残したのである。

ここには太宰治のニヒリズムから「どうせ滅びてしまう自分なら」という意識が遺書のように書き綴られているのを知る。

特に「人間失格」では、現代人の苦悩、真実を求めて告白している。

太宰治が創作したのは昭和八年(思い出)から昭和二十三年(グッドバイ)までの十五年間と言われる。この期は前に少し書いた小林多喜二が虐殺された時(昭和八年)であり、鶴彬が二等兵のまま刑期を終えて除隊した年でもあった。

太宰治は昭和二十三年、玉川上水で山崎富栄と共に情死した。時に三十九歳であった。

いよいよ鶴彬について述べる。

鶴彬は明治四十二(一九〇九)年一月一日、石川県河北郡高松町(現かほく市)に生れている。(本名喜多一二)父、喜多松太郎、母、寿々の二男であり、兄(喜多孝雄)弟(喜多一二三)妹(喜多政子、文子)があった。

大正十三年、十五歳の鶴彬（当時は喜多一児）が北国柳壇に掲載された三句がある。

（高松）喜多一児

静かな夜口笛の消え去る淋しさ』　十五歳
燐火《マッチ》の棒の燃焼にも似た生命《いのち》
皺に宿る淋しい影よ母よ

十五歳の少年鶴彬の感性が詩心へ向かって吐かれている。この二句目の「燐火の棒の」とは、その後の鶴彬のがむしゃらに走り続けた姿を暗示していることに私は一驚する。これとほぼ同一の作品は「的を射るその矢は的と共に死す」であり「暁をいだいて闇にゐる蕾」へと進化していった。

鶴彬の一生は二十九歳と短かいのだが、それまでの川柳作品を抜粋する。

銭呉れと出した掌は黙って大きい　十六歳
暴風と海との恋を見ましたか
枯枝に昼の月が死んでいる風景　十七歳
菩提樹の蔭に釈尊糞たるる
的を射るその矢は的と共に死す
神様よ今日の御飯が足りませぬ　十八歳
頬に立つ冬の破片のするどさや
蟻ついに象牙の塔をくつがへし
哲学の本読む窓の雀の恋
文明とは何骸骨のピラミッド　十九歳
生き難き世紀の闇に散る火華
めかくしをされて阿片を与へられ
ロボットを殖やし全部を馘首する
肺を病む女工小作争議の村へ
退《しりぞ》けば飢えるばかりなり前へ出る
屍みなパンをくれよと手をひろげ
一滴の血を搾らせるなと腕を組み
学校へ社会へ別れていけといふみちだ
血を喀《は》いて坑をあがれば首を馘《き》り　二十歳
つけ込んで小作の娘買ひに来る
かまきりの斧をみくびる蟻の群
肺を病《や》む乳房にプロレタリアの子
二本きりしかない指先の要求書
猥談が不平に変る職場裏

生きるため葬儀会社のストライキ
資本家の組合法に畏こまり
三、一五うらみに涸《か》れた乳をのみ
二十一歳
三本きりしかない指先の要求書
ゼネストだ花が咲かうが咲くまいが
特高がモテ余すデモごっこデモごっこ
手と足を大陸におき凱旋し

地下にくぐって
春へ、春への
導火線とならう
二十五歳

種籾も
喰べつくした
春の田の雪

踏みにじられた芝よ
春を団結の歌で
うづめろ!

明日の火をはらむ石炭がうづ高い
生命捨て売りに出て今日もあぶれ

自由旗の下に

飢饉とは知らず
胎内の闇に
生まれる日を待ってゐる

農村予算が
軍艦に化《ば》けて
飼猫までたべる冬籠り

洪水(連作)

花つけた稲へ
増水の閘門あけっ放す
ダム!

石ころ原が美田となるまで
情け深い
地主さん

これしきの金に
主義！
一つ売り　二つ売り

首を縊《つ》るさへ
地主の
持山である

二十六歳

凶作地帯—渡辺順三におくる

涸れた乳房から飢饉を吸ふてゐる
半作の稲刈らせて地主のラジオ体操
凶作を救へぬ仏を売り残してゐる
食ふ口をへらすに飼猫から食べはじめ
一粒も獲れぬに年貢の五割引

凶作の村から村へ娘買い
ふるさとは病ひと一しょに帰るとこ
売物になる娘《こ》のきれいさを羨やまれ
奪はれた田をとりかへしに来て射殺され
血を吸ふたままのベルトで安全デー
玉の井に模範女工のなれの果て
売り値のよい娘のきれいさを羨まれてる
みな姉で死ぬる女工の募集札
修身にない孝行で淫売婦

二十七歳

ざん壕で読む妹を売る手紙
もう売るものがなく組合旗だけ残り
貞操と今とり換へた紙幣の色
納米にされる小作の子と生まれ
村々の月は夜刈りの味方なり
暁をいだいて闇にゐる蕾
枯れ芝よ！団結をして春を待つ
吸ひに行く　姉を殺した綿くずを
働かぬ獣どもさかりに来て銀座の夜ひらく
こんなでっかいダイヤ掘ってアフリカの仲間達

生き埋めよ　豚より安い涙金

初恋を残して村を売り出され

城西消費組合の家建つ（連作）

奴隷ではない女らのヨイトマケ

親綱をとる井上信子まだ老いず

もう綿くずも吸へない肺でクビになる　二十八歳

タマ除けを産めよ殖やせよ勲章をやろう

葬列めいた花嫁花婿の列へ手をあげるヒットラー

五月一日の太陽がない日本の労働者

エノケンの笑ひにつづく暗い明日《あす》

しやもの国綺譚

昴奮剤射《う》たれた羽叩《はばた》きでしやもは決闘におくられる

嫁ぎ手のおんどりを死なしてならぬめんどりの守り札

賭けられた銀貨を知らぬしやもの眼に格闘の相手ばかり

決闘の血しぶきにまみれ賭けふやされた銀貨うづ高い

遂にねをあげて斃《たお》れるしやもにつづく妻どり子どりのくらし

勝関《かちどき》あげるしやもののど笛へすかさず新手の蹴《け》爪飛ぶ

最後の一羽がたほれて平和にかへる決闘場

しやもの国万才とたほれた屍を蠅がむしってゐる

おんどりみんな骨壺となり無精卵ばかり生むめんどり

おんどりのいない街へ貞操捨て売りに出てあぶれる

骨壺と売れない貞操を抱へ淫売どりの狂うた

稼ぎ手を殺してならぬ千人針

銀針に刺された蝶よ散る花粉

枕木は土工の墓標となって延るレール

高梁《こうりゃん》の実《み》りへ戦車と靴の鋲

屍《しかばね》のゐないニュース映画で勇ましい

出征の門標があってがらんどうの小店

万歳とあげて行った手を大陸へおいて来た
手と足をもいだ丸太にしてかへし
胎内の動きを知るころ骨がつき

これらの作品でも分るとおり、鶴彬の川柳作品は時代を切り取ったひとつの映像として私の目の奥に灼きついている。時代を激しく切り取った言わば血の図が鶴彬の作品であるのだ。

鶴彬は特高に追われていたが、詩人秋山清のいる「木材通信社」に就職することができた。ここで長谷川英夫、秋山清と木材の仕事をはじめた。昭和十二年十月頃である。

そして十二月三日(?)特高の手によって検挙され東京都中野区野方署に留置された。

だがこの十二月三日とは本当であったか、編者の一叩人は鶴彬の渡辺一郎(尺蠖)あての手紙から判断して十二月三日としているが、実は特高月報では次のように書き残されている。

「同人雑誌『川柳人』関係者の検挙　東京都中野区大和町二八一、井上信子主宰の同人雑誌『川柳人』は、最近其の内容漸次左翼的色彩を帯び、殊に支那事変発生後は之に関する題材を階級的に取上げ著しく反戦的となりたるを似て、客年十二月二日主宰者井上信子《老齢の為不拘束》及編集担当者喜多一二を検挙し、警視庁当局に於て取調中なるが目下判明せる状況左の如し。…以下略す。昭和十三年四月分」

この特高月報に鶴彬(喜多一二)と井上信子を十二月二日に検挙(井上信子は老齢の為不拘束)と明記されている。このことから私は鶴彬の検挙は昭和十二年十二月二日であることを確信する。十二月三日としたのは一叩人の「鶴彬全集」の中で鶴彬の次のような書簡から、一叩人が(註)として書き残しているからである。

(受信)市川市八幡町一一二八
渡辺一郎様
(発信)淀橋区柏木町豊多摩病院内　喜多一二
(文面)
啓、赤痢を得て表キへ入院してゐます。
昨年十二月三日以来漸く得た解放です。
それで大変申兼ねるのですが、

病院代を支払ひかねるのですが、至急十五円ほどお貸し願へれば幸ひです。丈夫になればきっと働いてお返しします。草々

（註）この文面によって鶴彬が東京都深川区木場在の木材通信社へ出勤後、検挙されたのが十二月三日である事が立証された。

この（註）は一叩人の文であるが、鶴彬の「昨年十二月三日以来漸く得た解放です。」この文の「漸く得た解放」とは十二月二日に検挙され「十二月三日以来」と続くので、鶴彬の検挙された日を言っているのではないと私は思っている。

さて鶴彬の周辺では井上剣花坊亡き（昭和九年九月十一日）後、井上信子主宰の「蒼空」が出され、鶴彬が編集を助けていたのである。

この鶴彬の書簡を数多く待ち続けていたのが渡辺一郎（尺蠖）であり、次の文がある。

「鶴彬が東京淀橋の豊多摩病院で赤痢のため病没したのは昭和十三年九月十四日だったから、今年はもう三十五回忌に当るのであった。

彼とはそおたいして親しい仲ではなかったので、これという鮮やかな思い出はないが、当時私は、東京本所の染色工場の労働者として働いていたので、彼と境遇が似て居たことから、彼の方から何となく親しみをもっていたようであった。初めて訪問をうけたのは、昭和三年頃、市川の現在の自宅だったと思う。森田（一二編者註）氏の消息や当時の柳壇についていろいろ語り合った。服装など覚えていないが、応対にリズム感があって訓れなれしい印象をうけた。その后は工場の応接室で休憩時間にしばしば会ったが『川柳人』誌の原稿の打合せや、彼の就職のことなど頼まれたが、なかなかうまくゆかなかった。川柳の方は、私は新興川柳もいわゆる神秘派に属し、田中五呂八や木村半文銭と行動を共にしていたので彼とは真向から対立する立場にあったが、その頃反対派で彼の批判を受けぬ者は一人も居なかったのだが、自分は不思議に直撃弾を免れている。これは精悍な彼の相手としては非力で無視されたのがほんとうだ、と思う。初めのうちは、どこからともなく伝わる彼の思い切った行動や、独特な創作は、決して好意を持てなかっ

たが、続々発表する力に充ちた論文等を見てゆくうちに、それは単なる放言ではなく、本格的な責任ある積重ね方式の筋が一本通っていることが次第に判って来てから、愕然と強く興味を索かれていった。殊に、剣花坊死后信子女史を扶けて『蒼空』紙上を飾った手腕と情熱は川柳史に輝くピークとして高く評価されるものである。」〔渡辺尺蠖―鶴彬の思い出―〕

この文と共に鶴彬と木材通信社で共に働いた詩人秋山清の文がある。

「『喜多一二』であった『鶴』のこと―秋山清―野方警察《東京中野》の留置場にいた喜多一二《ツル・アキラ》が戸山原《トヤマツパラ》に近い豊多摩病院にはいっているということをしらせてくれたのは同じ職場《木材通信社》にいた長谷川英夫《故人アカハタ記者》であった。

長谷川は病院からあまり離れていない所に住んでおり、喜多のことを気にかけている一人だった。私は喜多が鶴彬であることを初めから知っており、鶴の略歴についてて、ある程度のことを長谷川に知らせたのも私だった。

この木材通信社の社長はアナキストとしてサンフランシスコで岩佐作太郎らと活動した倉持喜三郎、副社長は三・一五に引っかかったという秋田の人棚橋貞雄、当時編集長の石黒君もそういう経歴者であり、編集と営業をひっくるめて四十八人くらいいた中の三分ノ二くらいは左翼的な思想運動にかかわった者たちであった。私がその編集部員になって深川の木場を廻り始めたのは昭和十二年七月で、支那事変の勃発と一緒だった。喜多が来たのはその年の九月早々、長谷川は私よりも半年くらい古かった。木場の行き帰りに、十銭のコーヒーを飲んで三人で話す機会があった。

いつか、どこかに書いたことだが、喜多がそこに入るについては木場出身の久保田木之助という剣花坊の弟子に当る人がうまくやってくれた。表向きは私が紹介者になったが、井上信子さんの紹介状をもって久保田を訪ねて彼が来た時、三人で一緒になって話し、私が紹介する形をとったのだった。

私たちは馴れぬ材木の相場を求めて木場をあちこち歩いた。長谷川は米材の係り、私は秋田材他内地の製材品、喜多は見習いとしてまだ記事は書かなかったが、樺太の北洋材《エゾ松トド松》を勉強していたように思う。

喜多に頼まれて一度『川柳人』に川柳の作品を書いたことがある。書かされたと言うべきもので、どんな事を書いたのか殆ど記憶にないが、その時『しやもの国綺譚』を読んだような気がする。ひどく自由律の作品であった。これもはっきり記憶しないが、その木材通信社に出勤した朝、特高によって連行されたのはもう幾らか寒くなった季節、彼が入社して三ヶ月も経ったくらいの時だったと思う。

彼が病気で豊多摩病院《伝染病院》にいると聞いたのは翌年の夏だった。長谷川英夫はひそかにそこへ行って逢って来たと言ったが、私は用心して直ぐには行かなかった。

警察の監視があると考えたからであり、私が要視察人だったからでもある。

さいわい、その豊多摩病院に私が知っている若い医者がいた。彼によって喜多が相当重態だという事だった。彼の宿直の時、夜更けから、一度だけ喜多の所へ行くことが出来た。一目見て『悪い』と思った。私の知っていた若い医者は確、平川さんといい在家の禅の修業者として私の幼い日からの友達と親しかった。その関係でその頃ひどく困っていた私は、時々注射などして貰っていた。

私は喜多と殆ど話さなかった。割と広い部屋だったと思うが、何人かが寝ており、あり来りの挨拶などしても意味がなかったからである。そして私はその病院で彼が死んでからも、大分後までそのことを知らなかった。

私が詳しく解っていない彼の事を書いてみようと思ったのには二つの理由がある。

前に書いた事だが、ある時の新日本文学会の総会の時、短詩型文学の分科会があったそこで『ツル・アキラのことを知りたい』という青木英夫の発言があって、まだ鶴の仲間達が彼のことをそのままにしているのかと思ったからである。《むろんこれは私の間違いで、川柳の人々にはツルへの注目はずっと続けられていたのである。》

もう一つは、戦後すぐの《アカハタ》に、その頃岩手県の方に居た長谷川英夫がツル・アキラのことを書いてくれたのはいいが、木材通信社の時期の喜多が、転向者達をその事で《転向を指す》やっつけて皆を困らせたように書いていたことが事実と違っており、それは矢張り正しておかねば、と思ったことである。

喜多一二は、自分も思想犯罪者として辛酸を嘗《な》めており、戦争の時期にそのような勇まし過ぎる言動で浮き上がるようなことはなかった、と私は知っている。もっと慎重に生活のことと向き合っていたのだ、というべきものである。この態度と彼の反戦的川柳作品とは抵触するものではなかった。長谷川は、自分たちだけの談話を張らませて、戦後の情勢の中で、ついあのように書いたのではなかったかと思う。木材通信社では、喜多一二が反戦川柳のツル・アキラであるとは知らない人が多かった、思う。〔一九七三、九、十二〕」

秋山清のこの文は大変貴重なものであるが、この中の長谷川英夫が「アカハタ」に書いた文を次に記す。「『しやもの国』と斗った詩人―鶴彬の死について―長谷川英夫―アカハタに鶴彬《ツルアキラ》の記事を見出し、こんなうれしいことはない。私が彼と知り合ったのは一九三七年の夏ごろで、彼が検挙される、数ヶ月前であった。私は木材通信社という新聞社の記事をしていたが、同じく記者であった秋山清君の紹介で、彼が入社してきた。長躯そう身で浅黒い彼は、その言動にきわめて率直な、何者にも恐れない尖鋭さを示し、私の社に沢山いた擬装転向組からは大分敬遠されていたようだ。しかしその反面どことなくユーモラスな気風をただよわせていたのが彼の特徴であった。彼が検挙されたのは、私の記憶によれば確か一九三七年の十一月末ごろだ。

日は忘れたが、ある寒い夜、淀橋戸塚四丁目の私の自宅で、彼と二人で酒を飲んだ。彼は、そうとういいきげんになり、元気よく夜更けの道を帰って行った。検挙されたのはその翌朝、ややおくれて私が出社した時はすでに彼は警視廳特高に引っぱられてしまった後で、なぜか彼の帽子だけが机上にポツンと残されていた光景が、今も私の頭に生々しく印象づけられている。

それから約半年余り、私は彼の消息を知るすべなく心配していたが、一九三八年の夏ごろ秋山清君が突然、鶴が赤痢で豊多摩病院に入院しており、私に会いたがっていると伝えてくれた。監視が厳しいので私はコッソリ病院に会いに行った。さむざむとした共同病室の一隅に、あの元気一杯であった彼が全くゲッソリと死人のように横たわっていた。

彼は非常に喜んで、骨と皮ばかりの手で強く握手してくれた『ずいぶんひどかったろう?』と私は周囲に気をくばりながらソッときた。「うん、ひどかった」と一言、彼は悪虐無道な警察のゴウモンにたいする憤りを面にこめて、ボソリと答えた。ろくろく聲も出ないほど衰弱し切っていたが、彼の眼、彼の少い口数の中に、以前と少しも変りない徹底した階級意識と激しい斗争欲がみちあふれていた。いかなる拷問もいかなる病魔も彼の階級意識の一片だについに切り取ることができなかったのだ。これが彼と私の最後の面会であり、その後もまもなく彼は死んだ。

いうまでもなく彼は川柳人の指導者で、同誌に『しやもの国綺譚』『蜂と花園』などの傑作を発表し問題をおこしたのだ。

彼の句としては左のようなものがある。

高粱の実りへ戦車と靴の鋲
屍のいないニュース映画で勇ましい
胎内の動き知るころ骨がつき
万才の聲は涙の捨てどころ
死の國へ旗に送られ旗を振る

〔日本共産党岩手中部地区委員会所属〕」

秋山清と長谷川英夫の文には互いに誤ったものがある。秋山清が『鶴彬が転向者をやっつけて皆を困らせた』と長谷川英夫が書いていたと言っているが、長谷川英夫の文にはそんな事は書いていない。これは秋山清の先入観であり誤謬である。

さて映画「鶴彬―こころの軌跡」は多くの人々に川柳作家「鶴彬」の一生を語ってくれた。鶴彬は「生きた現実を生きた矛盾の姿によってあらわすという川柳文学独自の諷刺精神や表現方法」を川柳の核として求め続けた。

松本清張も千点に及ぶ自らの作品に「タブーへの挑戦と社会的矛盾を見据えている姿」を保ちながら発信しつ

づけた。彼らと比較すると太宰治はあの戦争の世に、社会から離れようとし、津島家の大地主の六男として生まれたことへの矛盾に苦しみ、自殺で逃げようと苦悶し小説を自分の像として書き残して情死した。

鶴彬の晩年に、彼と共に歩んだ井上信子や秋山清、長谷川英夫、渡辺尺蠖、井上剣花坊等についての研究は、これからも続けていかなければならない。

講演「川柳と風土」

皆さん、こんにちは。本日はつくばね川柳会十三周年、本当におめでとうございます。私はお招きいただきました佐藤岳俊でございます。今日は私の思っている、「川柳と風土」ということについて、お話ししたいと思います。

寒冷前線がきまして、こちらも寒くなりましたが、岩手県では雪が降っておりました。今朝、一番の新幹線で来ましたら、東京に近くなると、富士山が見え頂上は、もう白い雪が光っておりました。ああ、富士山が見える処に来たのだな、という感じでやってまいりました。

千葉県と茨城県の境界がわからなかったもので、川を三つか四つ渡ってきましたが、たしかこのへんかなと、地図で見て自分で勝手に思っておりました。そういうことで、川柳について、風土について、私が思っていることをお話ししたいと思います。

川柳とは、ご存じのように、もともとは江戸時代に生まれた柄井川柳という人の名前です。彼が川柳を始め、そしてまとめたものを古川柳といっておりますが、その後長い時代、狂句という時代が入りまして、その後、井上剣花坊を中心とする新川柳が出て、それから昭和の初期の新興川柳、それから現代の現代川柳というかたちの流れがあります。

白石朝太郎(維想楼)に師事

私が十九のときに師事した川柳の先生は、白石朝太郎、だいぶ前は維想楼と言っていましたが、彼は井上剣花坊と一緒に「大正川柳」を編集した川柳人でした。新川柳というのは井上剣花坊を中心として生まれましたが、それは新興川柳につながる、田中五呂八や森田一二、後に鶴彬や井上信子も一緒にやりましたが、そういう時代を越えて現代に至っています。

私は二十代で川柳の歴史を自分で研究してみました。白石朝太郎という人は東京を離れ、晩年の終戦後、昭和二十五年ごろ、福島県、いまの福島市外で、吾妻連峰の下の地域に疎開しました。そこで川柳を一千句ぐらい作り、亡くなっております。

先ほど今川乱魚さんから話がありましたが、私が川柳を始めたのは岩手県です。岩手県といえば東北の奥のほう、わかりにくいと思いますが、そのころ岩手県は川柳不毛の地といわれておりました。宮城と青森、岩手県を挟んだ両県はとても川柳が盛んなところでした。不毛の地というのは、先ほど今川さんもおっしゃいましたが、この県南と同じように、一つのフロンティア精神を拓く余地のあるところ、ではないかと思います。

人間は猿人から

話は変わりますが、今年（二〇〇二年）の七月、新聞の第一面に大きく載った記事があります。それは人類の起源というものが七百万年前に遡るということでした。いままでの人類学者は、いろいろな発掘によって、人類は約五百万年前に発生したであろうと推定しておりましたが、この新聞によれば約七百万年前に人類がアフリカで発生したということでした。見ると、これは猿人といわれるものです。

人間は猿人から始まり、原人、そしてホモサピエンス、いわゆる新人というふうに経過してきたわけですが、その記事には七百万年前に、アフリカで猿人が発生したということが書かれておりました。アフリカのチャドというところで、砂漠の中で発掘した頭蓋骨が、猿人であったということです。

その後、遠い歴史を見ますと、その猿人たちはやがてアフリカを脱して、いまのインドネシアの近く、スンダランドという大陸があったそうですが、そこにかなりの猿人たちがやって来たということです。そして時は過ぎて約六十万年前に、皆さんご存じの北京原人、それから沖縄に湊川原人というものがありますが、その人たちが、やがて北へ北へと上っていったという一つの歴史があります。それは約六十万年前です。

そしてその後三万年ぐらい前に、ご存じのいまのシベリアのバイカル湖近くに住んでいた民族がありました。その民族は、現在ではいろいろな民族がおりますが、北方民族としてのブリヤード人です。ブリヤードという国があるのですが、いわゆるバイカル湖の近くに住んでいる人々です。その写真を見ると、日本人と何一つ変わらない顔です。このブリヤード人が、アムール川を下って、北海道を経由、現在の日本列島の東日本一帯にやって来たという一つの足跡があります。

食を求めてアムールから北方へ

彼らがなぜこのように流れて来たかというと、やはり食料を求めてやって来たということがあります。そのころの北方の動物は、マンモス、トナカイ、キツネなどもありましたが、やはり一番多かったのはマンモス類の巨大動物だったといわれております。こういうマンモスを追って、アムール川、北海道、そして北方へ流れて来たといいます。

歴史をたどりますと、その時代にアメリカへ渡って行った民族もあります。これが後にアメリカンインディアンといわれるモンゴロイド系です。世界の民族につきましては、モンゴロイド、ニグロイド、コーカサイドとしての白人です。白人と黄色人種と黒人という分け方がありますが、もともとは一つの民族であって、アフリカから出発した民族なのです。

アムール川という巨大な川が、人々の生活を支え、そして人々は北海道のほうまで来たということですが、実はこの時代には動物を追う、狩りをするための道具がとても小型化されました。もともとは大きい石器で追っていましたが、やがて小さい、現在でいうカミソリのような刃をつなげて、マンモスや巨大動物を追いました。小さいので自分で持てるということがよい点です。刃を持って動物を追って、自分のエサにしたということです。これが基本的な考えです。

その道具ですが、バイカル湖の付近にある遺跡と、北海道にある遺跡と、東北から出た遺跡と、全部同じ器具であります。それを細石刃と書いて「さいせきじん」といいます。それが彼らが携えてきた、動物を捕えるための石器でした。実は細石刃を持ってきた人たちは、そういう厳しい中でも、北方から流れて、バイカル湖、アムール川、それから北海道、東北、東日本というふうにやって来ました。

ブリヤードからアイヌまで

皆さんご存じのとおり、学問的には縄文人といっておりますが、本来は先ほど言いましたようにブリヤードとか、その民族にはかなり豊富に分かれている民族があります。ブリヤード人、ヤクート人、オロチョンやエスキモー、そしてその中から、現在北海道におりますアイヌ人が出てきたということで、私もそのように考えます。アフリカから出発した一つの猿人の中から、さらにいろいろな経緯を経て、民族というものは出てきたと考えております。

ブリヤード人は現在でも馬を最も大切にする民族です。基本的には宗教的に、シャーマニズムといいますが、自然崇拝が大部分です。彼らがやがて縄文人になる人々であると私は考えておりまして、彼らが現在のアイヌ人になったと思っています。

縄文人というと、この十年ぐらい前ですか、青森の三内丸山（さんないまるやま）遺跡というものが出ましたが、これは非常に驚くべき遺跡です。縄文時代は六千年ぐらい前ですが、それから中期、後期を踏まえて、約千五百年を、あそこの場所で生活したという足跡があります。私たちの教科書では、縄文人は狩猟をして、移動して歩き、住居を構えないということでしたが、実はそういう遺跡から出たものを細かくみますと、いままでの縄文の考え方をひっくり返すものが発見されました。

ここにそのときの特集を持ってきました。これが三内丸山遺跡の、捨てられた土器です。それで縄文人はどういうことをしたかというと、現在の私たちと縄文人の共通性は非常に深いものがあって、縄文時代は約一万年の時代を通してきました。私たちはまだ紀元二〇〇〇年ですから、キリストが生まれてから二〇〇〇年ぐらいしかたっておりませんが、縄文時代はその前に、約一万年の時を経て生活したあとでした。

縄文人の生活の知恵

縄文人の特色は、住まいは竪穴住居です。これは皆さんも見たことがあると思いますが、冬は暖かく、夏は涼しいというものです。要は土の中にある程度の壕を作って、その中に家族で住んでいるということです。

その面影がどのように残っているかというと、先ほど言いましたように、縄文人がやがてアイヌなどになったのですが、アイヌの言葉は東北に一番多いのです。ということは、そこに住んでいた人々がいたということを証明していると思います。

そして私の岩手県でも、かなりのアイヌの言葉があります。住まいについては、住んでいたところを「チャシ」と言いますが、日本語で言うと「館」という意味です。そういう場所なのです。そこに縄文人たちは竪穴住居を作って住んでいましたが、それがやがて、日本の炉辺や囲炉裏のかたちになってくるということです。

それから衣食住から言うと、食のほうの魚で、いろいろなものを食べておりますが、いま私たちが食べているヒラメ、タイ、タラ、カツオ、カレイ、ニシン、ブリ、サメ、アジ、イワシ、それらの骨が、全部この三内丸山遺跡から出ております。それらを私たちが受け継いだということで、海で釣りをやって魚を捕え、食べるということですが、現代で最も受け継いでいるのは刺身です。刺身を食べるということは縄文から受け継いだ、最も基本的な素晴らしい食事です。その中には寿司などいろいろありますが、その時代は米についてはまだ出てこないということはありますが、刺身などを食べるということで、私たちの現在食べているものはすでに縄文時代にあって、その引き継ぎであると考えております。

それから衣食住の衣ですが、これについてほとんど毛皮などを使っていたようです。私たちも昔はキツネなどの毛皮を使っていました。動物の毛皮、北方であればミンクなどの動物もおりましたので、キツネやミンクの皮を使って自分の衣類を作っていたということです。最も素晴らしいのは飾りです。ここに装飾品、耳飾りなどがあります。これは三内丸山から出たものですが、土で作ったみごとな飾りです。

潮干がりと茸取り

それからシャーマニズム的な考えだろうといわれていますが、縄文時代から受け継いだものというと、秋はキノコで、春は潮干狩りです。

これは縄文時代でもよくやっていましたので、一万年以上の歴史があるということです。私たちも春先になると、潮干狩りに行って楽しんだことなどが、縄文人と同じ精神でやっている現在の姿です。また耳飾りなどの装飾品を、彼らはすでに身につけていたということです。

そういう中で、皆さんも縄文の長い歴史を携えたものがあると思いますが、私の家の中では、縄文的なものがかなりあると認識しております。だいたい私の顔が、縄文人に似ているということです。顔というものは本当は機能的には役に立たないと私は思いますが、鼻、目、眉、髪とか、鏡がなければ自分では見えませんが、自分の顔を鏡で見たときに、驚く人と驚かない人があると思います。その顔が、日本人であっても全部違うということが、非常に驚くことではないかと思います。兄弟であっても皆違います。

そういう顔の違いは、現代の文明であればＤＮＡとかいわれていますが、もともとアフリカを出発した一つの集団がいろいろな民族を作り、そして顔のかたちも全部違っていて、似ている人はありますが、一人として同じ顔の人はいないということです。ただ私の顔を見ると、七百万年前に出てきた頭蓋骨とあまり変わりません。

猿人、原人、そして新人、ホモサピエンスという私たちに近い人たちがやって来たのですが、彼らは何をしたかというと、一番先は森に住んでおりました。その昔は、人間はネズミに近い動物だったようです。それから発達して、哺乳類になり、猿人になりました。いまもアフリカにはゴリラやチンパンジーなど非常に人間に近い動物がおりますが、それは人間になれなかった動物です。人間はその系統から離れて、人類へ向かったということです。ですから彼らは何年たっても人間にはなれなくて、現在もなれないというものです。

　何が違ったかといいますと、実は手と足です。もともとは、わが猿人も森に住んでいました。一番使ったのは手と足です。ご存じかと思いますが、アフリカの大地溝帯というものがありまして、いまも動いている地球の割れ目があります。やがてはアフリカも二つに分かれると思いますが、その地溝帯から猿人は生まれました。西半分は大森林、東は草原です。それではなぜ人間は立つことができたのかと言いますと、そういう自然環境で、森から草原へ出て立つことを覚えたのです。

　立つときに、手のほうが大事か、足のほうが大事だったのかというと、結論的に言えば、やはり足です。だれしも若いときには何気なく走ったり歩いたりしますが、だんだん足腰に疲労を感じるようになります。もともと人間は四つんばいで歩いていた猿人の、前の時代もありますが、現在の人間の赤ん坊は、四つんばいから立って、また九十ぐらいになると四つんばいに戻っていくということです。これを六十で還暦といっています。一周回るということで、還暦の人には歴史的なものがあるのです。

　それで人間は草原に出たときに、立ったことによって両手が自由になりました。この手が自由になったということが一つ、道具を作る脳みそを発達させたということです。人間の脳について少しお話ししますが、人間の脳は、皆さんも私も一つしかありませんが、三層ぐらいに分かれております。一番下の部分は、爬虫類と同じ脳です。中にあるのが哺乳類といわれる脳、そして一番上に人間といわれる脳があるといわれております。

　簡単に言うと、爬虫類の脳がありますので、よく戦争をしたり、すぐに暴れ出す、という人は、下の脳が発達している人です。爬虫類系の脳ですが、これは非常にカッとなる脳でございまして、すぐに攻撃型になるといわれております。

　それから中の哺乳類につきましては、よく喜怒哀楽を感じる脳ということです。そして一番上にある大脳の、新しい皮の皮質といいますが、これは進化した脳で、人間の一番素晴らしい脳です。これは川柳を作る、創作する、あるいは理性というものを持っている、いわゆる創造性を持った脳です。そういうものが脳の中にあります。

　面白いことに、脳の中にも野原のようなものがあるといわれております。脳は死ぬまで休みません。脳死というものがありますが、脳が死ぬと本当に死ぬということです。それで眠っていても脳は動いています。それを裏返しにしますと、皆さん、夢を見ますが、あれは脳が働いている、動いている、眠ってはいないということです。その脳が動いているということが、一番上の人間性を持った大脳の創造性を作る脳であるといわれております。

縄文は現在へも続いている

　なぜこういうことを言うかと言いますと、いままで言ったように縄文時代というものは、一万年も続いたといわれておりますが、遠い昔ではなく、その縄文人は消えたのではなく、それは現在の私たちの顔や手、体の中、血の中に生きているということを言いたかったわけです。そして日本の東北の方の場合は、おそらくバイカル湖付近のブリヤード人と、日本人がまったく瓜二つですから、そのへんから来たのではないかと、私も感じております。

　そういう中で、それは風土とはどういうものかと言いますと、風土というのは風と土と書きます。人間はもともとは地球の一つのごみであると思う人もあるし、人間が一番偉いという人もあると思いますが、やはり私たちは、素晴らしい頭脳を持った人間として、生きていくことが非常に大事だと思います。

　そういう中で風土というものは、実は川柳を作る時に体にあるものであって、特別、自分から離れてあるものではないということを、言いたいと思います。たとえば、私は今朝起きて来ましたが、岩手県であれば北東北といわれて寒いところにおりますが、そういう環境が、そこに生まれた人間を作るということであります。そして、ここであれば茨城、あるいは千葉というような地域的なものはありますが、そこに生まれた人間は、その環境によって育っていきます。そしてその環境が、やがて自分の精神風土、つまり自分の思考の基準になっていくことが、風土の基本ではないかと思います。ですから風土というものは自分の中にあるといえるのではないかと私は思います。

皆さんも生活をしておられますので、身の回りの風土、それから自分の持っている精神風土というものがあると思います。それはその人にとって、生まれてから亡くなるまで、自分で育てていくもの、自分で持ちこたえていくものと、いうことができるかなと私は考えているわけです。

白石朝太郎の風土的川柳

一番先に川柳の歴史を言いましたが、私は白石朝太郎という先生から川柳を教えられてまして、その中で朝太郎という人は非常に多く風土的な作品を作っております。「枯れ枝に秋の命の柿一つ」、「台風が刻々迫る稲の揺れ」、「地にしみる涙もあって米実る」というような句を作っています。

その中で、非常に風土的な作品かなと思っているのは、「前も山後ろも山今日も雪降る」というものです。「極寒を故郷として鳥白し」というものもありまして、これは白鳥のことですが、ふるさとがシベリアで、非常に寒いということです。

面白いことに、私の地にも白鳥は飛んできます。鏃のようなかっこうをして飛んできますが、だいたい四千キロから五千キロぐらい長い旅をしてきます。二メートルぐらいの小さな翼でよく飛んでくるものだなあ、と思いますが、実は先ほど言ったように、バイカル湖一帯が白鳥の繁殖地です。

実は私の一つの課題になっておりますが、ブリヤード人というのは日本人と瓜二つの顔で、その民話などを読みますと、白鳥を非常に大切にしているということであります。どういうものかという、ブリヤード人たちは、私たちの先祖は白鳥から生まれてきたといったことを民話にもっています。ということは、彼らは自分たちの厳しい世界を、白鳥など自然界のものに民話として残しながら、自分たちが生まれてきた原点を語り伝えているということが、私が読んだものにありました。

そこからまた白鳥が東日本、東北、関東のほうへ飛んできます。そして春になると、そこから又帰っていくという一つの現実を思いますと、民話というものが、現実を反映した素晴らしいことを言っている事が分かるわけです。

先ほど言いましたように、歴史的な中で、それを風土と私はいつも言っておりますが、人間は自分の風土というものを持つべきであるということです。皆さん、ここに百人ぐらいおられますが、一人ひとりが違った風土を持っていると思います。そういう精神風土、自分の環境に応じた、自分の育ってきたものを大切にして、そしてそこから川柳という創作、そして川柳という自分の集合体、たとえば先ほどありましたが、句集などといったものを自分のために残していくことがやがて必要ではないかと思います。

先ほど三内丸山遺跡について少しお話ししましたが、そういう縄文人の跡と同じような情景があります。初代川柳評万句合の中に、こういう句があります。「ごみだめを中に置き蛤を食い」というものです。実はごみだめというものを大事にしたのです。食べるものは蛤であっても、捨てるところはちゃんと決めてあったのです。

実はこの三内丸山遺跡も、捨てるところがきちんと決まっていたのです。いまの日本では産業廃棄物などを、夜に持って行って、どこかに投げてくるという人や会社もあるやに聞いておりますが、昔、縄文時代の人々はそういうことをせずに、自分の食べたものをきちんと捨てる場所が、決めてあったのです。いろいろな遺跡がありますが、その場所も掘り返してみると、魚の骨や動物の骨など、食べたもののかすがたくさん出てきたということです。捨てる場所を、ここと、きちんと決めておりました。そして子どもや老人などが亡くなったときには、墓というものも集落の中にきちんと、決めておいたということです。

この三内丸山遺跡はだいたい千五百年も続いたと、いわれています。千五百年ですから、ちょっと想像できませんが、私たちの日本国も建ってからそれほど時代を経ておりません。三内丸山遺跡の縄文人がやったものと、現代の私たちに伝えられているものは、非常に近いものがあるということを、私は感じております。

川柳はやはりそういう風土の中、自分の精神風土の中から生み出すものであるということを、私は言いたいのです。人が作っているものを作るのではなく、自分の言葉で、自分の精神風土の中で作っていくことが、大事ではないかと思っているのです。

そういう中で歴史的に見ると、柄井川柳が出て、江戸時代も過ぎてまいりますと、ご存じの人もあると思いますが、その中で狂句といわれた時代があります。この中で、井上剣花坊も、狂句を終えなくてはだめだというようなことで、新川柳をやったのです。そういう狂句時代の中で、特異な作家として私が注目するのは、皆さんご存じの、画狂老人として絵を描いた葛飾北斎です。葛飾北斎は世界的な画家で、アメリカが選んだ世界の一〇〇人の中で、ただ一人選ばれている日本人です。

葛飾北斎の川柳観

葛飾北斎が描いた絵、「富嶽三十六景」は素晴らしいものですが、実は彼は川柳人です。彼がなぜ川柳をやったのかということが私の課題になっているのですが、彼は九十年の生涯の中で三十回以上も名前を変えています。「北斎」というのは、北斗星のことで、やはり彼も自然界と自分というものを見極めながら自然と一体化することでやってきたのかなと思います。

葛飾北斎がどういう句を作ったかというと、「団子屋の夫婦喧嘩は犬も食い」というものがあります。（笑）これはわかりますでしょうか。いまは「夫婦喧嘩は犬も食わない」といいますが、実は団子屋の夫婦喧嘩は犬も食います。どうしてかというと、夫婦喧嘩をしたことがある人はわかると思いますが、何かを投げるわけです。団子屋ですからお互いに団子を投げるわけです。そうすると、その投げたものに、犬がたくさん寄ってきて、食べているということです。それで「夫婦喧嘩は犬も食い」ということです。

そこに大きな間があります。夫婦喧嘩を食っているわけではありません。私たちが勘違いしているのです。実は犬が食べているのは団子ですが、それをあえて言わないで、「夫婦喧嘩は犬も食い」という非常に滑稽な、ユーモアをそこに圧縮しているわけです。それが葛飾北斎の、素晴らしい川柳的発想です。

それから、「田ごと田ごと月に蓋する薄氷」というものがあります。これは素晴らしい情景です。田ごとというものがありまして、それにいまのような季節でだんだん薄氷が張っていくのですけれど、実はその田ごと田ごとへみんな月が映っています。その月に蓋をする薄氷ということです。このような素晴らしい句を作っています。

彼はすばらしい絵を描きましたが、川柳を絵に表したと言うことができるのではないかと、私は思います。彼は文政年間ですが、文政七年から八年、九年、十年、十一年、十二年と天保二年まで、毎月のように川柳の会に顔を出しています。それで『誹風柳多留』の八十五編の序文を書いています。その序文をどう書いているかというと、非常に端的な、私たちもびっくりするようなことを書いております。

「川柳というものは面白くて、歌などとは違った、いわゆる人間の動体を裏から表現しているものであるし、非常に風刺や滑稽や洒落もあるし批判精神」もあって、これだから川柳はやめられないというようなことを書いております。あの時代にそれだけのことを書いて残しているということは、北斎の絵とともに、その絵に隠された、バックボーンとしての川柳の精神があったのではないかと、私は思っております。

彼については私もいろいろと研究する課題がありますが、私も絵が好きで、よく北斎の絵を見ますが、北斎は素晴らしい想像力と、いままでだれも考えつかなかったような精神で、絵を描いていました。あの赤富士というものを最初に考えついたのは北斎です。今朝も見てきましたが、富士山には全部白い雪があって、ほとんどの画家は白い雪しか描きませんでした。ところがそれを赤富士に描いた最初は北斎です。やはりそれだけの新しい発見と、それを実践したという素晴らしい創造の精神がありました。

川柳のほうに少し入りますが、要は精神風土ということで、ちょっとご紹介したいと思います。柄井川柳は、「凪やあとで芽を吹け川柳」、これは彼の辞世の句といわれておりますが、私は彼が一番燃えているときに作ったものではないか、と考えております。

それから井上剣花坊にも、いろいろな句がありますが、やはり彼の精神風土から言えば、「汽車の窓区切り区切りに飢餓の村」というもの、そういうリアリティをもった川柳が、剣花坊の神髄ではなかったかと思っております。

国境を知らぬ草の実こぼれ合い　　井上信子

前に申しました白石朝太郎の句の中にも素晴らしいものがあります。「人間を取ればおしゃれな地球なり」というものです。実はいまのような殺伐とした地球ではなく、人間を全部取ってしまえば、地球は素晴らしい姿であるということを、彼は言いたかったのです。実は「取れば」というところに非常な批判精神があります。人間を取れば、おしゃれな地球になるということですが、これが白石朝太郎の句にあります。

それから、「人間も音速に近づこうとしている」という句ですが、たしかにライト兄弟は飛行機を作り、現在飛んでおりますが、もっともっと音速に近づこうとしています。現在でいえば音速の、マッハ二などは人間は目指してきて、現在もそういうものに向かっているのだというものを表現したかったのだと思います。

現在、地球環境のことがいわれておりますが、井上信子の、「国境を知らぬ草の実こぼれ合い」という句があります。いまイラクやアメリカ等、いろいろな国の問題がありますが、そういう国境を知らぬという一つの表現です。国境というものは人間が引いたものであって、それが争いをする種になっていますが、そういうものを知らない草の実がこぼれ合うということです。素晴らしい句です。

現在朝鮮半島や日本の国にも問題がいろいろありますが、昔日本はいろいろな侵略をして、太平洋戦争などをやりました。そういう時代に、反戦川柳作家として、鶴彬（つるあきら）という川柳作家がおりまして、「暁をいだいて闇にゐる蕾」や「手と足をもいだ丸太にしてかへし」というすばらしい句を作りました。実は蕾というのは自分です。彼は二十九歳で権力の弾圧によって亡くなっていますが、やはりそれだけの自分の作品を残しているということです。

こういうものを見てきますと、その人の中にある精神風土というものは、川柳を作っているバックボーンであり、そして自分と戦うもの、自分と向き合うもの、自分で自分を抱きかかえるものではなかったか、と思います。皆さんも川柳を自分の川柳としてこれから沢山作って、一冊の本にしていただきたいと思います。それは皆さん一人一人の句集であり影法師です。

実は私も川柳を作りますと、玄関にベッタリ貼っておきます。そして二、三日たつと、何だ、こんなもの作ったのかというふうになることもあります。作ったときには有頂天になっておりますが、実は二、三日たつと色が褪めて来るのです。

ということは、その句よりも、もっといい句を作ろうとして、また明日、いい作品を作るように努力しようと、自分でそういう心をいつも持って歩いていけば、いつかは自分の良い作品が出てくるのではないかと思います。自分の句が私を叱るのです。

拙い話になりましたが、これで「川柳と風土」という私の話を終わります。ご静聴ありがとうございました。

伝統川柳への提言
革新川柳の時代

「人生とは自己変革の歴史である」——これは私のアフォリズムである。

伝統川柳とは何か、ここから出発したい。井上剣花坊が「革新の心掛無き者は川柳家に非ず」を大正川柳（大正十五年六月）に載せた。この中で「革新運動も更に一歩を進めねばならない。いたずらに修辞の怪奇のみ憧れ、内容の貧弱を外面のこけ脅しで補うような句と思われるようになってはおしまいだ」と言っている。また「川柳革新論」（昭和二年『川柳人』一八〇号）で「古川柳の価値を軽味、可笑味、穿ち味の三綱に置いて宣伝する声が起った。もとよりそれは私の仲間ではなく私の反対に立つ人々の口から起った。そうしてそれが江戸時代の特色であると誇張され、結果は江戸趣味礼賛となった。この人達は私の革新運動を苦々しく思ったらしい…」と残している。この論に「伝統川柳と革新川柳」へのヒントが潜んでいる。すなわち「伝統川柳」とは剣花坊の論ずる「革新」に反対する川柳のことで、具体的には「古川柳川柳以来の伝統的文芸性を尊重、維持する立場」と言われている。東西で言えば「きやり」（村田周魚・大正九年創刊）と「番傘」（岸本水府・大正二年創刊）が掲げられる。伝統川柳の重心は「定型・客観性・具象性・口語発想・三要素（穿ち・おかしみ・軽み）」などが取り巻く。剣花坊の意は関西の小島六厘坊—西田當百—岸本水府へと流れたが、岸本水府はこの伝統川柳を廃し、昭和五年「本格川柳」を創作提唱した。それによれば「本格川柳はうがち・軽み・ユーモアの三要素に近代感覚を織りこんだもの」とされている。

　ぬぎすててうちが一番よいという　　岸本水府
　見舞客へまともに見えた足の裏　　岸本水府

　これらが彼の本格川柳である。しかし同じ番傘でも「川柳の本質は諷刺精神である。これから脱したものは短詩型文学であっても川柳ではない（岸本吟一）」の主張がある。

　錫　鉛　銀　　川上日車

　これもまた川柳と言っている。伝統川柳の番傘でも噴火は起っている。革新川柳の形は（非定型・主観・個性・文語・情・思想・抽象）として把握される。中八をきらうのも伝統川柳の姿である。定型と否定型を見れば、革新川柳に立つ私は、定型は重視するが、それを打ち破ることもまた重要と考える。

　馬死んでひとみの深さへ落ちていく　　岳俊

客観と主観に対しては、主観の認識が革新川柳の骨である。

　孕む穂を刈れと堕胎の国がある　　岳俊

類性に対する個性は、個性の爆発が川柳の芯を太くする。

　石泣いてがんがん棺の釘を打つ　　岳俊

気分に対する思想性は個性の発展であり土台である。

　暗い世がくるぞ田螺のひとりごと　　岳俊

「六巨頭と言われた人たちは、いずれも伝統川柳の巨頭の意味であるが、青年革新に身を置いた者も多く、またその指導方針には柔軟性があり、戦前すでにその伝統川柳は明治の復興期のそれからは遥かに歩を進めてきていた。（渡邊蓮夫）」

伝統川柳は六大家のバックボーンであった。それによって川柳界を牛耳ってきたのである。だが岸本水府が伝統川柳を、自らのテーゼとして「本格川柳」と名付けたように、六大家も又時代の流れで、彼らの伝統川柳を変えねばならなかった。彼らは伝統川柳の言葉を使用せず、川上三太郎（詩川柳）椙元紋太（川柳は人間である）岸本水府（本格川柳）麻生路郎（人間陶冶の詩）村田周魚（人間描写の詩）前田雀郎（俳諧による川柳）などの言い方で川柳を捉えた。これらは定型を破る革新川柳を忌み嫌うようであるが、それは時代遅れである。定型はリズムがあれば非定型でよく、作者の世界観、人生観により川柳は創作されていくのである。これが個性の爆発現象といえる。

ここには作家の思想性があり、表現には具象も含まれる。

以上のことから、革新川柳とは「革新の精神を湛えた川柳作家の創作する川柳」と言うことができる。革新川柳は時代の要求であり、川柳作家の明日へ向かう光を内包しているのである。

川柳に鋭気を流すオノマトペ

オノマトペとは何だろうか。

物音、動物の鳴き声を言語音で模写的に表わしたものを擬声語という。また動作、状態などを言語音で感覚的に表わしたものを擬態語という。この両方を総称してオノマトペ（ｏｎｏｍａｔｏｐｅｅ＝フランス語）又はオノマトピア（ｏｎｏｍａｔｏｐｏｅｉａ＝英語）という。

これらを少し分解してみると、擬声語にはカンカン、バーン、ドタンバタン等無生物の物音（擬音語）、ワンワン、ピヨピヨ、モーモー、ニャンニャン等鳥や動物の鳴き声や、オンオン、キャー、ウェーン等人間の泣き声、喚声（擬声語）がある。

擬態語にはきらきら、さらさら、ぴかぴか等無生物の状態を表わすもの（擬状語）、きょろきょろ、ぴょんぴょん等生物の動態を表わすもの（擬容語）、いらいら、しょぼしょぼなど人間の心情を表わすもの（擬情語）がある。

これらの擬声語、擬音語は聴覚であり、擬態語は視覚（にやにや、もじもじ）味覚（ぴりぴり、びりびり）嗅覚（ぷんぷん、つんつん）触角（ぬるぬる、つるりつるり、さらさら）であり内部的感情に関する表現と言える。

それではオノマトペを使用した川柳のいくつかを鑑賞していきたい。川柳全体へオノマトペはどのように役立つだろうか。

さくさくと大根を切れば豊かなり　白石朝太郎

この川柳作品では大根を切る音が、聞く人にはねかえってくる。さくさくと音する大根はみずみずしく、その切り口にじわりとにじむ水の光が満ちてくる。さくさくというオノマトペは作者の豊かな精神を充たす力を宿している。

のそりのそりと牛汗をかいている　白石朝太郎

牛はゆっくりのそりのそりと歩くのだが、その歩みの中で全身に汗をかいている姿は擬人化されて動の世界を作っている。

雪しんしん物言うものもないイロリ　白石朝太郎

降りしきる雪はしんしんと音が無い。その雪に囲まれ、イロリに集まる家族は無言でまたしんしんである。しんしんは雪の音であり、また家族の精神の音へ重なっていくのである。

ぬるぬるのヘドロ豊かな国の墓　岳俊

昭和四十年代の日本の高度経済成長は不夜城であった。現在の中国経済のごとく、吐かれた汚水は河川をヘドロの海と化した。この公害の世の時の作品。ぬるぬるは毒でありそのまま国の墓の光景であった。

開拓碑背にびょうびょうと休耕田　岳俊

日本の減反政策は農民の意欲を低下させた。開拓碑の背からびょうびょう続く休耕田はそのまま為政者の脳の姿でもある。

石泣いてがんがん棺の釘を打つ　岳俊

デスマスクに菊の花を投げ入れ、蓋をして釘を打つのだが、その釘は一族が石をもって打つのである。その音は石の泣く声であり一族の泣く声でもあった。がんがんが頭にひびく。

狂牛病どんどんどんどんどんどんどん　岳俊

狂牛病は、牛の脳が冒されスポンジ状になり死に至る病気で人間にも感染する。日本、イギリス、カナダ、アメリカで発生したのだが、アメリカ産牛肉はどんどん生産、どんどん殺されどんどん日本へ送れと学者も為政者も走った。もうこれらの人々の脳は冒されているとしか見えないのである。

めらりめらり農政を焼く藁を焼く　岳俊

日本の農政は農民を殺した。藁の文化は廃れ、土をつくる藁も荒れ田で焼かれている。その姿はめらりめらりとくすぶり、日本の農政そのものを焼いている姿となっている。

今まで示した作品のごとく、短い川柳の形全体にオノマトペは鋭気を流す役目をもっていると言える。人間の五官に刺さる火花で、川柳をきりりとひきしめているのである。

時事川柳は未来をめざす

二〇〇六年三月二十日、岩手の曇天に針の風が吹き荒れていた。この日裏山の北限の孟宗竹を十本ほど切り倒した。

孟宗竹の太さは十五センチメートルばかりなのだが、高さは十メートルにもなり、豪雪を背負った竹の葉は厳冬、頭を地上に伏して春を待つ。早春、竹の精神は頭を起こして、天をめざして伸びていく。

このように野沢省悟も、ついに一人になって『双眸』を編み、双眸でなく単眼にしてきたなと、私は一人呟いてみる。「双眸二十号」の裏表紙の目が鋭く光っていたからである。

送られてきた二十人の作品と文を朗読して、一人でうなずいている。その後上段の川柳作品は見ないで、二十人の文だけを幾度も暗い部屋で読むと、その二十人の一人一人の姿が雪に立つ人物のように鮮明に近づいてくる。

二十人のこれらのコメントは叙事詩である。これらの感想は後で触れる。

大正六年(一九一七)、報知新聞社の社会部長をしていた野村胡堂《のむらこどう》(岩手県紫波町出身)は、日本ではじめて時事川柳を作った。野村胡堂は言う。「決して、川柳は古くない。新しい人が、新しいセンスで作りはじめたら、これは、大きな流行になる。」「賞金は、天・地・人の三席で、天が五十銭、地が三十銭、人が二十銭、この定価表はその後、ずっと後年まで、据え置きだったはずである。」と胡堂は書き残している。時代の先見である。

それまでに胡堂は「柳樽」の全巻を七回も読んでいたし、彼の「銭形平次捕物控」は、この川柳「柳樽」が核となっている。

さて二〇〇五年は戦後(一九四五)から六十年目の年であり、地球上の世界では日本も含めて、戦争と平和の渦巻く一年であった。目を川柳界に映すと、幸いに「セレクション二十人集」なるものが出された。私の手元に「細川不凍集」「石田柊馬集」「野沢省悟集」「広瀬ちえみ集」「赤松ますみ集」が在るが、彼らは時代をどのように生き、川柳作品を残してきたのかに私の関心がある。

野村胡堂が新聞に作った「時事川柳」の場が、今どのような形で生き残されているのだろうか。

「時事川柳」の意味は広く深い。地球の歴史、四十六億年も時の流れ(時間)でとらえ学ぶことができる。

人の生涯を時で刻み、その時々の「今」を川柳作品で残すことが「時事川柳」の命である。

これらのことから「時事川柳」とは川柳作家の目をもって、集団としての社会と自らを摑む行為であり、それを切り刻み保存する作業であるとも言える。

その時その時の「今」の出来事が「時事」であり、「川柳作品」とは作者その人の姿でもある。

これらによれば、個人個人の句集も又彼ら一人一人の時事川柳の域に入っていると言える。

なぜなら、個人の時代に沿って残された川柳作品が

「個人句集」の形となって残されているからである。

手元のセレクション柳人の第一句を覗いてみる。

「寂しい　と言って途切れるオルゴール　ますみ（白い曼珠沙華）抄」「車椅子歩けぬ僕の自家用車　不凍（第一句集青い実）抄」「妖精は酢豚に似ている絶対似ている　柊馬（妖精）」「光年の雪降る　瞳から瞳　省吾（今生）」「雪割草　わたしはここで生きてゆく　ちえみ（ひ・と・り・遊・び）抄」

これらの作品を鑑賞するがいい。作者の時代の若さが春の若芽のように眩しいではないか。

このように、個人の一生を発する句集も又時代の「今」を執拗にとらえて、ひとつの反力を内包しているのである。

広い意味で個人句集も又「時事川柳」の範疇に入ることができると私は考えている。

二〇〇五年は先にも述べたように、昭和二十年（一九四五）の敗戦、広島・長崎に世界ではじめて原子爆弾が落とされ、日本の軍部が両手をあげてから六十年の時であった。

これらの惨さから、周知のように「日本国憲法」は昭和二十一年十一月三日公布、昭和二十二年五月三日施行となっている。前文では「……政府の行為によって再び戦争の惨禍が起ることのないようにすることを決意し、ここに主権が国民に存することを宣言し、この憲法を確定する。……」となっている。この中の第九条はどうなっているのか。

「日本国民は、正義と秩序を基調とする国際平和を誠実に希求し、国権の発動たる戦争と、武力による威嚇又は武力の行使は、国際紛争を解決する手段としては、永久にこれを放棄する。②前項の目的を達するため、陸海軍その他の戦力は、これを保持しない。国の交戦権は、これを認めない。」

二〇〇五年はこの九条を改憲しようとする政府、自民党・民主党が動きはじめた年でもある。

それでは二十人の個々の川柳作品と文に触れる。

清水去鳥（安全が問われた一年）である。ここに「セーフティネットの再構築が迫られている。……」があるがこの言葉は政治家が放ったもので「……安全は自分達の努力で摑み取るという意識改革も必要と思われる。」に彼の本心を見た。

○憲法がリストカットをするらしい
○自民党勝利の歓喜　さんま焼く
○国民は瘦せて核だけ太る国

どこかに遠方から見る目がとられている。つまり自己からの発信が弱いのである。「安全」を自己のものとしてとらえる方法が望まれる。「意識改革」とでも言えよう。

浅利猪一郎（回顧・懐古）の「……今まで時事吟というものを意識して作ったことがない。……」に本質がある。それは「時事吟」をどのようにとらえるかにかかっているからである。

○エッナンデ　アノオバハンガ　チルドレン
○チャイナにはまだ日の丸があるらしい

これらに少しの風刺らしきものがあるが、チルドレンや日の丸の内側にもっと深入りしていくとおもしろい。

広瀬ちえみ（ここ）に自己の存在がある。自分を好きにさせてくれたテーブルと椅子の小間で、遠方に旅に出ても帰ってくる（ここ）で自分へ帰ることができる。

○国会を切り上げオペラ座に行こう！
○靖国にミーンミーンと鳴きにゆく
○ロングドレスはブルー入閣待っている

批評と諧謔を混ぜこんだ広瀬ちえみの「ここ」での時事がある。「ここ」での淋しさを批評の眼をもってとらえていると言えよう。

野沢省悟（ロスタイム）

野沢の文に「……物質的な豊かさが、必ずしも人間の幸福につながらないということが、その背景のひとつにあるような気がする。……」として、日本の人口減少に目を当てているが、

○内閣総理大臣殿の薄笑い
○精巣という安らかなロスタイム
○大統領の餌を一緒にさがしてネ

「薄笑い」にやんわりと批評、「精巣」にマスターベー

ション、大統領の餌とは、侵略戦争や押し売りの自由主義としてもとらえることができる。

野沢省悟の作品は楽しい批評とでも言える。

髙瀬霜石(川柳 ―ナウ・アンド・ゼン―)

「……川柳は多分近い将来、死に絶えると思います。もし、かすかに生き残っているジャンルがあるとしたら、それは伝統でも革新でもなく、きっと『時事川柳』でしょう。……」

川柳絶えて時事川柳残る。新しい目である。髙瀬霜石は「川柳おとろえ時事川柳盛る」と言いたかったようだ。

さよう時事川柳こそ残って光るべきものである。これは私が先に述べたように、作者の作品に必ず時事がしみついているからである。

○六本木ヒルズに生える笑い茸

○寿限無じゅげむ　星の数ほどある地雷

○どこまで砂漠　月夜を行く戦車

「笑い茸」に髙瀬の哄笑が見える。そして「……地雷、と……戦車。これはあのいとう岬氏と、あの細川不凍氏が『雑詠』(ビックリでしょう)で高点に抜いた句なのですよ。……」がある。ここでの注目はあのである。いとう岬氏は分からないが、「あの細川不凍氏」は少しは分る。細川不凍氏は一般に「抒情」を核としてきた。だが彼の「細川不凍集」では「……自分の句を書くにしても、創作意識の核である《精神風土》と、表現の核である《抒情》は大事にしなければと思う。そして抒情は、抒情のための抒情を考えるのではなく、川柳の属性の一つでもあるイロニーの、その刃先を自己の内部に向けた凛とした抒情でありたい。……」と断言している。

髙瀬霜石の作品も時事を意識したもので、彼の言う「生き残っていく」川柳である。

丸山　進(三日酔)

丸山進の言葉は「……川柳は『レジスタンスの刃たれ』と言いたいが、先ずは悪酔い止めのジャブを出すことから始めよう。」に秘められている。

戦中の一九四三年に生まれ、戦中の残虐さや悲惨さを、自らのものとしている。

○靖国に誰かが埋めた不発弾

○テロ対策という非道は許される
○マスコミがキンタマのないポチになる

これらは丸山進のジャブである。一方で意味不明な言葉を並べて、すばらしいとする川柳集団もいるが、彼らの集団はできる限り分らなくするのを良しとするものだ。

丸山はこれらをのり越え、自らの思念で諧謔をつくりだしている。「マスコミがキンタマのないポチになる」二〇〇五年のG党首のいきり立ちと、それゴモットモなるマスコミ集団の多くの姿を、みごとに自分のものとした。

○日の丸チャチャチャ　イラクで何をしてるやら

真直《まっすぐ》な川柳がかえって読み手にジャブを与える。そこには彼の風刺の毒がばらまかれているからである。

浪越靖政（無客観試合）

丸山進と同時に生れた浪越であるが、丸山ほどの危機感は無い。「……テロが終らない世界と危機感のないわが国の若者……」と言っているが、危機感をいかに川柳に投入するかが逆に問われる。どこまで躰を通すかの問題でもある。

○メールボックスに住み着くビン・ラディン
○黄砂降る　いまさら毛沢東語録

ビン・ラディンや毛沢東語録へのやんわりの批評もあるがその割には焦点がぼんやりとかすむ。浪越の言う「……平和憲法は風前の灯となってしまった。」の認識は諦めなのであろうか。この言葉を打ちのめすものを求めたい。

小林こうこ（イテテテテ）

「……政治もあれよあれよというまに選挙をさせられ、気がつけばあちこちがイテテテ症状に。……」

○ホリエモン悶悶五右衛門土左衛門
○気の合わぬ馬の足だナ自民だナ
○NHKに発信したいツボのズレ

かつて、日本の高度経済成長と呼ばれた美名の下で、富山のイタイイタイ病が発生し、阿賀野川の鉛汚染、ミナマタ病の汚水が大発生した。そして現在、日本の空中に、目に見えぬイテテテ病が発生している。

小林こうこの恐怖は、我々にしのびよる電波や映像、青森県六ヶ所村のプルトニウム等、踊らされる裏にまかれているものを発することである。

岡崎　守(日の丸劇場)

「……神の子たちは日の丸の鋳にうろたえ、病み続ける地球儀を回しつつ、日の丸劇場の主役に拍手をおくっている。」

還暦をすでにすぎた岡崎守は、ゆっくりと世を見つめようとしているようだ。

○老人になろう揺りかごの中で

○戦犯を英霊モイルタイムカプセル

○六十年ガ消エル日の丸ノ鋳

社会性を出し、それに自分の形を乗せようとする彼だが、その光景は、ゆっくりと静かな腫《は》れものとなっている。

山河舞句(テロの世紀)

岡崎守と同時代を生きてきた山河舞句は言う。「……小選挙区比例代表は、多様な意見の発表の場をせばめ民意を『規制』する選挙制度であることがはっきりしてきました。平和とは何か、豊かさとは何か、日本をどういう国にしたいのか、どう生きたいのか、という根元的な問題を深く考えようとせず、政治もマスコミも私たちも日々流されてしまった二〇〇五年でした。」

この言葉に山河舞句の影の濃さがある。

○去年今年還せ戻せという叫び

○テロ三日三月三年三百年

○靖国に総理の耳が落ちている

○有刺鉄線で隔離する　オキナワ

テロの火を限りなく拡大していく巨大な国があり、靖国に落ちた総理の耳は、聞く耳をもたぬ耳である。

重力のごとく直線的に料理する山河舞句は、社会の裏をスパスパと切りとって歩いている。

鶴賀一声(SINCE　一九四一)

一九四一年生れの鶴賀一声は、どのように歩いてきたのだろうか。「……敗戦国の貧乏暮らしが、一転して世界のバブル大国へ。大量生産、大量消費の無責任と地球環境問題。少子・高齢の進行と医療・福祉問題……」

貧乏暮らしを躰に刻んだ一人の作家に出会う。

○サラ金とコンビニはある過疎の村
○たった今日本は破産した模様
○ゲームイズオーバーただの堀江さん
瀧　正治（内憂外患）

去年、横須賀の山陰の港に、軍艦が浮いているのを見た。

「……外交に目を転ずると、首相の靖国参拝に隣国が異議を唱え、アジアの連携は崩れ去り、米国の押し付けは度を増して来た。このような時代を単発の時事川柳としてよりも、一連の社会批評の川柳として残す意義は甚大であろう。……」

この発言は北風のように真実の声である。かつて新興川柳の火が燃えた大正から昭和初期に、森田一二は論じた。「……今日の僕にとって、川柳は先ず芸術である以前に、社会批評であらねばならない。（大正十五年五月永原二十号）」

これはこのまま瀧正治の姿に化けてくる。
○軍国の風が母子に忍び寄る
○きのこ雲消え行軍の雲が湧く

○改憲のカゴメ後ろの諸政党
社会批判としての川柳を、どのように躰でとかし表現していくのかの問は、今後彼を凝視することによって決まるだろう。

渡辺隆夫（時事）

最も早く時事を扱い、時事川柳へと自分を叩きつけたのは渡辺隆夫であろう。

「……日米安保だと言って、簡単に、九条を無視し、出兵する。靖国だって、国民はとっくの昔に縁を切ったハズである。天皇制の存廃をギロンもしないで、皇室典範を改正しようとする。といった現実の中で、柳人は、日頃なにを唄っているのだろうか。川柳という非日常空間に『時事』という半日常の世界が用意されていることを、柳人は知っているのだろうか。」

これはこれは渡辺隆夫の絶叫がきこえてくる。
○九条がサマワの泥水飲まされる
○少子天皇家にバイアグラ献上
○男系だろうが馬系だろうが今さらなによ
「現代川柳の精鋭たち」なる二十八人集がある。精鋭たちは今何をしているだろうか、とその中の一人が、ピストルの渡辺隆夫である。彼の句集「宅配の馬」で荒野を走りまわり、時事川柳というピストルを撃ちつづけてきた。そのピストルから「サマワの泥水」に溺死される九条。「バイアグラ献上」は天皇家を辿る彼独自の厳しい作業でもある。

○天皇家に差し出す良質の生殖器

渡辺隆夫は「天皇家に献上」「天皇家に差し出す」とする行為に、ピストルの川柳を撃ちつづけているのだ。

池さとし(戦争という微熱)

「……批判、風刺の矢を放つべき川柳である筈なのに、傍観の目でしかとらえることの出来ない無力さを、強く感じている。……」

○れんこんの穴から覗く自爆テロ
○二〇〇五年増えてる俄か武器商人
○ダイヤモンドダスト地球壊れる日が近い
○ぬくぬくとソファーで綴る反戦詩

少し自嘲的に、池さとしは句を作る。武器商人が戦争をしかけふとっていく。彼の風刺の方向がここにある。

本多洋子(二〇〇五年)

七十歳の本多洋子は言う。「……背筋をぞっとさせるような、子供の命を狙った事件が頻発して二〇〇五年はまことに歪な年……」

○さとうきび涙をありったけ吸った
○寒風にさらされているポストの赤

二〇〇五年の狂気をひきよせ、沖縄の涙を自分のものとして、直視する本多洋子である。

舟橋　伸(つぶやき)

○ブッシュ菌に犯されている小泉の毛穴
○日本危うし鶴彬《あきら》地獄で起《た》ち上がる

舟橋伸は冬の立木である。「日本危うし鶴彬《あきら》地獄で起《た》ち上がる」二〇〇五年九月十八日、岩手県盛岡市で「鶴彬《つるあきら》・井上剣花坊祭」が開催された。鶴彬の川柳碑「手と足をもいだ丸太にしてかへし」前で、献句・献花・川柳の朗読、五十人の一人一人が感想を述べ平和を誓った。のち近くの施設で、深井一郎金沢大学名誉教授の「鶴彬について」の講演があり、シンポジウムも行われた。川柳大会と全く異った川柳祭であった。その日、鶴彬は地獄からたち上がり、一人一人に平和を訴えた。

前田芙巳代(愛)

(愛)とは二〇〇五年の漢字とか。だが七十八歳の前田芙巳代はことさらに「死」を選んでいる。

○老作家死す北から晴れてくる

○男が死んですこし遅れてバスが着く

急ぐことをせず、独自の川柳を歩いて来た彼女は今「死」の世界に自らを投入している。

石川重尾(時代詠について)

「……事件についての表現ではなくて事件を通じての作者の訴えかけなら、一句の生命が簡単に消滅することはないのではと思う。……」と論じる石川重尾はすでに八十歳になったが、彼の訴えは自らの川柳作品に光りつづけている。

○手品の種はアメリカ産の民主主義

○カイカクの毒まんじゅうが効いてきた

「カイカクの毒まんじゅう」とは彼の痛烈な豊かさである。

大友逸星(深層水)

「……だから我が作品はその逡巡を内包しながら、そのあわいを放浪していることになる。『こと』の報告にならぬよう、『こと』の魅力を保ちながら、内在する『もの』の核心に触れたいものだと腐心している。」又「時事川柳ブームが来ているようだ……」とも吐いている。

八十一歳になった大友逸星の新鮮な息であり、そのようにして彼は止《とま》ることを止めなかった。そして又歩く。

○〝モウイイカイまあだだよ〟女帝論

○表はクルマ裏道は人攫い

六四五年の大化の改新は蘇我入鹿が暗殺された年であるが、この黒幕は、血だらけになった入鹿に裳《も》の裾《すそ》をにぎられた皇極女帝であった。「天皇家にバイアグラ献上」の渡辺隆夫とは質的に異なる方法「もの」の核心へ突入する大友逸星の「女帝論」は、やわらかくつるつるしている。

土居哲秋(二つの拉致問題)

「……一九四五年終戦を同時に国際法違反のソ連軍によって六十数万の旧日本兵が拉致されシベリアに強制抑留された事実」土居哲秋はこの中でソ連軍によって拉

致された自らを、二〇〇五年の拉致報道との差別として訴えている。

私の目の前にある墓地にシベリア抑留で死んだ兵士の墓がある。墓には彼の遺骨は無く、ようやく戦後五十八年たってシベリアから集められ納骨された。その時彼の母はすでに無く、息子と母が同じ墓に入ったのである。こうした惨めな光景は、戦争責任の国家日本が行った姿でもある。

〇六〇万のシベリア拉致は見殺しに
〇消された拉致　生かされる拉致　今昔

土居哲秋の八十歳の怒りが句にしたたっている。「二〇〇五年」というテーマに向かった二十人に触れた。五十代から六十代、七十代、八十代と異なった叙事詩のメッセージ、そしてそれを背景とする川柳作品の嘔吐である。

戦後六十年の二〇〇五年は、又ひとつのアンソロジーを生んだ。「あの夏を忘れない―終戦・被爆六十年―反戦反核平和詩歌句集」である。短歌・俳句・川柳・詩のジャンルが一同に集積、五四七ページに圧縮された。他ジャンルとの相互の交流の方法は多岐にわたるが、終戦・被爆六十年の日本として反戦反核の重いテーマに集合することは、現代の重要な行動である。この中から、川柳のジャンルの作品を記す。

さてどこへケロイドの面ぶら下げて　石川重尾
ゲルニカが今日も描かれているイラク　岩佐ダン吉
ザワザワザワ平和の歌がこだまする　遠藤慶子
原爆忌うすれる影を抱き起こす　片岡玉虫
九条の人文字となり千里の歩　川端一歩
鶴彬が叫ぶ歴史の暗がり　木本朱夏
君が代に起つも座るも自由です　近藤正
被爆国我らが言わな誰が言う　笹井智良
丸太忌と名付け九条死守せねば　佐藤かつろう
核を持つ国が核兵器を恐れ　佐藤岳俊
アメリカはその内世界に捨てられる　塩満敏
白旗のはずだった　いつから赤いしみ　滋野さち
反核の署名簿がある花の寺　島村美津子
国際貢献ならば世界へ被爆展　鈴木星児
何積んできたのか戦後六十年　高瀬霜石

白骨の両足がまだ縛られる　高鶴礼子
反戦の誓いあらたに彬の忌　田中正坊
国連の上ではためく星条旗　千葉国男
日本より世界で燦と第九条　ばもととしお
九条持つ国に戦争が好きがいる　平嶋美智子
六十年　九条守るおみえなし　宮崎シマ子
日の丸を千切れる程に振って負け　横村華乱
川柳でイエス・ノー申す時が来た　湯田念々
非核署名千人針のようにする　渡邉はつこ

これらはみな時事川柳のかけらである。二〇〇五年の時局を我が内にひきよせた時事川柳に、力が宿っている。二〇〇七年八月二十五日は、初代川柳が第一回万句合興行、勝句摺第一号を刊行して、二五〇年になる。

この歴史の中で、時代(社会)に立ち向かい自らの川柳を刻みながら、軍国日本の権力者に倒された鶴彬《つるあきら》は、わずか十年あまりの創作生命の中で、次の作品を残している。

皺に宿る淋しい影よ母よ　十五歳
爆風と海の恋を見ましたか　十六歳
的を射るその矢は的と共に死す　十七歳

米をつくる人人、粟、ひえ食べて　十八歳
めかくしをされて阿片を与えられ　十九歳
二本きりしかない指先の要求書　二十歳
三・一五うらみに涸れた乳をのみ　二十一歳
種籾も食べつくした春の田の雪　二十五歳
涸れた乳房から飢饉を吸ふてゐる　二十六歳
凶作を救へぬ仏を売り残してゐる　〃
売り値のよい娘のきれいさを羨まれている　〃
みな肺で死ねる女工の募集礼　〃
ざん壕で読む妹を売る手紙　二十七歳
暁をいだいて闇にゐる蕾　〃
吸ひに行く姉を殺した綿くずを　〃
もう綿くずも吸えない肺でクビになる　二十八歳
五月一日の太陽がない日本の労働者　〃
エノケンの笑ひにつづく暗い明日《あす》　〃
銀針に刺された蝶よ散る花粉　〃
高梁《こうりゃん》の実《み》りへ戦車と靴の鋲　〃
屍《しかばね》のゐないニュース映画で勇ましい　〃
出征の門標があってがらんどうの小店　〃

万歳とあげて行った手を大陸へおいて来た　〃

手と足をもいだ丸太にしてかへし　〃

胎内の動きを知るころ骨がつき　〃

これら胃に刺さる鶴彬の川柳の多くは、社会の時事を串刺しにした時事川柳で塗られている。

これらをいくども反芻するとき、時代を激しく刻んだ時事川柳は、暗黒の泥の中から、光を抱きかかえて現代に息を吐き出すのである。

私達は「今」を躰に刻み、川柳の形で残していかねばらならい。

その時、時事川柳は脈に血を湛え、未来をめざして、ごくんごくんと音をたてて流れだすのである。

白石朝太郎《しらいしあさたろう》と北方の川柳

みなさん今日は、私は岩手県の南、平泉金色堂《ひらいずみこんじきどう》のある所より少し北の胆沢町《いさわまち》からやって来ました。地理的には北緯三十九度です。国立緯度観測所のある水沢市が隣街です。ここの札幌市は北緯四十三度少し北に在りますので、直線では四五〇キロメートルほど北上したことになります。

本日の私のテーマ「白石朝太郎と北方の川柳」について語りたいと思っています。白石朝太郎の略歴を申しますと、明治二十六年八月十七日東京市木挽町に生まれています。

この時代は川柳の新時代として、井上剣花坊が明治三十六年（一九〇四）新聞「日本」に「新題柳樽」欄を設けて新川柳の活動をはじめています。ちなみに井上剣花坊は明治三年（一八七〇）山口県萩市に生まれています。ですから白石朝太郎とは二十三歳の違いがあります。皆さんご存じの六大家と呼ばれた人々、川上三太郎、麻生路郎、岸本水府、村田周魚、前田雀郎、椙元紋太等は明治二十年から三十年代に生まれております。しかるに亡くなったのは殆ど時を同じくして、昭和三十年〜四〇年代です。六大家とは自らの柳誌を持って川柳を広めた人々です。これとは別に白石朝太郎がおります。

白石朝太郎は井上剣花坊の「川柳」から「大正川柳」を剣花坊と共に共選しています。大正九年二十七歳の頃です。又北海道小樽の田中五呂八が「氷原」を大正十二年に創刊し「大正川柳」「氷原」「影像」が鼎立していたのです。年齢的には白石朝太郎二十七歳、田中五呂八二十八歳の時に川柳へ力を注いでいます。その頃の白石朝太郎は白石維想楼《いそうろう》と言いました。田中五呂八は批評、作家論を次々と発表した作家ですが「大正川柳」に「白石維想楼論」を書き、この中で「明るい理想、浮き立つ楽天観は彼（維想楼）の句から見られず。その反対の感傷主義、自嘲精神、虚無思想、悲観思想が維想楼の詩的精神を一貫する生命色である」と言っています。又石川啄木に似た否定精神も持っていると看破しています。その頃の維想楼作品を見ますと、

　病身の俺は地球の荷物なり
　生きて行くことに涙が邪魔になり
　最高の母性を見せて柿が熟れ
　バラバラな骨になる日を明日に持ち
　白いきればかり洗って疲れてる

これらの句に田中五呂八の言った個性がにじみ出ています。大正十二年の剣花坊句集「習作の二十年」をはじめとして「井上信子句集」「荒木京之助句集」「昭和新興川柳自選句集」井上信子第二句集「蒼空」等を精力的につくっております。大正から昭和にかけて日本の軍国主義が頭をもたげ、大陸への侵略へと向かったのですが、出版や思想も検閲された暗い世です。大正十二年九月一日関東大震災では水戸、川口の句会へ出向き、九月中旬頃、本郷警察署に検束されています。昭和九年九月十一日井上剣花坊の死に対し、川上三太郎と共に弔句を残しています。

　隕石の間近に落ちて明けやらず　　維想楼
　九月十一日わが師おろがむ日　　三太郎

日本は昭和六年の満州事変から、軍国主義が勢いを増し太平洋戦争の終戦、昭和二十年八月十五日まで十五年も戦争一色の暗い世でした。剣花坊の死から井上信子は「蒼空」を出し川柳を続けていますが、この頃皆さんもご存じの若き鶴彬が井上信子の「蒼空」を助けています。鶴彬は反戦川柳を書きつづけ「手と足をもいだ丸太にし

てかへし」の川柳碑が盛岡市に立っています。白石朝太郎は北原白秋や吉川英治等とも交わり、昭和十年「川柳むさしの」のち昭和十三年「諷詩むさしの」を創刊しています。この間詩人の岡本潤、秋山清、中野重治等とも交流したと言われています。昭和二十年「人生詩」を主宰しています。

戦争終結　　白石朝太郎

神罰を忘れ神風のみを待ち

こがらし

神々も魔王もかくて破れ去る

勝つため勝つためと乞食まで下り

栗も見ず柿も見ず敗戦の秋が逝く

私が白石朝太郎にめぐりあったのは昭和四十年頃です。「人間は環境によって変わる」と言ってましたが、戦後東北の福島市に来ました。ここで約二千句ほどの川柳を残しています。それらの作品は現代において最も分りやすい表現の中に、普遍性を持っていることです。

人間を取ればおしゃれな地球なり　　朝太郎

嘘の数だけ大きな墓となる　　〃

わがために神が用意をした吾妻　　〃

犬でよしただアメリカに尾を振らず　　〃

人も音速に近づこうとしている　　〃

冬の永い国なり死ねば雪に埋め　　〃

さくさくと大根を切れば豊かなり　　〃

これらは私の言う北方性を持った川柳ばかりです。北方とは東北、北海道の風土で、自分の生れた血の奥をのぞきこみ、ここに生き方の川柳を残す必然性があるのです。「ささやかな隅像もほし雪の下」「笑うという人間の知恵さびし」「遠々の業として句に果てんとす」「貧乏と病気にだけは嘘がない」「極寒を故郷として鳥白し」「八十年川柳のほか何もなし」等自らに徹した句ばかりです。「句をいっしんに作れば句は君という人間を作ってくれる」朝太郎の言葉です。自己の個性を失わず、死の直前まで自分の作品を残した白石朝太郎のような、本当の川柳人になりたいと思っています。皆さんご静聴ありがとうございました。

反戦平和を叫びつづけた川柳作家鶴　彬《つるあきら》

鶴彬《つるあきら》はじっと黙りこんだままうつむいていた。体調が悪い。

げっそりと痩せた顔には苦渋の色が濃く、眉間にひとすじの汗が光った。昭和十二年十二月三日、特高警察に検挙された鶴彬は、東京都中野区野方警察署に留置された。

その暗い留置場で、約八ヶ月がすぎた昭和十三年八月、赤痢と診断され、鎖につながれたまま豊多摩病院に入院したのだった。

長い留置場で、鶴彬はいくつかの川柳作品を残した。

血を吐いた同志の跡に坐らされ　　鶴彬
泥棒と抱き合って寝る寒さかな　　〃
いずれ死ぬ身を壁に寄せかける　　〃

赤痢は鶴彬の躯をむさぼり、衰弱させていった。襲ってくる死の恐怖の中で、彼の脳裡にぽっかりと浮かんでくる風景があった。故郷、石川県の日本海に沿った町である。

ふるさとは病《やま》ひと一しょに帰るとこ　　鶴彬
暁をいだいて闇にゐる蕾《つぼみ》　　〃
枯れ芝よ！団結をして春を待つ　　〃

まだ二十九歳の鶴彬は、井上剣花坊亡き後（昭和九年）、井上信子の「川柳人」を助け、川柳の明日のために、必死に川柳作品と評論を書きつづけていたのである。

だが日本の軍国主義は、戦争を推し進めるため、あらゆる弾圧を国民に迫った。特高により「川柳人」主宰、井上信子が東京警視庁に拘引され、家宅捜索を受け、四日間拘置された。

「ご存じ無い方のために、特高の説明が必要だろう。特高警察は、明治四十三年、幸徳秋水らの大逆事件を機に、当初は社会主義運動の抑圧を目的として設けられた思想警察である。その後外事、労働、検閲などの機構を強化し、上海、ロンドン、ベルリンに組織をひろげ、外地まで逮捕、弾圧を企てた悪名世界に冠たる警察機構であった。戦争に反対する思想を異端視する権力の尖兵となって、民衆から言論、宗教、信条の自由など、一切の基本人権を奪い、民衆の日常生活にまで干渉する権力の直接の執行機関であった。

かれらは治安維持法、予防拘禁法などを武器に、時には法律や国家をさえ超え、これを自由にあやつって、最も陰険で卑怯な手段で民衆を弾圧し、莫大な機密費でスパイを組織し、さまざまな『事件』をでっち上げ、これを見せしめとして『非国民』を徹底的に抑圧した。特高警察と憲兵の二つの暗黒組織をあやつり、権力者たちは、戦争へ戦争へと日本の民衆を追い込んだ。今日なおその政治的、思想的遺産は、国内の一部に確実に継承され、アメリカのCIA、およびKCIAをはじめとする韓国の警察機構に生かされていると申し上げれば、彼らのやり口のいくらかは、わかっていただけるだろう。（白石幸男著―朝太郎断片）」

このような暗黒の世で、鶴彬は必死に反戦川柳をつくり、それを作れば作るほど、自らの首に弾圧の鎖が巻きつけられるのを知っていた。赤痢になったのも「赤痢菌を入れられた」と直感していた。豊多摩病院で監守つきの鶴彬の身は、完全に檻に入れられた人間であった。「無念だ、だが私の言っていることは五十年たったら、きっと分かってもらえる」鶴彬は小声で自らに言いきかせた。

鶴彬《つるあきら》は明治四十二年（一九〇九）石川県河北郡高松町に生まれた。明治四十三年、父の死去により、叔父、喜多喜太郎の養子になる。すでに母の愛情をこの時失っていた。

鶴彬（本名、喜多一二《きたかつじ》）は少年時代から創作してきた川柳のいくつかを、走馬灯のごとく思いめぐらした。

暴風と海の恋を見ましたか　鶴彬（十六歳）
的を射るその矢は的と共に死す　〃（十七歳）
米をつくる人人、粟、ひえ食べて　〃（十八歳）
めかくしをされて阿片を与えられ　〃（十九歳）
二本きりしかない指先の要求書　〃（二十歳）
三、一五うらみに涸れた乳をのみ　〃（二十一歳）
種籾も食べつくした春の田の雪　〃（二十五歳）
凶作を救へぬ仏を売り残してゐる　〃（二十六歳）
売り値のよい娘のきれいさを羨まれている　〃

ざん壕で読む妹を売る手紙　〃（二十七歳）
暁をいだいて闇にゐる蕾　〃
吸ひに行く姉を殺した綿くずを　〃
高粱《こうりゃん》の実《みの》りへ戦車との靴の鋲　〃
万歳とあげて行った手を大陸において来た　〃（二十八歳）
手と足をもいだ丸太にしてかへし　〃

日本海の波が鶴彬の脳裡に激しく打ち寄せた。彼はげっそりした躯をぶるぶると震わせ倒れた。昭和十三年九月十四日、川柳作家、鶴彬死去、享年二十九。遺骨は兄、喜多孝雄がひきとり岩手県盛岡市、光照寺墓地に埋葬された。わずか十年間ほどの創作に、詩作十四編、川柳作品一〇四四句、評論八十五編を書き、国家権力に倒された。彼の死後七年、日本はアメリカの原爆投下により両手を挙げた。昭和二十年八月である。新憲法―「日本国民は（中略）政府の行為によって再び戦争の惨禍が起ることのないやうにすることを決意し、ここに主権が国家に存ずることを宣言し、この憲法を確定する。」反戦川柳作家、鶴彬は平和を希求し、川柳の成すべきものが何かを主張しつづけた。昭和五十七年「手と足をもいだ丸太にしてかへし　鶴彬」の句碑が盛岡市に建つ。その他、「暁を抱いて闇にゐる蕾　鶴彬」（金沢市）「枯れ芝よ団結をして春を待つ　鶴彬」（河北町）。鶴彬は盛岡市に眠っているが、私達は毎年、鶴彬祭を行い、鶴彬の残した精神を川柳の中に学びつづけている。

人生の生き方を孕む川柳を

二十一世紀が目の前に迫っている。緑の風の中を歩いていくと、車椅子のホーキング博士の言葉が浮かびあがってきた。ホーキングは「私達人間が生まれ出るような宇宙の進化」を「人間原理」と呼び「人間がこの宇宙の中心」であることを、彼の宇宙論で述べている。

四十六億年前に地球は生れた。その後四百万年前に、やっと人類が誕生したと言われる。私達の祖先は森の中での生活をつづけ、その後草原へと降りていったのだが、この時道具を使用する手を発達させてきたのである。これと共に人間の脳は一途に進化の道を進んだ。二十世紀の科学技術は「人間の脳」の進化であり、アインシュタインの相対性理論から原子爆弾がつくられ、世界最初で最後となるヒロシマ、ナガサキの街を消した。ウェゲナーによる「大陸移動説」「DNAの構造」「オゾンホールの破壊」「火星隕石に生命」「クローン・ヒツジの誕生」等に二十世紀の科学技術の跡が残されている。

ちっぽけな私の影の前方に、酸素の製造工場である森林がつづき、自然のエアコンでありダムでもある水田が豊かな水を湛えて蒼空を映している。木々の葉は大気の浄化装置だ。私達人間は、地球の中の生物の一点なのであるが、進化しすぎた脳は核兵器を人間に向け、熱帯雨林を破壊し、地球の砂漠化、地球の温暖化、オゾン層の破壊等破滅へ向かって進んでいる。

この時にあたり、私達は破滅へ向かう脳を止めなければならない。ここに私の求める川柳の形が要求されるのである。それは風刺リアリズムの川柳である。古川柳では「穿《うが》ち」と呼ばれた批判精神を孕む川柳作品群である。

柄井川柳は多くの秀れた江戸の川柳を彼の選集に残しているが、そこには人間の豊かさを求めた風刺精神が宿っていた。私は二十一世紀を示唆する川柳作品のわずかを掲げる。

飢えたらば盗めと神よなぜ云わぬ　井上剣花坊
人間を取ればおしゃれな地球なり　白石朝太郎
国境を知らぬ草の実こぼれあひ　井上信子
手と足をもいだ丸太にしてかへし　鶴彬
北上川人になど生れるもんじゃねえ　吉田成一
喪服から蝶が生まれる蛇が生まれる　細川不凍
刑期なき獄舎パチンコ屋の巨城　高橋竜平

人間の脳は手足を越えて急激に進化した。そのため水の惑星地球さえも破壊する、破滅へ進んでいる。だからこそ生き方を孕む川柳へ向かうべきである。

生きた矛盾の姿を求めよ

現代川柳の河を遡っていくと、はるかに江戸時代に辿り着く。

周知のごとく柄井川柳《からいせんりゅう》は点者（選者）として、その実力を選句に残したのだが、彼の選んだ佳句を「誹風柳多留」初篇として編集したのは呉陵軒可有《ごりょうけんかゆう》であった。可有は号を木綿《もめん》といったのだが、その号は景品の木綿を独り占めしたからだと言われている。編者呉陵軒可有（木綿）の主張は「一章に問答」がなければならないことであった。「一章に問答」とは何か、彼は一章に問があり答がある形を川柳に求めた。これは二つの相反するもの、つまり対立関係のことであり「矛盾」のことである。

この「矛盾」についてくどくど言うつもりはないが、短く言えば「相互に排斥しあう事物、傾向、力の関係」と言えるものである。

私達の社会では「有と無」「人間と非人間」「プラスとマイナス」「明と暗」「貧と豊」「作用と反作用」「聖と俗」「光と影」「表と裏」「生と死」など挙げればいくらでも出てくる。

この矛盾はおもしろいことに対立することによって、私達の認識の発展をうながしていくのである。この矛盾の葛藤に川柳のアイロニー（諧謔）があるのである。

アイロニーは川柳の持つバックボーンの穿ちなのである。

穿《うが》ちとは表面に穴をあけて、その奥にある真実をつきとめる行為である。財務省に穴をあければ血税で馬十頭買って遊んでいた男がいたし、NHKに穴をあければ、紅白のライトの裏で飲み食い遊び放題の男がいたことなどである。

古川柳からその姿を見る。

母親はもったいないがだましよい　　柳多留初篇

この句の中では主語の母親について、「もったいない存在」そしてまだ「だましよい存在」としている。ここに先に私が言った「矛盾」の姿が成り立っているのである。

この例で分かるとおり、川柳の作句の方法として「二物を対立衝撃」させ、その矛盾をえぐりだすことを「モンタージュ」と呼ぶ、モンタージュとは映画のショット（カット）をつなぎ合わせ狙った意味や表現をあらわすことであったのだが、この映画の手法を川柳にとり入れると、先に述べた「二物の対立衝撃」としての矛盾の域に達するのである。

それでは現実的に小船をあやつる棹を持った船頭を見てみよう。小船は船頭の持つ棹の作用と反作用によって進む。つまり船頭の力が棹に作用し、その反作用（水中の地を蹴る）によって小船は進むのである。この進む力学が矛盾の成果と言ってもよい。

川柳においては昭和十一年、二十六歳の鶴彬がこれらのことを的確に看破して次のように論じている。「…即ち生きた現実を生きた矛盾の姿によってあらわすという川柳文学独自の諷刺的精神や表現方法が、これらの現実に太くたくましい脈動を与えているのである。…」と。ここでいう「生きた矛盾の姿」こそアイロニーを生む穿ちや諷刺精神を生んでいくのである。

その姿を古川柳で見る。

売った日を命日よりもさびしがり
水損のあぜをふみわけ女衒《ぜげん》来る
いびられに行くが女の盛りなり

「命日」は人間の終でありさびしいのだが、それよりも「売った日」をさびしがるという矛盾。「水損」水害で失望している人間「女衒」という人買いがやってくる恐ろしい光景だ。「いびられ」と「女の盛り」は作用と反作用の姿でもある。

このように古川柳にも「生きた矛盾の姿」それはまた「二物の衝撃」としての姿があり、穿ちとしてのアイロニーが発する。

生きている矛盾を発掘する川柳は、その構成や遠近感、深さや重さなど他方面にわたり展開されていかなければならない。

雪積る庭を見ながら、頭をかすめるその川柳を挙げよう。

吸いに行く　姉を殺した綿くずを　鶴彬
万歳とあげて行った手を大陸へおいて来た　鶴彬
天皇は千人　みんな麦藁帽子　中村冨二
絵のおんなぼくのマッチを返さない　定金冬二
鏡の中に他人がいた——夏の午後　速川美竹
憎まれて実るちいさい稲の花　佐藤岳俊

モンゴロイドの穿ちの精神へ

二〇〇二年七月十一日の新聞朝刊に、「人類の起源七〇〇万年前か―最古の猿人化石発見―」が載った。自分の顔とルーツを探していた私は、猿人化石の頭骨部分の写真を見て「あまり変りない」と自問自答の声を呑みこんだ。

その日まで人類は五〇〇万年前に発生したと言われて来たのであるが、七〇〇万年前までさかのぼることが証明されたのである。アフリカ、チャド北部のジュラブ砂漠で発見されたこの化石は、トウマイ化石と名付けられた。

アフリカを脱した猿人は、百十万年前にアフリカを越え、現マレーシア、インドネシア周辺のスンダランドにやってきて生活していた。そして六十万年前に彼らは北方へ進み、北京原人を産んだ。三万年前、さらに北方に歩んだ新人はシベリアのバイカル湖周辺で、私達の直接の先祖縄文人に進化するまで生活する。彼らは現在も私達の顔と躰の似た北方民族ブリヤード人である。シベリアのステップ地帯で、マンモス、トナカイを追って、彼らは強力な武器、細石刃《さいせきじん》を造った。この細石刃の石器でマンモスを倒し、アムール河を下ってきたのである。北海道大雪山連峰の白滝《しらたき》遺跡で生活した旧石器人は、縄文人、アイヌ人の先祖である。モンゴロイドの私達は、このようにして進化してきた。縄文時代は一万三千年前から、三千年前まで一万年も続いた。

この時代にあって、青森の三内丸山遺跡は、千五百年も生活しつづけた、巨大な縄文人の生活土地空間遺跡である。

多量の土器、ポシェット、土偶、耳飾り、石包丁や石斧、石棒、多種多様な骨角器は、骨針、銛、釣り針、ヘアピン、魚の骨ではヒラメ、タイ、タラ、カツオ、カレイ、ニシン、ブリ、サメ、アジ、イワシ等が多量に出土した。

この縄文人達は各ブロックに部族を作り生活しつづけた。

縄文時代、人口が最も多かったのは東日本であり、それはここに私達モンゴロイドの森林（落葉広葉樹）地帯が広がっていたからである。私が生れた時、臀部にあった青色の蒙古斑は、北方のブリヤード人に似た祖先が「モンゴロイドで行け」と無意識に信号を送った証である。その日から私はモンゴロイドの意識を、血の中にとかしたのである。

私の先祖は北上川沿いの丘に住み、その一族は大和朝廷に蝦夷《エミシ》と呼ばれた。大陸の国々は戦争によって、日本列島へ多くの民族を追った。日本に上陸した彼らは、私達原住民の祖先を追い払い、大和朝廷を造った。彼らの残した「古事記」「日本書紀」は彼らの支配に最もよく創作された。

そして彼らは私の住む胆沢《いさわ》の長《おさ》アテルイへ侵略をつづけ、アテルイの首を切った。さて私は毎年、高校三年生百名程に、課外授業として「川柳講座」をひらいてる。

その川柳とは「その時代に生きた川柳家」のことである。

その時代、その一刻に生き、川柳作品を残し、語り論じた先人川柳家達のことを話すと、彼らの目が開きだすのである。今年も又森に在る山小屋の中で、彼らの目を見ながら私は話をはじめた。「川柳《せんりゅう》」を聞いたことのある人手をあげて下さい」「川柳」とは…江戸時代の人、柄井川柳が前句（切りたくもあり切りたくもなし）付句（盗人をとらえてみれば我子なり）の前句付の点者（選者）として出てきたのである。この付句が独立、五、七、五なる川柳が形造られた。

木枯しやあとで芽を吹け川柳　　柄井川柳

この句によって次の世を暗示、期待を込めたと言うことができる。柄井川柳の死後、川柳は狂句と呼ばれる時代に入ったが、この時代、世界的浮世絵師であり、画狂老人と自ら吐いた葛飾北斎が、多くの川柳を残している。彼の画は百科事典（エンサイクロペディア）であり、私から言えば、人間と人間をとりまく生態、その意識、行動、つまり「川柳」の世界を絵に刻んでいったと言うことができる。

川柳の背骨をいくものは「穿《うが》ち」である。穿ちは川柳の底流であり、現実の世の現象の裏にある真実をえぐり出す方法である。穴をあけて膿を出すこと、それが川柳の輝ける生きる方向である。例えば外務省に穴をあければ、競馬馬、飲み食い、機密費で生活等の血税でドンチャンの顔が腐って落ちてくる。意識改革のない改革はポーズだけだ。

ムネオハウスのペンキを塗った外務省　西秋忠兵衛

川柳史をひもとくと、この穿ちをふくらませた、豊かな川柳、鋭い川柳作品が現代川柳へと確実に流れている。

日中戦争から太平洋戦争へと日本の侵略が、中国、朝鮮半島へ広がる時、反戦を叫び弾圧された鶴彬は、自らの川柳を武器として闘い、国家権力によって倒された。

万歳とあげて行った手を大陸へ置いて来た　鶴彬

手と足をもいだ丸太にしてかへし　鶴彬

人間をとればおしゃれな地球なり　白石朝太郎

訃をきいて弾むこころがありはせぬか　天根夢草

天皇の足裏に伏す村の墓　佐藤岳俊

ビル、がく、ずれて、ゆくな、ん、てきれ、いき、れ　なかはられいこ

ビンラディン何処へ行ったの豆を炒る　草地豊子

現代川柳はこの一刻に生きた川柳人の血を宿し、その血はモンゴロイドの苦の歴史の穿ちの精神へ向かっている。

生涯現役の葛飾北斎《かつしかほくさい》

二〇〇五年七月十六日、私は富士山五合目のレストハウスを早朝五時に出発した。

富士登山である。絵や車窓から遠望した富士山へは還暦になった足で登ることに、ひとつの感慨が湧いた。九合目あたりで強風が吹き、着ていたヤッケが飛ばされそうになった。頂上付近の浅間大社奥宮に着いたのは正午ごろである。そしてついに三七七六mの頂上に立った。下界に樹海が見え、白い雲が恐竜のように動いていた。

蒼空と山頂の間に両手を伸ばし、私は思い起こすことがあった。世界的画家であり川柳作家でもあった葛飾北斎のことである。

葛飾北斎は、アメリカの有名な写真誌「ライフ」の「こ

の千年で最も偉大な業績を残した百人」（一九九九年）に、日本人としてただ一人選ばれているのである。

葛飾北斎は宝暦十年（一七六〇年）九月二十三日、江戸に生まれた。

十九歳で勝川春章に入門する。それから九十歳で浅草聖天町で亡くなるまで、引越を九十三回、自らの画号を三十数回も変えているのだ。そして又絵と共に、絵の下塗りとも言えるバックボーンを支えているのは彼の川柳である。私は北斎がなぜあのような長寿を保つことができたのかに深い関心があった。

その関心は、北斎の次々に変えていく画号に秘密が潜んでいる。北斎は自らの画号に自分の目的を持っており、その目的が達せられた時、画号を弟子達に与えたと言われている。私の知る北斎の画号を記す。

勝川春朗、東都魚仏、春朗改群馬亭、叢春朗、君馬亭春朗、（東州斎写楽）宗理、北斎宗理、百琳宗理、可候、宗理改北斎、北斎辰政、先ノ宗理北斎、不染居北斎、時太郎可候、画狂人北斎、ほくさゐ、画狂老人北斎、九々蜃北斎、葛飾北斎、葛飾北斎載斗、葛飾載斗、北斎改爲一、前北斎爲一、葛飾爲一、不染居爲一、北斎爲一、月癡老人爲一、北斎改卍、前北斎爲一改画狂老人卍、獨流開祖画狂老人卍、前北斎改画狂老人卍、前北斎卍、三浦屋八右衛門、無筆八右衛門、等である。この外に川柳名として百姓八右衛門、万仁、百々爺、等があると言われる。

これらの中で私が（東州斎写楽）と書いたのは、北斎こそが写楽であると考えているからである。その証はその時代背景と北斎の絵の中に隠されている。これだけの画号を次々に変えていった北斎が春朗と号した二十歳から、役者絵、挿絵画家として黄表紙、洒落本の挿絵を描いていたのだが、師の勝川春章の死により、三十五歳で勝川派を破門されている。

寛政六年（一七九四年）五月から寛政七年（一七九五年）一月頃までが写楽の活動した時である。北斎は東州斎写楽の名でこの時代をすごしたと私は思う。なぜか、これほどの画号を変えた北斎が、この約一年ほどは無名空白になっているからである。

ここに写楽を売り出した蔦屋重三郎《つたやじゅうざぶろう》を見なければならない。彼は「耕書堂」という江戸時代の出版史に大きい足跡を残した版元であり、山東京伝や歌麻呂、写楽を売り出した鬼才でもあった。

　蔦屋重三郎は春朗（北斎）を東州斎写楽と号して売り出したのである。その時代には暗い松平定信の寛政の改革があった。いわゆる当局の弾圧によって、山東京伝は手鎖、蔦屋重三郎は財産半減の刑に処せられている。写楽がだれかを知っているものは版元の蔦屋重三郎だけであった。だが彼は写楽の秘密を語ることなくあの世へ行ってしまったのである。

　さて北斎と川柳に目を転じる。次々と画号、戯作者名等を変えていった北斎は、誹諷柳多留の刊行から川柳に注目し、自らも川柳を作りはじめた。最も早い時期は三十歳の頃で、可候（そうろうべき）の名で出ているという。その後文政八年（一八二五年）の八十五編の序文を書いているが、これは一柳人と言うよりも時代のリーダーであった証である。重要なので記す。

「和歌《うた》の道は、正道《せいどう》であって、これは動かすことのできないまぎれもない事実であり、それは人の道の真実を正面から詠ったものである。しかし、川柳は、その和歌の正道をいささか踏みはずしてはいるものの、前句の意を伝えて、別な角度から一つのジャンルを形成し、それはそれなりに独立独歩、人生の裏側から、真理を追究したものと言わねばならない。この川柳は、滑稽を元として、興《きょう》にのるにまかせて、世の中を諷刺し、時に痛烈な批判をし、また時に、洒落《しゃれ》てみたりしながら、聞く人をして、共感を誘い発展していった。その川柳の枝葉は、いよいよ繁茂して、ここに八十五編の句集を刊行することになったのである。

　その句集の中に女郎花《おみなえし》と号して掲載されている馬喰町《ばくろちょう》に住む清屎《きよくそ》という主《あるじ》が、ある年、川柳の句会を催し、方々から川柳子を集めて、何百有余という句を詠ませたのであるが、四代目川柳翁の評を得て、ここに優秀作品を収録することになった。

　たまたま、この句会に連座した私めに、序文を書けという大役が降って湧いてきたわけであるが、勿論私めは幼き時より絵心はあっても、その方向のことならいざ知らず、文章を書けということになると、いささか筋が違う上に、間違いでもあったら大変だと言うことで再三辞退をしたのであるけれど、赦《ゆる》して貰《もら》えず、遂々《とうとう》絵筆を捨てて書をものにするという羽目になってしまった次第《わけ》で、文にして文ならずということになるかもしれないが、観る人はどうかその辺を心得て咎《とが》めだてをしないようお願いする次第である。

時に文政八年酉年の夏前北斎葛飾爲一述卍」

この序文のすばらしさは「人生の裏側」「真理の追究」「滑稽を元とし」「世の中を諷刺」「痛烈に批判し」「洒落」などの言葉に川柳の本質をとらえているところにある。

この精神であったからこそ、北斎は自らの画号を達成した時点で切り変えたのだ。

北斎は言う「七十歳までの画は取るに足らず、九十歳で奥を極め、百歳で神意を発揮し、百十歳までの長寿を願う」と。

江戸時代に九十歳まで生きた北斎は、自らの創作意欲を自然と一体化することに生への執念を保ち続けた。富士を襲う「神奈川沖波裏《かながわおきなみうら》」赤富士の「凱風快晴《がいふうかいせい》」は次の川柳に残された。

八の字のふんばり強し夏の富士

生涯現役の北斎は江戸の世の人物、自然のあらゆるものを北斎漫画に圧縮した。

大自然の放出する酸素を吸う私も又、北斎のような意欲を持ちたいと思っている。

鶴彬のトライアングル

(1)

二〇〇八年九月十三日、私は東北新幹線水沢江刺《みずさわえさし》駅から大阪へ向かった。やまびこ号の東窓には黄ばんだ水田がトンネルの間の平野につづいている。一ノ関、仙台、福島、郡山、大宮をすぎて九時二十分頃東京駅に着く。

その足をいそいで新大阪行の「のぞみ号」に乗りかえた。

静岡県に入る頃、右手に富士山の巨大な姿が雲の上に聳えている。茶畑の上である。

思えば二〇〇五年の夏、私はあの富士山の頂上に立ったのである。その日の朝四時頃起床し、五合目を出発し頂上をめざした。

八合目あたりの岩場から吹きあげる強風にさらされ、汗のヤッケで幾度も身がまえた。

富士山の頂上は蒼空の中にあった。暑い光が全身に照りつけた。私は頂上近くの浅間大社奥宮に礼拝した。その後富士山測候所の三七七六メートル、剣ヶ峰をめざした。

そしてその峰に立った時、日本一の高さから雲の流れる下界を見下し、一人声をあげた。

そのことを車窓の富士山を見ながらとっさに思い出していた。

ところでこの富士山は別の文字では「不二」「布二」「不自」「不時」「富血」等、なんと一五〇以上もの文字を持っている。

そしてこの聳える富士山で思いえがくのは葛飾北斎の「富獄三十六景」である。

特にこの三十六景の中で目を灼くのは、富士におそいかかる大波の「神奈川沖浪裏」と赤富士の「凱風快晴」、そして又稲妻が画面を裂く雷光の「山下白雨」である。

葛飾北斎は世界的な画家であるが、このような絵のバックボーンはどこから発せられたのであろう。思うにそれは彼がすぐれた「川柳作家」であったからである。

葛飾北斎は「誹諷柳多留」八十五編の序を自ら書き残している。それを掲げる。

「和歌の道は、正道であって、これは動かすことのできないまぎれもない事実であり、それは人の道の真実を正面から詠ったものである。しかし、川柳は、その和歌の正道をいささか踏みはずしてはいるものの、前句の意を伝えて、別な角度から一つのジャンルを形成し、それはそれなりに独立独歩、人生の裏側から、真理を追究したものと言わねばならない。この川柳は、滑稽を元として、興にのるにまかせて、世の中を諷刺し、時に痛烈に批判をし、また時に、洒落てみたりしながら、聞く人をして、共感を誘い発展していった。

その川柳の枝葉はいよいよ繁茂して、ここに八十五編の句集を刊行することになったのである。その句集の中に女郎花と号して掲載されている馬喰町に住む清屎という主が、ある年、川柳の句会を催し、方々から川柳子《せんりゅうし》を集めて、何百有余という句を詠ませたのであるが、四代目川柳翁《おう》の評を得て、ここに優秀な作品を収録することになった。

たまたま、この句会に連座した私めに、序文を書けという大役が降って湧いてきたわけであるが、勿論、私めは幼き時より絵心はあっても、その方面のことならいざ知らず、文章を書けということになると、いささか筋が違う上に、間違いでもあったら大変だということで、再三辞退をしたのであるけれど、赦《ゆるし》て貰えず、遂々絵筆を捨てて、書をものするという羽目になってしまった次第で、文にして文ならずということになるかもしれないが、観る人はどうかその辺を心得て咎めだてをしないようお願いする次第である。

時に文政八年酉年《とりどし》の夏　前北斎葛飾爲一述卍」

この序の文の中で北斎が述べたことは、川柳についての本質を見抜いて語っていることである。特に「人生の裏側」「真理を追求」「滑稽を元とし」「世の中を諷刺し」「時に痛烈に批判をし」「時に洒落てみたり」等の語の中に川柳の本流が流れている。

この精神、つまり滑稽を画の下塗りにしみこませて絵を描いたのが、北斎の常に新しい発想の魂であったのである。

(2)

八の字にふんばり強し夏の富士　卍北斎

この句は北斎の絵で有名な「凱風快晴」の赤富士の姿そのものである。

車窓はまたたく間に名古屋へすべりこんでいく。

名古屋と言えば過ぎし日の夏、ヤマトタケル伝説の熱田神宮《あつたじんぐう》を一人で歩いた日を思い起こした。ヤマトタケルとは大和の勇者の意をもっており、それは王権の拡大を一人の物語として作られたものである。

「古事記」や「日本書紀」によれば、ヤマトタケルは我が東北地方にまで軍をすすめ、エミシと彼らが呼んだ東北地方住人を征服したかに書かれた。しかし時の権力者の残したものは全て勝者の書である。

ヤマトタケルは私達が住む東北、中でも北上川流域を日高見国《ひたかみのくに》といったが、そこを支配下にしようとしていた征服者なのである。

これらは古代日本の西と東の対立である。

ヤマトタケルの英雄伝説を熱田神宮特別展の中で見た。ヤマトタケルは駿河国の焼津で炎に囲まれたが、三種の神器のひとつ草薙剣でこの難を逃れたとある。そして伊勢で死んで白鳥になったという。

これらを考えれば、大和朝廷の北への支配の一人として北に住む日高見国との戦の英雄として創作されたものと言える。

その例として岩手県釜石市の岬の断崖に、尾崎神社があるのだが、そこには鉄の剣《つるぎ》が地中に突き刺されてあるばかりで、これがヤマトタケルの刺した剣であるという縁起がある。そこに白鳥が降りたと言う。

東北地方には多くの白鳥神社がある。私の家の近くの沼に毎年多くの白鳥がやってくる。ヤマトタケルが死んで白鳥となる。この図から歴史を見ると、八世紀の桓武《かんむ》天皇下の坂上田村麻呂《さかのうえのたむらまろ》と胆沢の地のアルテイ・モレとの戦いはまさに田村麻呂がヤマトタケルとなってやってきたものであった。そして坂上田村麻呂の創建とされる京都の清水寺に数年前にアルテイ・モレの碑が建った。

そんなことを思いながら京都をすぎ新大阪に到着した。私は大阪行の電車に乗り換え、大阪からJR環状線に乗り、森の宮駅に下りた。むっとする暑さである。

「大阪城公園」の図を持って駅売店でフィルムを買い「あの大阪城公園はここを行くのですか」とたずねると「この歩道を渡って右です」とまるい顔のおばちゃんが答えた。暑い、暑いと暑さに弱い鬼の顔から玉の汗が流れてあふれた。

噴水の上がる道を横切り、大阪城音楽堂をすぎ石の階段を上がると、大阪城への入口、玉造口《たまつくりぐち》への広い道がある。そこには左手に南外堀、右手に東外堀が広がる。カメラのファインダーから石垣のすばらしい姿が見える。そして秀吉、家康の時代を思った。

入口にあるタコ石の大きさは一四〇トンにもなると言うが、このような大きい石をどのようにして運んだのか考えた。この大きな石は近くの島から船で運ばれた。この時この舟は船底に石を固定し、その浮力を利用したという。

つまりアルキメデスの原理を利用したのである。このことから大阪城造りの基礎である石垣は最初秀吉によって造られた。

大阪城の全身は石山御坊といった。本願寺八世蓮如上人《れんにょしょうにん》が城構《しろかま》えの寺舎を造ったのが、はじまりだと聞く。

明王《めいおう》五年（一四九六）のことだが、ここでは織田信長が関係する。信長はこの城を力づくで取ったが、その後明智光秀の本能寺の変で殺された。天正十年（一五八二年）のことである。戦国時代の歴史は人物のおもしろさが豊富にある。大阪城から見渡せば大阪が一望できる。

織田信長、豊臣秀吉、徳川家康らの天下を取った人物は、全て現代の愛知県から出ている。

織田信長は名古屋駅の近くの那古野、豊臣秀吉は駅の西方の中村、徳川家康は岡崎城に生まれた。

そして織田信長、明智光秀、豊臣秀吉、徳川家康らは互いに死闘をくり返し、信長は光秀により殺され、光秀は山崎の戦いで秀吉に敗れた。そして又信長、秀吉の下でじわじわ期をうかがった家康は、秀吉が晩年に行った残虐な朝鮮出兵や秀吉の死（一五九八）関ヶ原の戦い（慶応五年—一六〇〇）で石田三成らの西軍に勝利し、ここの大阪城に残る秀頼と淀殿を追いつめていくのである。

家康の方法は秀吉亡きあとの天下をゆっくり着実に考えて実行することであった。

石田三成と徳川家康の考え方の相違がその後の方向を決したと言える。つまり家康は秀吉亡きあとは実力のある自らが先頭に立つべきものと決めていた。

秀吉は生前、淀殿の生んだ秀頼が次の天下人になることを希望し、大阪の淀殿もそう決めていたところに家康との溝が生れた。

大阪冬の陣、夏の陣はここから生れていったのだが、ここで注目すべきは、家康が秀吉の正妻、北の政所《まんどころ》を京都に比護したことである。

豊臣秀吉の正室、北の政所と側室の淀殿との確執を思いえがくことは、秀吉と家康の姿の差を見ることにつながってくる。

この大阪城の天守閣から南に豊国神社が見える。東に市民の森、西に大手門、北に京橋口や外濠がつづいている。流れゆく風に打たれ、私は大阪城の一望を胸に沈めた。

大阪城を降りて、ゆっくり豊国神社へ向かった。

秀吉は慶長三年（一五九八）八月十八日、伏見城にて六十二歳の生涯を終えた。

秀吉は自ら神として祀るよう遺言を残し、阿弥ヶ峰（京都市東山区）に埋葬された。

彼は又「豊国《ほうこく》大明神」として祀られて、豊国神社ができたのである。しかし、この秀吉の死から十七年後、元和元年（一六一五）に、大阪冬、夏の陣で秀頼は敗れ、豊臣家は大阪城で滅亡したのである。

家康は豊臣滅亡と共に、秀吉の墓をあばいた。そして「豊国大明神」の神号をも剥奪したのだったが、明治維新政府は豊国神社を復活した。時の権力者の歴史がここにある。

私は豊国神社の前で、一時の歴史を思い浮かべた。

古地図（大正三年・一九一四年）の大阪城を見ると、現在私が立っている豊国神社の東側に「衛戍監獄《えいじゅうかんごく》」が在る。

南方に射的場が在る。この衛戍監獄の跡地に立って、私は日本を戦争一色にすすめた昭和初期を思いめぐらした。

鶴彬が金沢七連隊に入営したのは昭和五年一月十日である。甲種合格の新兵であった。

その年の暮れ頃、彼の私物入れの手箱から「無産青年」が発見され、角田通信と共に軍法会議にかけられたのである。いわゆる金沢七連隊赤化事件である。

この事件によって昭和六年六月十三日に、軍法会議の判決が出たのだが、軍法会議では検察官が「それでは被告のもつ思想を簡単に説明せよ」に対し鶴彬は「私の考えを簡単に申しますと、天皇の大稜威《だいりょうい》を下方民に及ぼすことにあります。即ち文化を全国民が等しく享受出来るような国にすることであります。

然るに之を途中に遮ぎらむとする財閥軍閥を雲散霧消しようとするのが私の意志であります。」と述べた。

鶴彬は一年八ヶ月の刑期を受け、ここにあった衛戍監獄に入ったのである。この間の約四年間は鶴彬の兵隊と刑期で、全て空白となっているが、昭和五年一月に渡辺尺蠖へ出した文面がある。「賀正　久々御無沙汰してゐます。完全に柳壇からボイコットを喰って言論創作とも封鎖の体です。恐らく川柳雑誌の上で見参することは当分不可。創作は戦旗に出る筈、その方が労農大衆にアヂること数百倍になるでせう　一月十日から兵隊さんになります　二年間逢へない訳です。草々」

明日（平成二十年九月十四日）除幕される鶴彬の川柳碑がブルーシートにつつまれて陽の光を浴びている。その姿は彼の小さい遺影のように私は思われた。南外濠、東外濠の見える高い石垣の中で、鶴彬は何を考えていたのであろう。思うに早くこの場を出なければと考えつづけたであろう。なぜならばこの石垣と濠からは決して脱げることはできないからであり、時代は闇の世であったからである。

日本が十五戦争に入るまさに闇の世は、昭和六年（一九三一）に満州事変が起されたときだ。

この暗黒の世を次に記す。

「一九四五年、十五年戦争における日本帝国主義の全面的敗北と共に特高警察は、一九一〇年、幸徳秋水らの大逆事件を機に社会主義運動の抑圧を目的として設けられたが、この年はまだ日本による韓国『併合』の年でもあった。『昭和』時代に入ると、治安維持法を改悪して弾圧立法を整備し、『満州事変』後の一九三二年（昭和七年）には外事、労働、内鮮（朝鮮人弾圧）検閲などの機構を強化し、やがて上海、ロンドン、ベルリンにまで組織をひろげて海外情報の収集と外地における逮捕、弾圧を企てるなど、ついに世界に冠たる政治、思想警察として君臨した。

特高警察は十五年戦争の遂行にその『本領』を発揮し、アジア侵略に反対する思想を異端視する権力の尖兵となってこれを行圧した。

彼らは民衆から言論、思想、宗教、信条の自由など一切の基本的人権を奪い、民衆の日常生活にまで干渉する権力の直接の執行機関であった。かれらは『国家と法』をさえ超え、これを自由にあやつって、最も陰険で卑劣な手法で民衆を弾圧し、莫大な機密費でスパイを組織し、さまざまな事件をデッチ上げ、これを見せしめとして

『非国民』を徹底的に抑圧した。

特高警察は、朝鮮人の抵抗には本能的な恐怖感を抱き、朝鮮民族の解放独立運動にたいしてはとくに陰険で過酷をきわめる弾圧をもってのぞんだ。かれらは、朝鮮人の日常の会話やモノローグにも日本帝国主義に対する呪詛をかぎとり、いいがかりをつけ、弾圧の矛先をむけた。無数の朝鮮人が、いわれのない民族的蔑視とないまぜになった特高警察の政治的弾圧の犠牲になった。しかも、十五年戦争の末期において朝鮮人の強制連行の『刈り込み』に奔走したのもほかならぬ特高警察であった。このように特高警察は悪名高い憲兵とともに、天皇制＝日本ファシズム権力の中枢にあってアジア侵略の尖兵の役割を果たしたのである。以下略。」

〔昭和特高弾圧史（太平出版社）〕

昭和初期は不思議に今日の世に似ている。

昭和二年の金融恐慌から不景気におちて、国民は苦しい生活と将来への不安におびやかされていたのだが、一部の政治家、軍人は「満州（中国の東北部）は日本生命線だ」として満州への進出を主張し、前記したように昭和六年九月十八日に、南満州鉄道の線路が爆発されたいわゆる「満州事変」が起されたのである。

この爆破は関東軍の板垣征四郎、石原莞爾、花谷正等の陰謀であった。

日本の軍国化は昭和七年に〔満州国連合を宣言〕した。そして日本の次男、三男を中心とする満蒙開拓団を組織して、国家の方針でぞくぞくと満州へ送り込んだのである。

満州国は「五族協和」「王道楽土」をうたい文句とした。五族とは、漢族、満州族、モンゴル族、チベット族、ウイグル族であり、五族を協和して楽土をつくるものだったのである。しかし日本政府は昭和八年三月、国連から脱退し、ファッショ体制を進行させていったのである。

大阪に関して言えば、鶴彬は十七歳（昭和二年）の時、職を求めて大阪へ出た。この時の強烈な印象が彼の詩となって刻まれている。

大阪放浪詩抄

（A）

—大阪の顔—
はじめて見た大阪の表情
石炭坑夫の顔のやうに
くろずんでゐた

軽いちっそくをおぼえる空気の中に
ああ秋はすばやくしのびこみ
精神病者のごときに街路樹は
赤くみどりを去勢されてゐる。

—思想的小景—
資本主義の工場—
ニヒリズムの煙突—
蒼空はニヒリスティックに憂鬱《ゆううつ》だ
その上で太陽が焦《い》らだってゐる

—大阪の宗教—
あへかにも
あへかなる

夜の道頓堀こそは、
二十世紀の象徴よ、
らんじゅくせる
文明のるつぼよ
五色に乱舞する　光、光、光、旗、旗、旗、
ラヂオ
カフェー
日本料理
謡売屋、
劇場、
とくに偉大なのはキネマ館です
ピンポンのやうに軽快な若い恋人ら諸君、
サンデカリズムを失念したプロレタリア諸君、
貞操を売りたがってゐる近代的筋肉労働者諸
君、
憂鬱なる神経衰弱者諸君、
いんさんな梅毒第二期患者諸君、
さては道化じみた近視眼諸君、
貴婦人との恋を憧憬してゐる文学青年諸君、

手淫常習者の不良少年諸君、
処女性を破りたがつてゐる不良少女諸君らは、
手に手にまつかなる性慾の花をかざし
あたかもふるさとの老人らが
阿片宗教に陶酔するために
朝々仁の偶像礼拝に群れ急ぐごとく
キネマ館になだれこみます、
あゝ　キリストは、
神秘なる天国におとぎばなしを話し
釈尊は菩提樹下に黙想してゐるために
あやしげにもけんらんな装をこらした
キネマ俳優が
宇宙の王座にすわりこみ
音のしげきで脳細胞の調節が乱れてしまった
世紀末的
人種のささげる
多大なる喝采と花輪の荘厳されてゐます
(彼らの聖書の序説には
酒、恋、生殖器、の三尊を説いてありませう)

(B)
—高楼のニヒリズム—
高い高い百貨店の屋上にある
ひろい展望台に立つと
大阪は屋根の海です
ところどころの白亜の大建築物は孤島の風景
です
真下の街道とうごめく人人は、
蟻だ、蟻だ、
左様、
生活に思索を奪われた都会人種は
みな極端な唯物主義です
遠く瞳を放てば
郊外の工場地街は
もうえんたる　煙の底に
太陽を失念した

プロレタリア諸君が
便所のうじ虫の如くに
うごめいてゐるのです
あゝ、太陽のない生活は
いかに味気なく憂鬱な苦悩であることか
文明を直訳すれば
人生の便所のうじ虫にすることです
憂鬱なる大阪よ
世界的苦悩の街よ
僕に一個のダイナマイトを与ふるならば
あの十字街の大なる互斯タンクめがけて
ずどんとなげつけ
大阪の人類を　苦悩を
救済するでありませう。

—夕方の電車—

鈍重なる轟車を立てて
夕方の電車
今日も仕事を探しつかれた
僕をのせて奔《はし》った。
落日が血走ってゐる。

電車が停車場にとまると
赤い夕陽の殺気をあびた
錆くさい菜っ葉服を
よろひの如く着込んだ職工の群が
一斉に電車に充満とした
空《か》らの弁当箱が
電車の童謡につれて
不思議なシンフォニーを奏ではじめた。

(C)

—霧の街—

霧深い朝
今日も友の下宿から
街に仕事を見つけに出る

『あの××会社はどこでせうか』
失業者らしい若い女が
霧の中から現はれて
旅人の僕を当惑させた

人生とは霧の街をあるくことです

—銀貨—

あせじみた紺がすりのあわせで
失業的憂鬱にとりつかれてゐる僕へ
冬は青竜刀のごとく追って来た
せめてあたたかいコーヒーでも
のみたいと思って
新世界を散策してゐると
とあるキネマ館の入口から
蝶々のやうに女が舞ひ出て来た
それはふるさとにゐるとき
熱心に僕を恋した女だった

『ここにゐるの』
『え丶　あんたは』
『浪人してゐる』
女は銀貨を一つ僕の掌にのせた

—ある夜—

新世界のカフェーで
たとへばコーヒーでものんでゐたまへ
きっとそこには
年老いた辻占売りの淫売婦が
髪をみだしながら
貞操を押し売りに来るだらうから
僕はある夜
そうした女に
出くわしたので
蒼い屋根裏の部屋へ
颪の如く逃げ帰った

—遺言—

蒼い屋根の部屋で
書きものをしてゐること
とうとう遺書をかいてしまった
一通は友へ
一通は僕を裏切ったH子へ
（失業は僕をニヒリストにしてしまった）

（D）

—錯覚—

新世界の散策の帰り
大江神社の高い石段をのぼると
こわいかに
闇の底には光りまばゆき
龍宮城の如き大阪がひろがってゐます

夜の大阪は
昼の苦悩や優越を超越した
唯美主義者に変装してしまふのです

—工場—

朝五時起床
海綿のやうな飯
兵隊の鉄砲のやうに
きちんとベルトが並んでゐる工場
機械の音で寝られぬ寄宿舎
僕は神経衰弱にかかった

沖縄人は安い給料で働く人種だ
彼らはサンデカリズムとは何であるかを
夢にも考えたことはない低脳児だ
資本文明の搾取への偉大な忠僕です
髪のちぢれた青年は僕に語りました
『この工場にストライキが起これば
それは奇跡だ』

頭がフィルムのやうに光る
本が読めぬ

僕はふるさとににげて帰った
　―ふるさと―
劇もない（場の脱字と思われる―筆者）
ラヂオもない
キネマも
文学もないこの町は
倦怠の地獄です
せめてのことに
恋人の唇でも吸ひたいと思ふが
都会の工場へ女を奪われた町には
むざんや
それはロマンチックなまぼろしです
―六・一五（完）―

（3）

この詩抄は鶴彬が十七歳の時、職を求めて大阪へ出た時のものである。多感な少年の眼は内にある精神から現実の眼へと激しく移動している。

この「大阪放浪詩抄」に彼の大きな起点があった。この詩をいくども目読しながら、私はこの詩抄が詩人小野十三郎の詩集「大阪」の先駆ではないかと思ったのである。

詩集「大阪」は昭和十四年四月に発行されている。

葦の彼方　　　　小野十三郎

遠方に
波の音がする。
末枯れはじめた大葦原の上に
高圧線の弧が大きくたるんでいる。
地平には、
重油タンク。
寒い透きとおる晩秋の陽の中を
ユーファウシャのようなとうすみ蜻蛉《とんぼ》が風に流され
硫安や　曹達や
電気や　鋼鉄の原で
ノジギクの一むらがちぢれあがり

絶滅する。

　白い炎

風は強く
泥濘川に薄氷浮き
十三年春の天球は　火を噴いて
高い巻雲のへりに光っている。
枯れみだれた葦の穂波
ごうごうと鳴りひびく一畔《いちぼう》の原。
セメント
鉄鋼
電気
マグネシユームら
寂寞《じゃくまく》として地平にいならび
蒼天下
終日人影なし。

　鶴彬の詩「大阪の顔」を幾度も読みながら、その光景を想像するとき「ああ秋はすばやくしのびこみ、精神病者のごとき街路樹は、赤くみどりを去勢されてゐる。」の視点は、近代資本主義の急速な展開と、その底に喘いでいる人間をとらえた、小野十三郎の「大阪」詩集の「葦の彼方」『白い炎』の先駆であったと思える。

　これらに見る小野十三郎の詩は、急激に発展する日本の重工業の風景をとらえている。

　彼は次のことを語っている「…こういう詩に対して『風景詩』という名称を与えられたことは故なしとしないが、私としてはこれは『抒情の否定』という方法の実践をやってみたいわけで、主観や主情によって現実を浅く掬ってしまう従来の詩の方法を捨てて、風景自体のボリュウムによって苛烈な現実を歌おうとしたものに他ならない。そしてこの苛烈な現実とは、私にこれらの作品を相次いで書かせた抵抗の実体である戦争である。…」〈現代詩手帳〉

　詩人小野十三郎はここで「抒情の否定」を方法論として語っているが、この「抒情の否定」を考える上で次の詩が浮かんでくる。

歌　　　　　　　　　中野　重治

お前は歌うな
お前は赤ままの花やとんぼの羽根を歌ふな
風のささやきや女の髪の毛の匂いを歌ふな
すべてのひよわなもの
すべてのうそうそとしたもの
すべての物憂げなものを撥《はじ》き去れ
すべての風情を檳斥せよ
もっぱら正直のところを
腹の足しになるところを
胸先を突き上げて来るぎりぎりのところを歌へ
たたかれることによって弾ねかへる歌を
恥辱の底から勇気をくみ来る歌を
それらの歌々を
咽喉をふくらまして厳しい韻律に歌ひ上げよ
それらの歌々を
行く行く人々の胸郭にたたきこめ

〈中野重治詩集—新潮社—〉

詩人中野重治のこの「歌」は詩人小野十三郎によってても取りあげられているが、小野十三郎は「…私は今でも中野のこの詩が非常に好きである。私は人の詩でも自分の詩でも、およそ人前で詩を朗読するなどということは苦手であるが、それでもこの『歌』という詩はずいぶん何度も職場の若い人たちや学生の前で読んでいる。一つはこの話は私の持論を説明するためにも具体例として必要なのだ。…」と語っている。ここに小野十三郎の持論の破片が潜んでいる。

鶴彬の「大阪放浪詩抄」を辿りながら私は小野十三郎の詩へとすすめてきたのだが、これは鶴彬の川柳へ向かう精神が、詩の中で語られていることと関係する。

そして十六歳の頃から詩と川柳を発表しつづけ、川柳と詩について多くの論を残した彼の軌跡を追うという方向に、私が向かっているからである。

鶴彬を最初に発掘し評論を書き残した一人は、詩人の秋山清である。彼は一九六〇年に思想の科学に「ある川柳作家の生涯—反戦作家・ツルアキラ—」を書き、それは一九七〇年九月三十日と初版の「近代の漂泊—わが詩人たち—」に九人の詩人の一人として載っている。その九人とは乃木希典、天田愚庵、野口雨情、鶴彬、伊藤和、植村諦、和田久太郎、竹久夢二、石川啄木である。

この中で私の注目したのは鶴彬が川柳の詩壇への進出や「諷刺短詩」の評論と作品を発表しながら平行に走りつづけたことと、大正の歌麿といわれた竹久夢二が絵と同時に川柳も残していることである。

竹久夢二の絵と川柳については別の場で求めていきたい。またこの九人の中で鶴彬は岩手県盛岡市に墓があり、石川啄木も又岩手県盛岡市から発していることは、私には必然のことのように思われる。

詩人秋山清は前述した詩人小野十三郎と共に、詩誌「弾道」を昭和五年（一九三〇）に出しているが、その後詩誌「コスモス」を昭和二十一年、金子光晴、岡本潤、小野十三郎等と創刊している。その創刊について記す。

「創刊について

戦争中、日本の詩人や文学者の多くは軍国主義の旗持ちをしたり神憑りの国粋主義を振りまわしたりしました。一方、そういうことを潔しとしなかった者がほとんどその活動を抑圧され封じられていたことはいうまでもありません。

敗戦の今日ではまた風の吹き廻しで猫も杓子も民主主義を唱え昨日まで反動的国家主義の笛を吹いていた者までが恬然として自由の歌手に早変りするというさわぎです。

その間にあって私たちは一貫して渝《かわ》りなき人民的詩精神の発動を意欲するものであります。私達は人民的詩精神が最も高い芸術の母体であることを主張しその確信を強くするものであります。人民の生活を基盤とする詩精神は社会的関連に於てレヴォリューショナル・スピリットとして発動し、最も自主的な発足点に於て今日の民主主義文化革命の原動力たるべきものであらねばなりません。以上の主旨をもって私たちは文芸雑誌『コスモス』を創刊しました。『コスモス』を優しくしなやかで強い草花と見られるようと『宇宙』『世界』『渾一体』の意に解されようと御自由です。

大方の御支援を切望する次第であります。

一九四六年三月　　編集責任者　金子　光晴

岡本　潤
小野十三郎
秋山　清
〈秋山清著作集―アナキズム文学史〉

この「創刊について」を見て思い当たるものが私にある。それはこの「コスモス」と同じ昭和二十一年に、白石朝太郎が主宰した「人生詩」である。主宰、白石朝太郎・編集発行人、石松政雄（水晶）であった。

この中で白石朝太郎の「人生詩講座」があるので少し長いが残したい。

「――初心者のために――　白石朝太郎

人生詩は十七音の詩です。詩の形式を十七音に確立したのが人生詩です。人生詩の説明はこれで十分な筈です。

これ以上の説明はありません。しかし初めて人生詩の門を潜る人の中には、人生詩のもつ構想上の自由さはのみこみながらも、いざ作詩をするとなると何か一定の枠がないと作りにくいということを聞くことがあり、それでよくいろいろの質問を受けることがあります。

又それとは反対に、初めから枠を持っている人々、俳句や川柳を作った経験のある人は兎角、俳句的川柳に己れに都合よく解釈しようとする傾きがあります。

そこで災された既成概念のために、なまじの経験に毒されて却って人生詩の真贋《しんがん》を見透し得ないものです。

――詩の型式の確立――

人生詩には枠はありません。型式を十七音標準にとりあげた自由な詩です。俳句や川柳の束縛から解放されたより自由な五七五であるといふだけの解釈では誤ってゐます。そこで再び最初に戻って、詩の型式の確立されたのが人生詩であるといふことを、もう一度考へ味って頂きたいと思います。

詩の型式を十七音に確立したといふことは、人生詩を新しい日本の国民時運動の主体たらしめる上に最も重要な事柄で、平和日本の文化の一翼を担ふ新日本国民詩としては、まづ何人にも作られ、何人にも鑑賞せしめることの出来るといふ大きな、しかも至難な問題が含まれてゐます。

詩の心を持たない人はないのです。境遇や生活のために、それを忘れて暮してゐたり、萎へしなびさせてしまってゐるのです。

詩を簡単な型式で作れることを知ってゐたら、精神文化の生活は豊かになり、日本の現状もよほど違ったものになってゐたことでせう。十七音は其点で、日本人である限り、今直ちに作ることの出来る整った美しい型式です。

人生詩は詩の種の上に置かれた石を取り除き、あふれる水の出口となります。詩を試みようとする人に、人生詩は不動の地盤を与えます。この石の上に立って、誰でも安心して周囲を眺めることが出来ます。

―何故十七音にしたか―

十七音標準と定めたことは、国語の語感に立脚し、口にし易く、しかもこの型式には、人は知らず知らずの中に相当に訓育されてゐることによって初心の人達も、一首の安心感の上に立って直ちに高度の詩の道へ踏み入ることが出来ます。尤も詩型の短いといふことは、また極度の練磨を要することでもありますが、それは真剣に詩作を続けるうち自然に会得してゆくことが出来ます。

最短型式の人生詩は、詩の中の代表的なもの、少しのまぢり気のないもの、即ち詩の骨格を示すやうなものであって、衣装や脂粉を取り去った純粋なものです。

以上で大体人生詩が新日本国民詩として、自他共に相許されている所以もお判りのことと思ひます。

我々が新人と特に青年層に呼びかけるのは、無色の人達に真の人生詩をおもひのままに詠って頂きたいのです。

国初以来の苦難に耐へて新日本建設の重責を担う青年男女こそ、新日本国民詩たる人生詩の発展進化の鍵を握る人達であります。

―作詞上の注意―

さていよいよ作詩をすることになって、まず注意すべきは、十七音という処にあります。入り易いという点にまた大きな弊害も含まれていることを考えなければなりません。十七音は慣習的になりきっているために、頗る滑らかさを持っているために兎角適確であるべきリアルの表現から免れて、甘いものや、安っぽい気楽なものとなりたがります。

戦時中、あの悲壮極まりなき決戦の最中にさえ
　〇空見れば翼を想ひ血がたぎる
といふやふなものとなり易かったのです。
　読む人もうっかりとその調子に滑り込まれて鵜呑みにする危険性が多分にあることは、初歩の中に十分注意をして置かないと、遂には自らのものを見る眼までが甘くなる恐れがあります。だから最初はこの点だけを十分に警戒して頂きます。
　人生詩の作り方にまで触れてみたいと思ひましたが、余白がないのでその方は次の回に譲ることとしますが、貴方が人生詩を作る気にさえなれば、これだけでも作れるのではないかと考えます。
　詩の心は誰にもあります。只その眼を覚すために、人生詩は春の陽光と慈雨となることを深く信じます。
　今や新しき詩の道は開かれ新人の台等を希求しています。人生詩人一同は、万人の口に不断の研鑽を積み、共に励まし合って、精進を続けています。特に昨今極度に不安定化した世相に対して、健全なる人生詩が一日も早く全国民に取揚げられることをつくづく感ずる次第であります。」

　ここに白石朝太郎の「人生詩」に対する世界観が圧縮されている。そして彼の話に対する細い方法論が語られている。前後になるが、このことは時代の暗雲の中で「川柳むさしの」から「風詩むさしの」へと辿りながら、昭和二十年八月の敗戦をむかえ、同年十一月発行の「風詩」へと向かっていったのである。

こがらし　　白石朝太郎

神々も魔王もかくて破れ去る
科学戦だった一機の落す弾
栗も見ず柿も見ず敗戦の秋が逝く
勝つため勝つためと乞食まで下がり
神風を鉢巻にして四等国

　暗くながい戦争を終えたその秋に、ガリ版刷りの「風詩」は早くも、戦時中の詩友を探す努力をはじめている。
　白石朝太郎の右に見る「こがらし」は敗戦の日本を映す作品であるが、彼はこの光景の中で、もうひとつ先の

ことを考えている。

それはこの「風詩」を押しすすめながら、その底流の流域に「川柳」を深く考えていたと思われるのである。

「川柳の詩」を求め、実践していった白石朝太郎は、先に述べた昭和二十一年の「人生詩」へと辿り着き、そして論じたのである。

（人生詩・内報）　　白石朝太郎

眠る間も壁の画鋲の影を引く
日は西に落ちて飢寒どっとくる
嘘をゆるさぬ白紙なり筆を置く
山波を打ちうつ遂に海に落つ

（人生詩）　　白石朝太郎

遂にその年齢が来たらしい　冬
大もなし帝国もなし秋すがすがし
永遠の思惟と微笑の仏達
上瞼疲労のかげの年を置く
魚悲し同じ顔で煮られ居り

山に祖先の生きた日の清浄がある

鶴彬の詩を辿り、小野十三郎の詩、そしてその詩の方法を探りながら、中野重治の詩「歌」を私はかかげてきた。そして鶴彬を論じ揚げた詩人の秋山清から「コスモス」の方向を見てきたのであるが、ここで、不思議なつながりに私は出会ったのである。

それはこの「コスモス」に、白石朝太郎のご子息である、白石達男氏の名を発見したからである。その一部をここに掲げたい。

「第二次『コスモス』」

『コスモス』の第一次は第十二号《昭和二十二年十月》まで、そして第十三号《復刊第一号》は翌二十四年《一九四九》十一月であった。この間に同人の再編成がなされた。第一次の同人をそのままにして『コスモス』としての新人が加わったのであるといってもいいが、新同人たちには同人費を負担してもらい、当然第一次の人々は予備的、後備的存在となることとなった。河合俊郎、錦米次郎、長沢弘泰、安東次男、清水清、宮崎譲、菅原克己、瀬下良夫、永見達、白石幸男、山田忠治、吉田三千雄、押切順らの加入で、同人の平均年齢は一挙に十歳くらいも若くなったであろうし作品は多様性を加えて新しい空気を吹き込もうとした。この第二期は第十三号—第十七号までだったが、新風はさほどに起こらず、やがて朝鮮戦争の年となり、第十五号には金子光晴のペンミスチックな随筆を見たのである。……」

〈秋山清著作集、別巻〉

ここに「コスモス」を通じた秋山清と白石幸男氏との交流が在る。そして先に掲げた「コスモス」の創刊にある「人民的精神」が白石朝太郎の人生詩にある「日本国民詩運動の主体」と同一の精神であることを私は強く認識するのである。

白石幸男著「朝太郎断片と朝太郎一〇一句」の中に「終戦直後」の一文がある。

「…空襲で焼け出されてから見つけた荻窪の家は、その頃どこからともなく同時代の者が集まって、議論をしたり、勉強をしたりする場所になっていた。広い家に父と二人だけで住んでいたので、そういう空間はたくさんあったからだ。

戦争が終ったトタンに、昨日まで『鬼畜米・英撃ちしてしやまん…』と勇ましい作品を発表していた中年が、アメリカを讃え、デモクラシーを賛美する作品をバリバリ発表し出した。私たちはその変節をなじる前に、何にも知識の無い自分に気がついて、ガクゼンとした。昔の子なら、あるいは戦後の若者なら、幼い時から知っているはずのものを、戦争中に生れたために知らなかったという例は、いくらでもある。残酷な言い方をすれば、それだけ知識が遅れていたわけだ。知能が、ではない。知識の問題である。とにかく彼らの持っている知識まで追いつきたい。早く知識を得たいと必死だった。そういう仲間が集まったわけだ。

どういうきっかけだったか忘れてしまったが、岡本潤と秋山清が毎週一度、必ず顔を出してくれたし、中野重治も、足を運んでくれ気軽に議論に加わってくれたりした。

アナキストの近藤憲二さんなどは、二ヶ月ほど私の家から平凡社に通っていた。

そういう人たちから私たちは砂漠が水をすいこむように欠けていた知識を吸収した。

考えてみて、この頃私は一番真剣に生きたと思う。大学には席だけおいてあったが、一日も行かなかった。試験の時だけ顔を出した。試験問題は私の家での勉強にくらべたら、バカみたいなものだった。が、おかしなもので、卒業証書が無かったら、北海道での生活は無かったかもしれないのだった。

父は立川に住んでいる人と一緒に「人生詩」の会を作り、雑誌が出せないので駅の通路に作品を貼り出したり、ガリ版を切って作品集のようなものを出していた。よろこびに溢れた、失ったものを懸命に取戻すのだという気迫の感じられる日々だった。

お互い、戦争中の空洞をうめるのに懸命だった。紙が無いから、出版社は本を出したくても出せない時代だ。岩波書店の前などでは、新刊を求めるために徹夜の行列が出来た。

私もずいぶん並んだが、自分の番が来た時には、目当ての本は売り切れで、仕方ないから残っていた本を買うと、なんと物理学の本だったりす。それでも読んだ。とにかく活字に飢えていた。ただひたすら活字を追った。…」

〔朝太郎断片と朝太郎一〇一句―川柳はつかり吟社〕

(4)

詩誌「コスモス」の編集責任者の一人である詩人の金子光晴は、終戦に至る日まで沈黙して、いつ発表出来るか分らぬ反戦詩を書きつづけていた。

子供の徴兵検査の日に　　金子光晴

癩の宣告よりも
もっと絶望的なよび出し。
むりむたいに拉致されて
脅かされ、
誓はされ、
極印をおされた若いいのちの
整列にまじって
僕の子供も立たされる。

どうだい。乾ちゃん。
かつての小紳士。
ヘレニズムのお前も
たうとう観念するほかはあるまい。
ながい塀のそっち側には
逃げ路はないぜ。
爪の垢ほどの自由だって、そこでは、
へそくりのやうにかくし廻るわけにはゆかぬ、
だが矛弱で、はにかみやの子供は、
じぶんの殻にとぢこもり
決してまぎれこむまいとしながら、
はブリたての板のやうな
まあたらしい裸で立ってゐる。

父は、遠い、みえないところから
はらはらしながら、それをみつめてゐる。
そしてうなづいてゐる。
ほほゑんでゐる。
日本ぢゅうに氾濫してゐる濁流のまんなかに
一本立ってゐるほそい葦の茎のやうに、
身辺がおし流され、いつのまにか
おもひもかけないところにじぶんがゐる。
そんな瀬のはやさのなかに
ながされもせずにゆれてゐる子供を、
盗まれたからかへってこない
独り息子の子供を、
子供がゐなくなっては父親が
生れてゆく支へを失う、その子供を
とられまいと、うばひ返さふと
愚痴な父親が喰入るやふに眺めてゐる。
そして、子供のうしろ向の背が
子供のいつかいった言葉をさやく。
　だめだよ。助かりっこないさ。
あの連中ときたらまったく
ヘロデの嬰児殺しみたいにもれなしで
革命会議《コンベンション》の判決みたいにきまぐれだからね。
金子光晴に関しては詩人の伊藤信吉が次のように語

るところが私の胃に刺さってくる。

「…戦争話から断絶した詩人は金子光晴である。こま詩人が戦後出版した『蛾』その他の詩集には、戦争の否定と憎悪がさまざまに語られているが、その立場は徹底した自我意識である。自我の眼による批判であり否定である。

私はここでここでふたたび思い出す。金子光晴、吉田一穂、尾崎喜八、宮沢賢治らの詩人たちは現代詩の時期に入って多くの仕事をしたが、その出発は大正十、十一年当時の詩的改革よりも少しはやかった。時間的に少しはやいばかりでなく、当時の詩的改革の嵐から、少しはなれた地帯で仕事をしたのであって、いわば近代詩の延長線上に現代詩の場をひらいた。見方によっては近代詩と現代詩の入りまじりということになるが、その前代の世界から、金子光晴が現代詩に持ちこんだものは自我意識である。このような自我意識の詩的形成は、ずっとはやい時代に高村光太郎にみられたが、途中で高村光太郎は挫折した。

それを現代詩の世界でうけつぎ、戦争の否定という形で完了したのが金子光晴だった。

それゆえ『蛾』その他でみせた戦争への抵抗は、単に反戦詩ということばかりでなく、一つには近代的自我の現代詩における完成、という面から評価されるべきである。…〔詩の世界―近代詩から現代詩へ〕伊藤信吉」

金子光晴は多くの詩集を出版したが「こがね虫」「鮫」「落下傘」「蛾」「女たちへのエレジー」「鬼の児の唄」等が戦前戦後の彼のバックボーンある詩集として光っている。

二〇〇九年六月のある日、北海道苫小牧市在住の白石幸男氏から私信をいただいたのであるが、その中に金子光晴の「鮫」に関するコラム記事があった。それをここに記す。「金子光晴の詩集『鮫《鮫》』は、定価一円、昭和十年《一九三五》の発行である。

当時は一向に売れなかった。戦後間もない時期、発行元の秋山元の秋山清の事務所には残った『鮫』が二百冊ほどほこりをかぶっていた。

金子が署名して一冊十円で売ることにした。

古書店で今は高い値がついているが、署名のあるものはすべてこのときに売ったものだ。

秋山と金子、それに岡本潤、小野十三郎の四人が、この金を資金にして詩の雑誌『コスモス』を発行した。詩人の戦争犯罪を追及した唯一の雑誌である。

四号から若手の同人を加えることになり、私など十数人が加わった。私は秋山の事務所に間借りして仕事をしていたから編集を手伝わされたりしていた。

そんなころ、東京、新宿の三越裏通りを歩いていて女性を連れだっている金子とすれちがった。帰って秋山に言うと、『おどかしてやりましょう。』いたずらっぽい顔で、『手紙を書け』という。

条件は二つ。①ハガキで②奥さんが見ても何のことだかわからないように、しかし彼にはズシンとくるように。若いものを育てようという意図からだろう、秋山は厳しい条件をつけた。『昨日は意外なところで失礼いたしました』と書いた。二日後、下駄《下駄》の音をかたかたさせて、金子が事務所へ飛び込んできた。（署名本の『鮫』白石幸男')」

ここに金子光晴の一時の光景があらわれていておもしろい。

私は詩誌「コスモス」が発した詩人の行動についていくつかを見て来た。

そこには秋山清、金子光晴、岡本潤、小野十三郎、白石幸男等の詩人たちが戦争をくぐりぬけた戦後に、何を推しすすめようとしたのかを探りたいとおもったからでもある。

特に秋山清とは第一回の鶴彬墓前祭において、盛岡市光照寺にて「鶴彬のこと」と題して講演をしていただいた。時に昭和五十二年九月十四日のことであった。

この講演内容は川柳人（二〇〇八年九月号）に載せている。

詩人秋山清は昭和十二年の九月に鶴彬と「木材通信」で出会い、その後鶴彬と不思議にめぐり会い、鶴彬を理解した詩人であった。

そのくわしいことはこのトライアングルの後半で書き残す。

さて私は大阪城公園に再び足を運んだ。二〇〇八年九月十四日は蒼天の中にあった。

私は鶴彬の碑「暁をいだいて闇にゐる蕾」のある場へ

ゆっくりと歩いて行った。

二百人近い人々が除幕の時を待っている。

私は大きい石垣の上から集まってくる人々の顔をみつめていたが、その中にかって見た人の顔がいく人かあった。

中でも鶴彬の妹文子の夫らしき人が、石川県からバスでやってきた人々の中にあった。

私はその人に近づいて挨拶をした。

「以前に私と会ったことがありますね。確か盛岡でね」と話しかけると、その人は「いやお会いしていません」との話である。

よくよく聞けばその人は妹文子の長男であったのである。私は「あっ」と心の中で声をあげた。

そうだ、盛岡で「鶴彬の没後五十年祭」を行ったあの日は、昭和六十三年九月十一日であった。歳月は流れ、あの日から二十年も経っていたのである。

思い起せばあの日は鶴彬の兄、喜多孝雄の長男喜多孝志、喜多多鶴、鶴彬の妹山田文子夫妻、川村涅槃、野沢省悟、高橋竜平、吉田成一、藤沢岳豊等三十人ほどが出席した。

これらの中で喜多孝志、川村涅槃等が亡くなっている。

蒼空のしずかに風が流れた。

すでに二百人近い人が鶴彬の句碑「暁をいだいて闇にゐる蕾」の前に集合していた。

実行委員長の川端一歩の「除幕のあいさつ」がありその中で「…あかつき川柳会は二〇〇三年には石川県の句碑を、二〇〇五年には岩手県盛岡市の彬のお墓と句碑を訪ね、両県の仲間との連帯をはかってきました。そして今回の植樹と銘石の建立運動に全国の仲間から物心両面のご協力をいただきました。…」と述べた。岩手、石川、大阪この三点を結ぶ巨大な三角形が私の言う鶴彬のトライアングルなのである。

大阪の実行委員会が最初川柳碑に刻もうと考えたのは「暁を抱いて闇にゐる蕾」の鶴彬の作品であった。この作品は私が「川柳学」の二〇〇八年十一月号に書いたように、鶴彬が大阪衛戍監獄から帰った昭和八年の暮れ頃、同じく除隊した桜井仁三郎に書き贈った短冊であった。

その後昭和九年九月十一日の井上剣花坊の死に、鶴彬は失意の中で弔詩「若き精神を讃える唄―井上剣花坊をとむらふ―」を川柳人二六六号に載せた。川柳人の主を失った井上信子は昭和十年十二月五日「蒼空」第一号を「厳粛な現実批判の諷刺短詩」としてとらえその方法を自ら実践し作品化することに努めていたのである。それが青空四号に刻んだ「暁をいだいて闇にゐる蕾」その他の優れた川柳作品に開花していたったのである。

手と足を
もいだ丸太にして
かへし

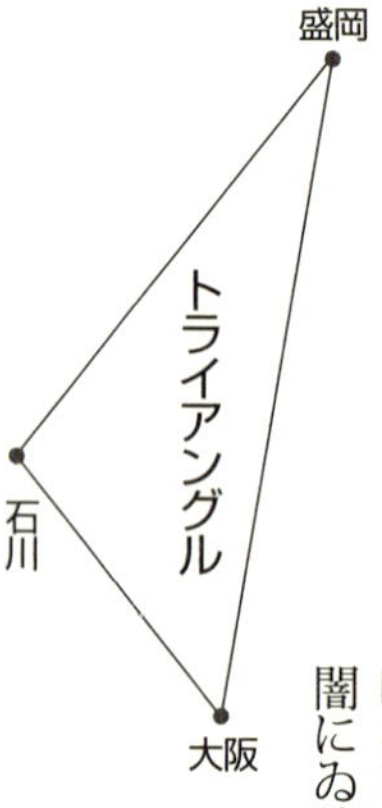

暁をいだいて
闇にゐる蕾

枯芝よ！団結をして
春を待つ

(5)

「青空」第四号の鶴彬の作品を掲げる。

東京　鶴　彬

村々の月は夜刈りの味方なり
暁をいだいて闇にゐる蕾
枯れ芝よ！団結をして春を待つ
吸ひに行く―姉を殺した綿くずを
貞操を為替に組んでふるさとへ

これらの作品に私が特に注目するのは、鶴彬が川柳を「厳粛な現実批判の風刺短詩」として認識し主張しているからである。

そのために彼は詩を書き、評論を書き、そして川柳作品へと自らを推しすすめている。

特に井上剣花坊亡き後の井上信子が発行した「蒼空」には、彼の作品が彼の背を貫いて発表されている。この四号の作品について言えば、「村々の月は夜刈りの味方なり」に、私の体験が重なってくる。

天候不順による冷害凶作の年の稲は、花の期もなく実ることがなかった。数年前のことである。

満月の下で実らぬ稲を刈る　　岳俊

この夜にぽろりとこぼれた作品であるが、これは又鶴彬の「村々の月は夜刈りの味方なり」のスケールからすれば小さいものである。

村々の月とは一つの月が、どの村にも平等に照らしつづけている光景であり、それは又「夜刈り」という時代の現実をはっきりと照らす生活の姿である。こうした農夫の姿へ、月は光を与え味方するという真実のとらえ方は、鶴彬の姿をあらわしている。

「暁をいだいて闇にゐる蕾」の作品は彼の進化の到達した作品として見ることができる。

なぜならば鶴彬は昭和八年の暮れ頃、桜井仁三郎に贈った短冊「暁を抱いて闇にゐる蕾」から、昭和十年「句集、黎明」の中で「暁の曲譜を組んで闇にゐる」を創作し、そしてついに昭和十一年三月十五日発行の「蒼空第四号」において、

暁をいだいて闇にゐる蕾　　鶴彬

を結実させたのである。

これは鶴彬の川柳作品の一つの到達点であった。

この鶴彬の作品に対して、井上剣花坊の長男で川柳作家の井上麟二が「火箭三月號評」で批評しているのでこれを記す。

「▲暁をいだいて闇にゐる蕾　　彬

これは鶴君の稀らしい感傷だ。闘志の先端に咲いた感傷の花だ、何か深刻な内容があるかに見える激しい語は使ってあるが、そんなことは作者の任意で、不思議と私はそんなものを感じない。そしてこれはいい句だとただ柔順に受入れた。上手な君の句だから、と言う買いかぶりがあるまいかと二度三度熟考したが、どんな未知の人の作であってもやっぱり秀句として抜く句である。この見解は鶴君には不満なのに違ひないがそれは評者の罪ではない。こんな句を作った鶴君の罪である。」

〔蒼空第五号　昭和十一年四月十五日〕

ここに井上麟二の認めた鶴彬の作品があった。

井上麟二は井上信子編集の「青空第一〇号」に「江雨堂雑録」を書き、その中で「…『蒼空』が川柳雑誌である限り

勿論私は川柳作家である。…」と自認している。

又「蒼空第二号」に「火箭集短評」、「蒼空三号」に「江雨堂雑録―真の現実主義―」、「蒼空四号」に「神を知らない民」という詩を掲載している。

「蒼空第五号」では「火箭集三月号評」を行いここで先に述べた鶴彬の「暁をいだいて闇にゐる蕾」の評を行ったのである。

井上麟二は詩人であり川柳作家であった。

彼は「蒼空第七号」に「江雨堂雑録」を書いているがその中で「…父剣花坊が生前談笑のうちに、ふと進撃な態度に返り、『自分の全集には句以外のものを載せてはいけない』と言ったことが私にははっきり分るような気がする。

寂しい宣言ではあるがこれは詩人として正しい信念と思ふ。…」と書き残してる。

このようにして井上麟二は「蒼空」に力を注ぎ、批評を中心として書きつづけていったのである。

井上信子の「蒼空」には森田一二、井上麟二、木村半文銭、渡辺尺蠖、井上一剣坊、平林たい子、川上日車、大谷五花村、烏三平、小池蛇太郎、新井徹等が、論を推し進めている。

鶴彬は「蒼空第一号」から「蒼空第十三号」までの中で、彼の生涯のなかでは重要となる次のような論を残している。「川柳の詩壇的進出について」（蒼空第二号）「井上信子を励ます会の記事」（蒼空第三号）「古川柳から何を学ぶべきか」（蒼空第四号）「火箭集四月号の作品を評す」（蒼空第六号）「俳句性と川柳性」（蒼空第七号）「川柳は詩ではないのか―永瀬希代子に答へる―」（蒼空第八号）「格闘精神と芸と術と―火箭集八月号作品評―」（蒼空第十号）「ふところ手のレアリズム批評―宮崎斗白に答ふ」（蒼空第十一号）

これらは彼の批評精神の高まりと同時に、川柳を詩壇への中へ突入しようとする意欲のあらわれであり、当時の進歩的詩人たちとの交流の場へ大きな前進であったと言うことができる。

「蒼空第二号」に掲げた「川柳の詩壇的進出について」は「蒼空第二号」（昭和十一年一月十五日発行）に載った

「柳壇時評」である。

この時評は現在読んでも生き生きとしていて課題も含んでいるものなので全文を記す。

「ちかごろの川柳の詩的高まりは、短歌、俳句に比らべて恥しくないのみならず、これらの短詩がもつてゐない独自的な価値をすらもつてゐるといふ意味の自負したことばが進歩的選集作家自身によって吐かれゐる。

まったくそのとほりだと僕は思う。

新しい川柳運動は、大正十年ごろ『新生』の森田森の家(注森田一二)が提唱したところの革新川柳以来、『氷原』『映像』『川柳人』を通じての十五年という長い歴史をふみ歩いてゐる。川柳の通俗的な低徊趣味は、非常に高い詩まで発展してきてゐる。

僕たちはこの現在の川柳の高さに大きなほこりを感じないではゐられない。だが不幸なことはこうした川柳の高まりが僕たちによって強調されてゐるのも拘わらず、この短詩壇は、依然として十五年以前の評価認識をしか川柳にはらってゐないのである。たとへば、進歩的な短詩批評家が、短詩の問題を扱ふ際に、短歌や俳句を対象としてゐても、川柳の問題は殆ど黙殺してゐる。又改造社辺りが、『短歌研究』や『俳句研究』を出版しても、『川柳研究』を出版したいといふことをきかない。いろんな全集的出版物の短詩集を見ても、川柳は常にオミットされてゐる。

詩雑誌が短歌、俳句の投稿を募っても川柳を募らうとはしなかった。等々である。

僕達の作品が他の短詩作品に対して、ひけをとらないにも拘らず、その市民権を無視され、差別的な待遇をうけねばならない。

これはいったいどうしたわけであらうか。

僕はこれに就いて、まづ僕たち川柳作家の行動の本質に対する、はなはだしい認識不足を指摘せずにはゐられない。川柳とは卑俗滑稽なもの、そしてそれ以上の高い詩へよぢのぼることの出来ない通俗的性質をしかもたないものだという俗見がはたらいてゐるのである。

僕は昨年の秋頃、現在の進歩的な詩人の一人である後藤郁子に逢って川柳の話をもち出したとき、このすぐれた女の詩人から、川柳をいままでまるで低俗なものとして見てゐたことの告白をきいたことがある。

これをきくにつけても、いままで僕たちが、われわれの作品の高さや独自性をみづから強調しながら、これをもって詩壇へ進出する努力を怠ってゐたことのあやまりをつくづく感じたのである。

みずからを堅く信じてほこることはよい。

しかし、そのほこりと確信が柳壇の内部においてのみくれかへされ、肩を怒らせてゐるのだったら、全くひとりよがりにしかすぎないのである。これはたしかに悲劇でもあらう。

僕たちは自分の家を出て、まづ隣家から、われわれの詩を唄ひはじめねばならない。

もしも、われわれの詩がすぐれた詩であるならば、隣人たちは、われわれの詩に花束を投げてくれるにちがひない。

僕はこうした思案のもとに僕の作品を「詩精神」「文学評論」等の、この国に最も高い進歩性をもった雑誌に提出しはじめたのである。僕のこの結果としていま「詩精神」が短歌と同じく、川柳にも同一の市民権のもとに席をこしらへてくれたこと「文学評論」が他の短詩との差別待遇の枠をとりはらってくれたことを報告し得るのである。

思ふに、僕たちの川柳が、その特殊的な精神や歴史的な性質からして、常に時代の大衆に愛されねばならないといふことは、一方において、もつとも進歩的な詩壇においてその詩的な価値を承認されてゐなければならないことなのである。たとへ大衆に愛されても、詩壇に黙殺されるならば、それは詩としてゼロなのである。真に大衆的なものが同時に詩的としても高いものでなければならないといふ事実が、何よりもさきに実践によって証明されねばいけない。

いま僕たちの川柳が、詩壇的に市民権を確保したといふことは、取りもなほさず、大衆的な詩の資格の獲得なのである。

だから、僕たちは大衆によって感誦されながら、詩壇的に軽蔑される作品や、詩壇的にみとめられながら、大衆に見向きもされない作品の作家であってはならぬ。

僕は全国の進歩的川柳家にむかって、まづその作品を詩壇的に進出させることを提案する。詩壇文壇の雑誌にむかって、のり込むことを要求する。新興川柳が多く、すぐれた作家を推しながら、結局はこの作家たちを、柳壇の現役作家の中から見失ひ、予備役や後備役の無気力な作家群へ沈没させねばならないといふ不幸な事情は一面から言ってその詩的努力業績が、詩壇的にむくひられなかったことにあるとも思はれる。

僕はこれらの作家たちの弱さを非難すると同時に、われわれもこうした轍にふみ込むことを切に恐れる。

川柳が柳壇へ他流試合に出てもよい資格証明書はすでに僕たちにわたされてゐる。

よろしく新しい川柳作家たちは、詩壇突撃の散兵線を展開することをしなければならないことを僕は切にのぞむものである。

川柳の詩的な高さ、その独自性は、この進軍行動によって、はっきりこの国の短詩運動史の過去現在将来を豊かにし光ったものにしてゆくにちがいないと思う。(完)」

この中に鶴彬の「川柳の詩壇への進出」が具体的に述べられている。

その原点はこの論の中にも述べられているが、詩人の後藤郁子が「川柳をいままでまるで低俗なものとして見てゐた…」から発している。

「蒼空」の自由性は各々の作家が論を述べ合う場であったが、鶴彬のこの「川柳の詩壇的進出に就いて」に対して、詩人の後藤郁子がすぐ反応して「蒼空第四号」に「私の川柳観―詩人の立場から―後藤郁子」を載せている。

この論には、おもしろいことに鶴彬の作品も入れてあるので聞いてみたい。

「私の川柳観―詩人の立場から―後藤郁子

私はごく大衆的なもの―通俗性のある―わかりいい親しみ易い―といふところに川柳の本質を見て居ます。

同じ五、七、五の形式を備へた俳句に比べてずっと単的であり軽妙に、自然、人事、時代、風俗に接近してゐるのではないでせうか。

上下をぬいでことばもずるくなり

女湯も二百十日も静也

風が持ってくる度に隣の梅をほめ

（傍点筆者）

これなどをみてゐると思えば『笑ひ』がこみ上がってくるのです。三つとも違った『笑ひ』が。『笑ひ』は複雑です。最初の俳人から川柳人への返報道とみられませう。

一方そのずるさが常識といふ上下を着てゐた時より現実の真を刺してゐる時があります。

次のはごく軽いものなのですが、いかにも女湯と二百十日の裏をかくところがおもしろいと思ひました。

第三の句など俳句になりそうなところですが「梅をほめ」と結ぶあたり、余韻があって気軽く、感覚もフレッシュであるとともに、鋭く人間の機微をうがつて通俗的でありながら、自由にやはらかに出ていってゐるところ。スキをこしらへて「風向き」をとらへてる點、瓢逸味のある川柳の面目がはっきりしてゐるではありませんか。

これは川柳におけるリアリズムが問題にされてゐる今日といへどもそのリアリズムの方向が、いかなる芸術的形象化によってなされてゐるかと云う事と離れて考へられません。

川柳としてのジャンルの現実への掘り下げ方—今日のテーマの新しさ、若さを追求するとしても。

一時、新川柳の間で何でも彼でも風刺＝川柳といった傾向が蔓衍してゐた事はないでせうか。風刺の重要と機械的な風刺とは別物です。

新川柳を目指す人々の集まりとして「蒼空」（三号）で目に触れた作品を二三揚げてみよう。

解散が故郷へ土下座して帰る　未知坊
鎌を研ぐうしろを地主通りぬけ　しん平
神様を銅貨の山で評価する　真珠洞
ふところに飛びこんでくる木枯し　婆羅門
又雪が降るのか下駄の低いこと　同

まだ他にも多少あったかも知れないが、これらの作品は川柳としての芸術的形象化として、日常性をかなり強く表現してゐる。

云ひかへれば『何が』『いかに』私らを動かすのかと云ふ生活に即した具体性—現実に窓をあけた真実感が生

き生きと表現されてゐる創造性こそ、私らの求めてゐるものである。」

(6)

『蒼空』『川柳と自由』に等しく感じることとは時代的な観點からテーマを採り上げて来てゐるものが多いのはいいとしても、作品が生までまだまだ感應性が乏しい。それから大衆的な雑誌新聞に漫書と結びつく事はいいが、あまりに街頭的で、集団性の乏しいものまた私の感應性と縁がない。一寸位は頭をかしげてもすぐああそうだ！　とパンと肩をぶちたくなる小気味よい愉快な作品を望む。

といっても川柳の門外にあって詩を書く私などは、この川柳の一行が詩の一行となって次から次へと連関《れんかん》を活かしつつ、高めつつ、深く言い切る時の自由のベルトのはげしい活動力をおもふ、するとこの五七五の川柳の制約性（いくらかの破調はあっても）を保ちつつ複雑な近代人へ感情を盛り上げる表現形式が、さすが素朴に感じられるのは否めない。

孫までも搾る地主の大福帳　鶴彬
ひえ弁当の中に地主の餓鬼の白いめし　〃
凶作を救へぬ佛を売り残してゐる　〃

今日の日本の農村下における階級闘争をつかもうとする作品として「詩精神」にのせた一例であるが、古川柳「むごいこと」といって息を継がせるところを、いきなりぶつかっていく速度。第二の句の対照のあきらかさによってクローズアップしているあたりはいい。然し人間は生身だ。同じ傾向がつづくと疲れてくる生きた生活を欲する。第三の句は農民の無知をアンチ宗教の立場から嘲笑していると共に窮乏の極度を暴露したもの、こう云う作品が示している明瞭性を求めます。

なお本誌二號に鶴彬氏の柳壇時評の中で、私の言葉として「川柳を低俗なものとして見ていた」とありますが、前後の文の関係上から簡単化してあるようです。調子の低いものであってはならないけれど通俗的なるものは私は受入れていますので低俗―と通俗―のガチョウとスワンのちがひをこの一文で解っていただけたら幸いです。」

この詩人、後藤郁子の文は自らの発言を弁明する一方、「蒼空」の川柳に対する批評と鶴彬の作品に対する理解を示したものである。

前にも書いたように、鶴彬は川柳作品を詩壇の中へと り入れようと努めている。

彼も「川柳の詩壇的進出について」で「詩精神」「文学評論」「戦旗」に、評論と作品を載せている。

昭和五年二月一日発行の「戦旗」二月号に「プロレタリア川柳　鶴彬」がある。

資本家の組合法にかしこまり（社会民主主義者）
アゴヒモをピケに頼んで「労農党」（新労農党）
食堂があっても食へぬ失業者
猥談が不平にかはる職場裏
三、一五のうらみに凋れた乳をのみ
三本きりしかない指先の要求書
勲章やレールでふくれたドテッ腹

又昭和九年二月一日発行の「詩精神」に

労働街風景　鶴　彬

互斯タンク！　不平あつめてもりあがり
明日の火をはらむ石炭がうづ高い
ベルトさえ我慢が切れた能率デー
生命捨て売りに出て今日もあぶれ
焼き殺されまい疲れへ殺気立って飛ぶ焼餅
夜業に窓にしゃくな銀座の空明り

これらの川柳作品には未だ燃焼の弱さが見られる。しかし鶴彬は他の詩誌等に積極的に投句して、川柳のひとつの位置を高めようとしていたのだ。

昭和九年九月号の「詩精神」には次のような、川柳を三行書きにした作品が登場した。

洪水　鶴　彬

花つけた稲へ
増水の閘門あけっ放す

ダム！

×

疑獄はらんだ堤を
今こそ噛み破る
怒濤の牙

×

石ころが美田となるまで
情深い
地主さん

×

家のない
泥海の村へ
移民釣りに来る

×

洪水地獄をうつして
避暑に行く！
二等車の窓ガラス

×

多角形農業！
多角形にやって来る
貧乏！

×

これしきの金に
主義！
一つ売り　二つ売り

×

工賃へらされた
金箔で
仏像のおめかし

×

太陽に飢えて
つるはし
闇を掘りつづける

　これらの三行書きの川柳は鶴彬がはじめて行った形式であるが、私が思うには、彼は石川啄木の短歌の三行書きを学び取って、それをこのような形式としたのであろう。

この三行一編の川柳こそ、彼がのちに主張する川柳は「短詩」であるの一形式としての実績とみられる。

そして又昭和九年までの日本の世はどのようなものであったか、歴史をひもといてみる。

それを政治と文学から見よう。

◆昭和二年（一九二七）
「大正川柳」を「川柳人」と改称。

「河童」「歯車」の芥川龍之介自殺。

金融恐慌はじまる。田中義一内閣成立、第一次山東出兵、北原二等兵天皇に直訴。

森田一二に伴われて鶴彬上京、井上剣花坊宅に寄る。

◆昭和三年（一九二八）
全日本無産者芸術連盟（ナップ）結成。

「戦旗」発行、放浪記（林芙美子）波（山本有三）、治安維持法改悪、三・一五事件。

鶴彬二月帰郷、高松に川柳会を結成、柳名を山下秀と改める。九月柳名を鶴彬とする。

◆昭和四年（一九二九）
「蟹工船」小林多喜二、「太陽のない街」徳永直。
四・一六事件、労農党結成、
鶴彬、自由労働者となる。

◆昭和五年（一九三〇）
「機械」横光利一、「測量船」三好達治、「南国太平記」直木三十五。

農村豊作飢餓におそわれる。昭和恐慌。

欠食児童、娘の身売り。

鶴彬、金沢七連隊に入営、連隊長質問事件により運営倉に入れられる。

◆昭和六年（一九三一）
「つゆのあとさき」永井荷風、プロレタリア文学の全盛期。
満州事変の勃発、
鶴彬、金沢第七連隊赤化事件により、軍法会議にかけられた結果、大坂衛戍監獄に収監される。刑期一年八ヵ月。

◆昭和七年（一九三二）

「女の一生」山本有三「青年」林房雄。

浜口雄幸狙撃事件、三月事件、十月事件、五・一五事件。

◈昭和八年（一九三三）

「人生劇場」尾崎士郎「若い人」石坂洋二郎「春琴抄」谷崎潤一郎。

ドイツにヒットラー内閣成立、小林多喜二虐殺される。日本国際連盟脱退、京都大学滝川事件起こる。

鶴彬、年末二等兵のまま刑期終え除隊。

◈昭和九年（一九三四）

「文芸評論」「四季」創刊。「山洋の歌」中原中也「柿本人麿」斎藤茂吉。「あにいもうと」。

東北地方大凶作。

◈昭和十年（一九三五）

「夜明け前」島崎藤村「私、小説論」小林秀雄、芥川賞、直木賞創設。転向文学流行。

美濃部達吉の「天皇機関説」が右翼や軍部の排撃対象となる。

鶴彬「町の織物インフレと女工たち」（文学評論）に書く、十月東京の滝井方（母の再婚先）に寄る。

十二月井上信子主宰の川柳誌「蒼空」発行を助ける。

◈昭和十一年（一九三六）

「冬の宿」阿部知二「風立ちぬ」堀辰雄。

二・二六事件四日目に鎮圧、首謀青年将校外、右翼の北一輝も処刑。

鶴彬、「鶴彬に生活を与へるための会」が井上信子外八名の発起人により募金要請。

発起人、井上信子・吉田茂子・道柳しん平・中島国夫・小池蛇太郎・久保田木之助・渡辺尺蠖・示野吉三郎・森田一二。

昭和十一年一月十日付の募金呼びかけ文が左記のようにある。

「啓　きびしい寒さです。お変り御座居ませんか。まことにだしぬけで恐れ入りますが、此度私達で鶴彬（喜多一二君）に生活を与へるための会を発起いたしました。

同君はいまいろいろ複雑な事情のために、非常に窮乏した生活に陥り、ために川柳文学の仕事をすら放棄しなければならないといふ不幸な状態にさらされて居ます。私達はわが川柳が有するこの有能な川柳家をむざむざ見殺しにするに忍びず、幸い鶴君は『鶉』を飼育することに相当の自信をもっているので、ここに諸氏の御同情によって、その生活安定の足がかりを与へもって川柳文学のために、思う存分の活動をせしめたい……といふ企てのもとに、左記の如き規定によって資金を調達することになりました。何卒出来得れば一日も早く御救援を賜る様、ひたすらお願ひいたします。

一、募集金額　六拾円
一、一口　壱円（一人幾口なりとも可）
一、〆切　二月末日
一、届先　東京都中野区大和町二八一
　　井上信子方
　　　鶴彬に生活を与へるための会」

この募金に対して次のような人々から募金が寄せられ、その合計は六拾七円五拾銭であった。

後援者芳名

十口　渡辺尺蠖氏
十口　吉田茂子氏
十口　久保田木之助氏
五口　井上信子氏
五口　道柳しん平氏
五口　喜多孝雄氏
三口　佐々木三福氏
三口　森田一二氏
一口　岡本嘘夢氏
一口　小西貞子氏
一口　金津嘉太郎氏

二口半　中山仮面坊氏
　　　　滝口揚生坊氏
　　　　吉井未知坊氏
二口　吉田名川氏
二口　鈴木捨朗氏
一口　山見風柳人氏
一口　中島国夫氏
一口　小池蛇太郎氏
一口　松田柳湖氏
一口　速水真珠洞氏
一口　井上麟二氏
一口　喜多文子氏

これらの中で注目したいのは鶴彬の兄、喜多孝雄、そして妹の喜多文子の名である。

この時、鶴彬は兄と妹から援助を受けていたのだが、兄の喜多孝雄は盛岡に住んでおり、そこからこの募金への協力であった。

ことを示している。

このことは鶴彬と喜多孝雄がどこかで接触している

このことに関して言えば「鶴彬が盛岡に来た」という話を耳にした。その時はいつの日であったか、これはあくまでも推測でしか分らないが、この時期を探るわずかな点がある。

そのひとつは、鶴彬が渡辺尺蠖へ送った手紙である。それを記す。

昭和十一年一月二日(官製はがき)

(受信)

千葉県市川市八幡町字八幡　一二二九

渡辺一郎(尺蠖)様

(発信)

柳樽寺にて

喜多生

(文面)

啓、失礼して居ります。

就いては、突然の申し出、甚だ御迷惑でせうが、どうにも不意にからだの置き場所がなくなったので(詳しい事情はいづれお逢いしてお話ししたいと思いますが)しばらく御厄介を願ひたいと存じますが、御都合如何でせうか、今井上の奥さんのところに来て居りますが、何卒ご迷でせうが御返事を至急頂ければ幸ひです。

この文面の「どうも不意にからだの置き場所がなくなったので」が彼にしのび寄る特高の影のように私には思われる。その予感から鶴彬は渡辺尺蠖に、身を寄せる場所を求めてこのハガキを送ったのである。

しかし、渡辺尺蠖がこの意をどのようにくみ取って処置したのか、その事実は今となっては分らない。しかし彼の行動とわずかな作品等から、その頃の彼の位置をわずかに知ることができる。

その一つは、鶴彬が渡辺尺蠖へ先の文面を送った昭和十一年一月十五日発行の「蒼空」二号の鶴彬の作品を見よ。

東京　鶴　彬

空家がありあまるといふのにベンチベンチの野宿

けふのよき日の旗が立ってあぶれてしまふ

ゴミ箱あさらせるため産みつけやがった神様の畜生

この三作品に関する限り、彼が川柳に圧縮してきた作品の形態と全く違った「短詩」そのものとして受け取れる。

そしてここで重大なことは、この作品を鶴彬のひとつの隠れの日々としてとらえることができる。

空家がありあまるといふのにベンチベンチの野宿

この「野宿」こそ鶴彬の姿であろう。

ゴミ箱あさらせるために産みつけやがった神様の畜生

ここの「神様の畜生」も又鶴彬が自己の胸奥で吐いた現実への痰である。

鶴彬はこの頃、居場所を点々としていたと思われる。それは先の渡辺尺蠖への文面であり、彼の川柳作品から脱する「蒼空」二号の作品、そして又「鶴彬が盛岡に来ていた」とする身内からの話である。

盛岡市に住んでいた鶴彬の兄（長男）喜多孝雄が生前「…鶴彬が追われて《特高警察に》『殺されるかもしれない、助けてくれ』と言って訪ねてきたことがある。夫（孝雄）は『逃げろ』といって逃がしてやった。…」と孝雄の妻（喜多多鶴）が語っていた。

〈牛山靖夫―反戦川柳人―鶴彬を語る、二〇〇九年三月より〉

この事実から、昭和十一年一月頃に鶴彬が盛岡へきたのではないかと思われる。

喜多孝雄の次男、喜多孝志が二、三歳頃だったとも言い、二歳であれば昭和十一年に当てはまるのである。

そして又喜多家には、井上剣花坊直筆による掛け軸「黎明の大気の中にひらく花　剣花坊」が保存されている。

鶴彬が盛岡に来た時に持参したのではないかと私には思われるのである。

この時期、鶴彬は「蒼空」の編集を助けながら、評論を創作、そして自分の位置を考えながら行動している。

昭和十一年九月十八日、鶴彬の母の再婚先の滝井芳太郎の家から、渡辺尺蠖宛へハガキを出している。

（受信）

市川市八幡一二二〇

渡辺尺蠖様

（発信）

東京都足立区興野町六三二

滝井方　　鶴彬

（文面）

略、先般お願いしました「川柳史概観」の御返事を、井上信子氏より承りました。

明治代の文献が乏しくてむつかしい様ならば、大正十年前後の新興運動からはじめて頂きたいと思ひます。

勿論、文献など揃ってゐないならば覚え書風なもので結構です。

いろいろ準備もあるでせうけれど、出来得れば十一月あたりからのせたいと欲張ってゐますが御都合如何でせうか。氷原復活号を柳樽寺で見ました。これからおもしろくなりますね。

渡辺尺蠖へのハガキの中で「新興運動からはじめるよう」に依頼しているが、渡辺尺蠖は「蒼空」十三号（昭和十二年一月十五日号）に「新興川柳運動を顧る（一）」を載せている。

これらのことから鶴彬は渡辺尺蠖を深く信用していた。渡辺尺蠖は鶴彬の依頼を受けた「新興川柳運動」についての私観を、昭和十二年一月の「蒼空」から書きはじめて以来、一、二、三、四、五、六、七、として、昭和十二年十月「川柳人」二八〇号まで続けていたが、「川柳人」誌の停刊から中断されている。

鶴彬が川柳を「現実批判の短詩」として主張した分野を次に追って見たい。

ここにおいて鶴彬が「文学評論」において論じた「短歌」と「俳句」と「川柳」の作品に関する彼の論を聞いてみたい。

（7）

川柳リアリズムに就いて　鶴彬

〔文学評論〕第二巻第十三号
昭和十年十一月二十一日発行

川柳がこの国の短詩的様式としての短歌、俳句等とならんで、特殊なジャンルを保ちつづけてゐるのは、その独自的な創作方法のためであると僕は思ふ。いまかりに次の作品に就いて比較して見るときに、このことは一そう明瞭である。

灼きつけと思う
わが両眼に
区別もつかぬこの生活《くらし》
人間《ひと》か馬か
（渡辺順三）

ここに議事堂はがらんどうとして凶作地にはもう雪が来た
（栗林一石路）

凶作を救へぬ仏を売り残してゐる
（鶴彬）

この三作品は、その優劣は別として、ともに東北の凶作を題材にとっている。だがその素材の組み立てや、感情の打ち込み方は決して一様ではない。

まづ、渡辺順三の短歌を見るに、その悲惨な現実に対するはげしいいきどほりは素直な構成と手法をもって、抒情的にうたひあげられている。鶴彬の川柳にみられるやうな意地悪い素材の組み立てや、諷刺的な表現の仕方は、全然見ることが出来ないのである。

これはいわゆる短歌と川柳が各々もつところの本質的な特性――抒情性と風刺性――によって決定されるところのものである。

たとへば栗林一石路の俳句作品の場合に於ても同様なことが言へる。がらんどうなブルジョア議会と、雪がふって食物の尽きて来る凶作地とを対照して、いはゆる俳句らしくない諷刺的手法をもって、戦慄と怒りを描き出さうとするのであるが、しかしこの諷刺は川柳の諷刺のごとき鋭利さを欠いでいる。

そこには俳句的な観照的要素が多分にはたらいてい

て、諷刺のさきをにぶらせてしまっている。事象を正面から描くことによって、その真実を浮き出せようとする俳句レアリズムと事物を側背より奇襲して、その真実をあばき出さうとする川柳リアリズムの方法がもたらす相違である。

詩がレアリズムの身構へを盗り始めるや時の政治的桎梏は、それに諷刺的な逆手を創造させてくれるのであるが、これに特に短い創造されてくれるのであるが、これは特に短い形式のうちにすべてを言ひ切らうとする短詩型においていちぢるしい。

僕たちはずっと以前からのプロレタリア短歌や俳句のうちに、かなりの諷刺的な傾向を帯びた作品が生み出されていることを知っている。しかしながら、それらの作品をよくしらべて見ると、それは川柳がもつ諷刺によほど接近してきているにも拘らず、結局は短歌的俳句的諷刺の体現に終っていることを指摘せずにはゐられないのである。

思ふに短歌様式のさまざまな創作方法といふものはその短詩が発生した階級的、歴史的制約のもとに決定されているのである。

短歌の抒情性は、封建的貴族イデオロギイによって決定され、俳句の観照性は、封建的有閑市民イデオロギイによって特徴づけられているごとく、川柳の風刺性は、封建的勤労市民大衆イデオロギイによって、その特殊性を裏づけられてゐる。

武士階級と農民階級と搾取関係の激化とそれによる相互の貧困窮乏化や闘争の尖鋭化こうした支配的勢力の弱まりの中に抬頭した封建的商業、高利貸資本の支配的な足どり等の複雑な社会関係は、当時の勤労市民の生活をして、社会生活へのきびしい批判へ駆り立てずにゐなかったのである。ここに川柳が批判的なレアリズムをもったことの重大な現実的基礎があり、それがさらに政治的桎梏によって諷刺的な方法をとってその現実批判の精神を確保しなければならなかったといふ事情が考えられる。

時の社会的矛盾を身をもって感覚しない階級の短詩文学としての短歌、俳句が川柳のごとき諷刺的な現実批判におもむき得ず、抒情や観照にその身構へを決定したといふことは以上によっても明らかなのである。

プロレタリア短歌俳句において、何よりもその社会的現実の諸矛盾が内容の主題とならねばならないために、短歌的俳句的特殊性は内容にも形式的にも重大な変革をあらわし、ためにはさきにのべたやうな諷刺的傾向さへ多分に現れてきたのであるが、しかしそれが短歌俳句として特殊的な発展をとげる限りにおいて、川柳レアリズムの諷刺にとって替えることは不可能なのであった。

往々にしてこの国のプロレタリア短詩批評家は、短詩作家にむかって短歌俳句川柳の名称や区別を重要視する必要がないといふ口吻をもらすのである。たとへば森山啓は、かつて短歌評論に書いた「短歌的様式と自由詩様式」の中で自由律俳句の問題にふれて次のやうな意見を述べている。

「私達にとって、自由律の短歌や俳句をも敢へて短歌や俳句と呼ぶべきか否かといふことは重要ではない。いづれも吾々の新しい短詩として評価すればよいからである。」

森山啓は、プロレタリアの非短歌的短詩への解消に対して特に短歌は有り得ることを力説し闘ってきた正しい批評家の一人であることを知っている。

しかしいまこうした短詩様式の特殊性を解消し抹消するかのごとき言葉をうけとることは全く意外なのである。なるほど俳句、川柳のごとき最短詩型は、現実の複雑化やぼう大化についてその端的な内容をもり切るためにさえ旧来の形式やリズムを必然的に自由律な形式、リズムにまで拡大させてゆくにちがひないのであるが、これによって俳句的、川柳がたとへ短歌に近い長い形式、リズムをあらわしたからといっても、そのジャンルの特殊的な創作的方法を逸脱しない限り、決してそれは短歌では有り得ないであらう。

森山啓が「形式から言えば自由律の短歌など、殆ど異なることがない」と言っている橋本夢道の、
押えがたい震へる脚立てて今となった馘首をじっと死体で聴いてゐた
といふ自由律俳句を読んでも、僕は形式的にも内容的にも、短歌などと全く異なるものを感じたのであった。うけとるものはやはり俳句的な内容や感覚やリズムで

しかないのである。

最近のプロレタリア短歌や俳句川柳の再出発にはっきり見られるやうに、われわれの短詩様式が短詩的に発展するといふことは、非短歌、非俳句、非川柳的短詩へ飛躍することではなく、これらの短詩様式がもつ能力が、プロレタリアートの感情の表現にたえ得るという、科学的な見透しの許に、あらゆる過去のすぐれた遺産をとりあげ、これを正しく発展せしむることにあらねばならない。

故にいま僕たちの川柳に就いて言うならば、川柳はいかに内容的に高められ、形式的に拡充しても、それはついに川柳としての短詩でなければならないといいえるのである。

僕たちはいづれもの短詩様式を新しい短詩として評価することは、それが短歌俳句川柳としての本質を体現して居らねばならず、ためにはそれぞれの特称をもって呼ばれることが何よりも重要であると思うのである。

こうした見解のもとに、プロレタリア短歌俳句作品に、諷刺的な傾向が多分に現れても、それはとうてい川柳の諷刺そのものでは有り得ないのであり、故にプロレタリア川柳の諷刺的レアリズムの方法はたしかに独自なものとして発展し得ることを疑わないのである。

封建社会の没落期に、古川柳があり得たように、ブルジョア社会の転形期においても、プロレタリア川柳はあり得るのである。

封建的勤労大衆が創造した川柳レアリズムは、プロレタリアートの手によってうけつがれ、親しまれ愛されねばならないという見とおしは何より正しいのであり、またこれによって川柳は、ブルジョア社会の諸矛盾をうつし出す、すぐれた大衆的反射鏡となるにちがいない。

今日プロレタリア川柳作家とよび得る作家はわずかに片手の指をもって数えるほどに少い。もっとも大衆に親しまれねばならない川柳が、こうした僅かな作家の数しかもたないということは一つの矛盾であろう。

しかしこれは何も川柳がプロレタリアートのものとなり得ないことではなく、むしろ、多くの作家大衆が、半封建的な通俗イデオロギイの泥沼に溺れ、のたうちまわっているためにおこる現象なのである。

また柳壇内部の宗匠主義は、封建師弟制度をもって、進歩的インテリデンチャ作家の川柳への参加を封じていることもその原因たるを失わないであらう、にも拘ず歴史の推進力はこうした柳壇の通俗的作家大衆を、漸次に社会批判へと押し出しつつある。と同時に進歩的な自由主義作家の新興川柳グループが、処々に結成されてきた。

これらの傾向は、さらに現実の諸矛盾に拍車をかけられ厳しい社会批判へ進出するのであろう。こう考えるときに川柳のプロレタリア化はますます有望視されるのである。

なほ最近の『詩精神』『勢働雑誌』（注『労働雑誌』の誤り）の川柳欄に現われてきた労働者、インテリ等の川柳作家の存在は、プロレタリア川柳のために力強いものを感じさせる。

川柳レアリズムの正しい継承と発展のみが川柳を短詩的に高める過程であり、また川柳がプロレタリアートの短詩として次の時代に成長してゆくための大道であろう。」

鶴彬がこの評論を川柳誌ではなく「文学評論」に載せた意味はどのようなところから発せられているのだろうか。

それは短歌、俳句の作品と鶴彬の川柳作品を対比しながら、短歌も俳句も諷刺としての作品を示すことができるのだが、その諷刺性は川柳の持つ諷刺の鋭利さを失っていること又、「事象を正面から描き、その真実を浮き出させようとする俳句リアリズム」に対して「事物を側背より奇襲して、その真実をあばき出そうとする川柳リアリズム」の方法がもたらす相違を論ずることであった。

このことは鶴彬が「川柳レアリズムの諷刺」が短歌、俳句のレアリズムに劣らぬ方法であることをここから力説していくのである。

（8）

この時代、昭和九年は東北地方で大凶作が起こった年である。

今は亡き岩手の川柳の先人である笹間円坊は、私との対談で、その頃のことを次のように語っている。

…昭和九年、私達(笹間円坊、斎藤紋呂久、伊藤茶馬)は川柳らしきものを作っていたんですよ。その頃、仙台の河北新報に濱夢助の川柳が載っていて、私は夢助に手紙を書いたのです。そうしたら、濱夢助から川柳研究の川上三太郎を知らせてきたのです。

仙台では河北新報でやっていました。濱夢助はもともと俳人だったのです。しかし川柳の方がおもしろいと川柳に移ったのです。

当時でも仙台に二百人くらい川柳をやっている人がいましたね。井上剣花坊もちょくちょくやってきましたね。

『川柳茶柱』は昭和十年創刊で、濱夢助の指導を受けていました。

仙台の『川柳北斗』はこれから半年くらいおくれて出ていますね(注1)

昭和十一年、仙台での大会があり、そのおりに岩手県にはじめて、川上三太郎がやってきたのです。(注2)

昭和九年は大凶作であり、非常に暗い時代で、娘を実際に売っていた時代ですね。暗い時代だった。

どういうわけで井上信子の「蒼空」が私のところにやって来たか、これは寄贈誌としてやってきたと思います。昭和十一～十二年頃だったと思いますが、濱夢助や後藤閑人、私らもこの「蒼空」に投句していたのですが、鶴彬の句を見ると、ああしたものでドキッとしたものです。(注3)

昭和十二年頃だったと思いますが、後藤閑人が花巻病院の改築のとき、二ヶ月ほど仕事でやってきたことがあります。その時私の家へもやって来ました。そしてある日、私服の刑事が私のところへやってきて、仙台の後藤という男がこなかったか?といって聞かれました。あれが特高だったのです。その後、川柳人の弾圧事件を知って、非常に驚いて、『蒼空』をかくしてしまったのです。…

笹間円坊は、その時代をしっかりつかんで話してくれた。

昭和十二年四月五日発行の「川柳北斗」四月号に、鶴彬の評論「井上剣花坊と石川啄木」がはじめられた。このことを逆に考えると、井上信子の「蒼空」第九号に「創刊

『川柳北斗』」が載っている。先の（注1）を記す。

（注1）「『創刊川柳北斗』仙台の濱夢助氏は今度川柳北斗社を結成して、月刊川柳誌『川柳北斗』を創刊することになった。

川柳北斗十月号原稿募集、一、創作雑詠集　濱夢助選（一人十句吐）、一、課題吟集　(イ)題「髭」坂本柳好選・(ロ)題「押す」後藤閑人選（一人各題五句吐）一、指導句集、題「魚」（一句）小野寺東山選、〆切、昭和十一年九月十五日、投句先、仙台市玉澤横丁濱夢助」となっている。この「蒼空」九号（昭和十一年八月十五日）の編集後記に、井上信子と鶴彬の名がある。このことから鶴彬は仙台で濱夢助が「北斗」を創刊することを知り、「井上剣花坊と石川啄木」の評論を載せることを思いたったと思われる。

笹間円坊も話しているが、「蒼空」創刊号から、仙台の濱夢助は投句していて、のちに後藤閑人が特高に追われ、笹間円坊宅にもやってきて、円坊は「蒼空」をかくしたとして話していたが、笹間円坊は「蒼空」の創刊号から十三号（昭和十二年一月十五日）まで離さずに持っていたのである。これは貴重で重大なことであった。

前後になるが（注2）の前後について述べる。次の文は笹間円坊著の「川柳と随筆、回り道」による。

「川柳『茶柱』の題字は、川上三太郎に揮毫を依頼し、選者は仙台の夢助にお願いして、昭和十年十一月一日、川柳誌『茶柱』の創刊号が誕生したのである。これが岩手県の川柳誌第一号で、戦前まで続刊され、戦争末期から終戦直後まで、一時休刊されていたが、昭和三十一年に高橋放浪児が『茶柱』を復刊し、間もなく『川柳北上』と改題して現在に至っている。今やこの『川柳北上』は、全国的に名を知られる柳誌に成長している。

昭和十一年五月九日に、川上三太郎、大谷五花村、濱夢助の三師を迎えて、黒沢尻町（現北上市）で、岩手県最初の川柳大会を催した。会場は北上河畔の染黒寺の紫雲台で、懇親会はその近くの枕流亭であった。

私（円坊）と紋六、茶馬の三人は仙台から北上して来る三師を迎えに水沢駅まで行き、同乗して黒沢尻を通過して花巻温泉に案内し、千秋閣で昼食をとり、ハイヤーで黒沢尻に引返し、桜花爛漫の展勝地の桜並木を散策しながら会場へ向かった。

その後、伊達南谷子初め、仙台の数名が仙台から応援のため、三師に連行してくれたことも非常に感激だった。

今この三師が、岩手県川柳発祥の地として力強く踏み固めてくれた展勝地の一角に、高橋放浪児の句碑が建てられてある。

昭和十一年の三師を迎えての川柳大会は、岩手の川柳史を語る時、忘れることの出来ない一大快挙であったと、盛岡市で発刊している『川柳はつかり』誌で、藤村秋裸が強調している。

それはともかくとして、この時、三太郎も夢助もともに口を揃えて言ったことに、注目すべき話がある。川柳中興の祖と言われた井上剣花坊が、大正時代に、将来の川柳界を背負って立つ者は、必ず岩手県からでるであろう、と予言したということである。

私達は、この当代の大家と目されている人達が、よく白じらしくもおだて上げるものだと気にも止めないでいたが、その後歳月が経つにつれ、この話を裏付けるような話を花巻の古老から聞いた事がある。…」

これらのことから、「川柳茶柱」が「川柳北斗」より早く発行されたこと、「茶柱」をとりまく指導者が、川上三太郎、大谷五花村、濱夢助達であったことが分るのである。

ここで仙台の濱夢助と井上剣花坊について、わずかに書いておきたい。

濱夢助は昭和四年から河北新報川柳壇選者で、昭和十一年九月から昭和十七年まで、月刊「川柳北斗」誌を主宰して戦後に廃刊した。続いて昭和二十二年十月「川柳宮城野」誌を主宰する。

濱夢助は井上剣花坊を師としていたが、昭和二年一月五日付、剣花坊の手紙を受け取っている。その内容は濱夢助の三女の名を剣花坊が命名し「歌子」としたことであった。

その後仙台に来られた剣花坊と夢助は会っている。そして「歌子」の頭を撫でられたと記している。

濱夢助は言っている。「…豪放磊落な先生の半面に斯くも繊細な人情味を蔵せられていたというのも、如何に先生は円満な人格を持って居られたかを物語るに充分であろう。…」と。

この時、濱夢助は剣花坊の「黎明の大気の中に開く花」の短冊を持っていたのである。

井上剣花坊の作品「黎明の大気の中に開く花」は、盛岡市で住んでいた鶴彬の兄、喜多孝雄宅で私も実際に見ているのである。

この作品は、鶴彬が井上剣花坊の死へ向かって書いた弔詩「若き精神を讃える唄―井上剣花坊をとむらふ―昭和九年十二月一日号『川柳人』にも載っている。

さて昭和九年の東北における大凶作について展開したい。

ここに「農業恐慌と農村の悲劇―東北大凶作と農民の惨状、農業恐慌の根本原因はどこにあるかを探る―河合徹」の文があるのでこれに寄る。

「昭和四年《一九二九》十月二十四日、ニューヨーク株式相場大暴落の日は、後に『暗黒の木曜日』と呼ばれたが、絶望した人々が何十階のビルの屋上から次々と飛び降りるのが、毎日のように望見されたという。

この日を頂点としてアメリカ全土に、銀行破産一三〇〇件、工場閉鎖、失業、ストライキが拡大し、この波が昭和六年夏、ドイツ、イギリス、日本を巻き込むに及んで、明確な世界恐慌の様相を呈するに至った。

日本資本主義は、大正十二年《一九二三》の大震災恐慌、昭和二年の金融恐慌のショックからまだまだ立ち直れず『産業合理化』の名の下に、工場閉鎖、操業短縮、人員整理、失業者の『帰農』を強行しながら、同様をつづけていた。

しかしアメリカ市場の崩壊によって、昭和五年繭価《まゆか》が暴落するに及んで、農業恐慌は一挙に拡大した。長野県を先頭する養蚕農家が全面的に破産し、ただのような価段になった繭の袋を老婆が川の中に投げ込んだというような話が、次々と伝えられた。

さらに追いかけて発生したのが、昭和九年の冷害による、東北、北海道地方の大凶作は、この地方の農民を破滅状態に陥れただけでなく、全国的な恐慌状態を促進した。(中略)」

当時(昭和九年)の東北六県の県庁統計によると、米の作柄は次のごとくである。

青森県　平年作の四十七パーセント減

岩手県　平年作の五十九パーセント減
秋田県　平年作の二十五パーセント減
山形県　平年作の三十九パーセント減
宮城県　平年作の四十五パーセント減

実際は、官庁統計よりも激しいのが普通であるし、都会の失業者が「帰農者」としてなだれ込んだことを思うと、窮乏は想像以上であろう。豊作なれば豊作物暴落で豊作飢饉、これが昭和六、七、八、九年の農村恐慌の実態であった。

（9）

当時の農村の窮状は、単に一時的な自然災害によるものであるとか、農産物価格と工業生産物価格との価格差によるものであるとかいう議論は、根本的に誤っている。

農業恐慌の歴史的根本的原因は、封建的地主制度による搾取《さくしゅ》と不安定な零細農業経営が、農民を自由な生活者として独立せず、従って生産力を発展させなかったからである。

しかも資本主義の発展と民主主義思想の普及によって自覚した農民が、小作料減免を中心とする民主的要求をかかげて戦い始めたとき、政府は徹底的弾圧の態度をもってのぞんだ。

当時、米は日本農民の主要生産物であったが、その米の小作料（現物払いの借地料）は普通で五十パーセント、山間部などでは八十パーセント、九十パーセントという効率も珍しくなかった。今から思えば、嘘のような話であるが、小作人は、土地を貸してもらっている地主に対し、平身低頭してこれを納入したのである。

「未納の場合は何時でも土地を返還して異議ありません」という一札は必ず入っている。

岡山県浦安本町に住む小松原八十吉《こまつばらやそきち》氏（現在、自作農、二ヘクタール経営）は、昭和五、六年の小作農時代を回顧して、

「毎年秋になると、大八車に米俵を山と積んで、汗を流しながら地主の家に持って行くと、地主のおやじがそこに置いて行けとあごで指図《さしず》する。ご苦労でしたという一言もない。

自分が生産したものの半分は何故《なぜ》こんなに取られるのかとくやしく思った。

結局当時の我々小作人の悲願は、裏作で取る麦と藺草《いぐさ》（岡山特産）の収入をためて、生命より大切な土地を買うことであった。

当時自分は篤農《とくのう》青年といわれたが、一日十七、八時間働き、一年中盆と正月の数日だけが休日だった」という。

岡山県南部のかなり豊かな地帯でさえ、このような状態である。恐慌と不作が連続すれば、零細な農業経営は徹底的に破壊され、借金まみれで、一家逃散《とうさん》、娘の身売りなどの悲劇は常時のことであった。

小作争議と弾圧

このような寄生的地主制度のくびきと農業危機の中で、農民は転落の一途を辿るだけであったのか。そうではない。大正六年（一九一七）のロシア革命を起点とする全世界の民主主義的潮流の影響を受け、直接的には都市労働者の闘争に刺激された農民は、小作料減免と耕作擁護を中心スローガンとして、自然発生的に立ち上がり、小作争議を展開した。（資料①）

農民はこの闘争を通じて、土地問題の根本的解決を迫ろうとしていた。全耕地の五十パーセントを地主富豪が占め、全耕地の四十パーセントは農家戸数の三十三パーセントを占める中農が所有し、全耕地のわずか八・九パーセントを、農民の六十二パーセントを占める貧農が所有するという土地所有関係の根本的矛盾《むじゅん》こそが、農業恐慌の基本的原因である以上、農民の闘争がこの原点に向かったことは当然であった。

しかし資本主義の矛盾と恐慌との解決を、アジア侵略政策の推進に求めた政府は、一方において労働者農民の要求を徹底的に弾圧すると共に、農村においては自作農創設を自力更生に政策の重点を置き、さらに昭和六年の満州侵略の後は、満蒙移民国を全国的に組織し、「行け満蒙の新天地へ」「我等の生命線満蒙を守れ」というようなスローガンによって、土地に飢《う》える貧農の要求を、侵略主義的方向にそらせた。

そしてそれは、当時の日本の左翼勢力の力量不足、無限の分裂行動と相まって、着々効を奏し、ファシズム支配と太平洋戦争の破局に進むのである。」

〔農業恐慌と農村の悲劇・河合徹〕

（資料①）

小作争議関係件数

年次	総件数	三参加人数（小作人）
1925	2,206	134,646
1926	2,751	150,163
1927	2,052	91,336
1928	1,866	75,136
1929	2,434	81,998
1930	2,478	58,565
1931	3,419	81,135
1932	3,414	61,499
1933	4,000	48,073
1934	5,828	121,031
（昭和９年）		
1935	6,824	113,164
1936	6,804	77,187
1937	6,170	63,246

この文と資料は昭和の時代を余すことなく綴りつづけている。特に資料に見る昭和九年の凶作における小作人の争議には十二万一千人以上が参加するというピークに達していた。

この時代、昭和初期の凶作にうちのめされていた社会の、特に農村における詩のいくつかを掲げたい。

売られ行く者よ　　　　北本　哲三

長々と余韻をひいて
発車の汽笛が残酷にもなりわたる
灰色にたそがれた吹雪の中のプラットホーム
に俺は今、
崩れかかる感情を支え
目を見張り、唇を噛んで
必死になって踏み耐える
棒の如く突っ立ったのだ
――人間一匹百円也
なんと有難い御時世であるか
泣きはらした赤い瞼に
諦めの、哀しい微笑をただよわし
汽車に乗るのは十五のおその
俺にとっては、この世の中で
たった一人の妹、可愛いおそのだ
俺は泣きたい、声を上げて泣き狂いたい

これが泣かずにゐられるものか
青空のないところ、おお秋田の空よ
東京、静岡、愛知へと
群をなして押し出されるあまたの子供ら
十四や十五のこいつらが
何も知らないこいつらが
二重橋や、金の鯱でだまされて
親孝行で目かくしをされ
見知らぬ土地に一生涯抛り込まれる
そうだ、眼えない何ものかによって
ポンとサイコロを投げた
だが、こいつらは一体何たることだ
丁度塵づくのために塵溜が用意されてあると
同じ様に
起き上る目はチャンと前からきまってゐるのだ
食われない俺達百姓の子供等には
蒼空のないところ、穴倉の職場が
鉄格子附きの念入りで、影の形に添ふやうに
チャンと控えてあるのだ

ああ世の中はなんと精巧なる機械であらう
——人間一匹百円也
その精巧なる機械の中に
埃となって消え失せるもの！
おおいとしいおそのよ、子供達よ
夕闇に中になくやうに
白くふるえるハンカチよ
俺はもはやたまりかねて
ぼろぼろこぼれる涙を
五本の指で目茶苦茶に拭ふのだ
おそのもやっぱりないてゐる
みんながみんな泣いてゐる

〔処女地帯〕

この詩にあらわれた「人間一匹百円也」の娘たちの値は昭和九年の現実であった。

秋田の農村地帯から売られていった娘たちは一万二千名、芸妓（四三八人）娼妓（八七六人）酌婦（一、〇一五人）女給（八〇四人）女中、子守（三、八九八人）女工（三、〇一三人）その他（一、一三六人）との記録があ

る。

凶作の東北は悲惨の極まる惨状であり、これら娘たちの生命によって息をつこうとしていたのである。

地主王国と言われた新潟県には、驚くことに一千町歩（一千ヘクタール）地主が存在していた。そしてこの地主の小作人は二、七六八戸あったという。この小作人達は阿賀野川、加治川、信濃川等の大河の両岸にひろがって、みな貧農であった。

「新潟県は、日本最大の米作地であり、五十町歩以上の所有者が二百三十九戸もいるという地主王国であった。『女郎、三助、越後獅子』それに『女工』や『毒消し売り』を加えてそれを越後名物にしたのは、この地方がいかに立地条件が悪かったか、ということではなく、いかに地主の権力が強くかれらが横暴であったかを物語るものである。昭和三年（一九二八）小作争議調停申立件数二、六〇〇件中、新潟県だけで七〇九件、およそ全国の四分の一を占めていたことでも、苛酷な情況下に起ちあがらずにいられなかった農民の苦悩が理解できると思う。木崎争議はこういう背景をもっておこった。…松永伍一著（日本農民詩史）」

貧農のうたへる詩　長沢《ながさわ》　佑《たすく》

春――三月――
薄氷をくだいて
おら田んぼ打った
めっぽう冷こい水
足が紫色に死んで居やがる
今日は初田打
晩には一杯飲めるバーと気付いたので
おらぁ勇気を出した
ベッー！
手に唾をひっかけて鍬の柄にぎった
だがやっぱりだめ
てがかぢかんで動かない
ちきしょう
おらぁやっぱり小作人なんだ
それから夏が来た
煮えかへるやうな田の中で

俺達は除草機の役をする
十日も続く　指の先から血が滲む
其のいたいったら
ちきしゃう!
地主のうちの娘っ子が通る
メンコイ顔した娘っ子
町の女学校へ行くんだ
柄のデッケイこんもり傘だ
涼しさうなパラソルだな　俺んもな
妹の野郎がおふくろにしゃべった
馬鹿野郎　だまって仕事しろ
俺は怒鳴った　したらみんなだまった
また今年も半作だぞ
親父が暗い顔で言った
地主の野郎は今頃扇風機の三つもかけて居やがる
だらう
あゝ暑くて死にさうだ!
おらぁやっぱり小作人なんだ

渡り鳥が来て秋になった
それからすぐ又冬が来た
親友が又言った
今年も半年だぞ…………
燃し俺達は今迄の小作人では無かった
村では去年にこりて
組合を作ることにした
下村の奴等が仲間に成れと云って来た
だが　俺達は
一番しっかりした組合
全農の仲間入りをした
全国農民組合新潟県連合会南部地区西南部小地区
恐ろしい長い名前だ
おらぁ何度もケーコしたが
まだおぼえられねい
そして演説会があった、俺は聞きに行って
新しい言葉をおぼえた「何たる矛盾ぞ」
俺は早速帰って来て呶鳴った
働く者は貧乏する!

遊んで居やがる地主は金持だ！
「何たる矛盾ぞ！」

蕗のとうを摘む子供達　　長沢　佑

―東北の兄弟を救へ―

三月の午後
雪解けの土堤っ原で
子供等が蕗のとうを摘んでゐる
やせこけたくびすぢ
血の気のない頬色
　ざるの中を覗き込んで
　淋しさうに微笑んだ少女の横顔のいたいたしさ
お丶　飢ゑと寒さの中に
今も凶作地の子供等は
熱心に蕗のとうを摘んでゐる

子供等よ！
お前らの兄んちゃんは
何をして警察に縛られたのか
何の為に満州へ送られて行ったか
姉さん達はどうして
都会《まち》から帰って来たのか
お前らは知っているね
何十年の間、お前らの父ちゃんから税金を巻きあげ
てゐった政府は
お前らの生活を保護してくれたか？

おまんまのかはりに
苦がい蕗のとうを喰おうお前らの小さな胸にも
今は強い憎悪が燃えてゐる

天災だと云って
しらを切ったのはど奴だ！
「困るのは小作だけでない」
そう云った代議士（地主）の言葉にウソがなかった
か子供等よ！　いつ地主の子供が
お前等と一緒に蕗のとうを摘みに行ったか
いつ、地主のお膳に

ぬか団子が転ってゐたか
修身講話が次から次へとウソになって現われ
て来たいま
お丶　お前らのあたまも「学校」から離れる

北風の吹く夕暮れ
母親は馬カゴのもち草を
河っぷちで洗ってる
子供らはざるを抱へて家路へ急ぐ
背中の児は空腹を訴へて泣き
背負った子供は寒さに震へる
だが、見るがよい
水洟《みずばな》をたらした男の児等の面がまへを！
児を背負った少女の瞳を！
おお、凶作地の子供等よ！
その顔に現れた反抗と憎悪をもって
兄んちゃんのやうな強《き》つい人間に成れ！
苦がい蕗のとうのざるをほうり出して
父ちゃんから金を捲きあげた奴等に向かって
あったかい米のご飯を要求するんだ！

新潟県中蒲原郡大浦原村長橋に、明治四十三年（一九一〇）二月十七日に生れた長沢佑はこの大浦原村の小作争議の先頭に立って活動し、小説や詩を発表した。ここに示した「貧農のうたへる詩」や「蕗のとうを摘む子供等」は詩は彼の意欲の激しさにつらぬかれている。

「…佑はこうして、貧乏と身体の貧弱のなかで、つぎつぎと詩や小説を発表していたが、昭和八年二月十七日に、くしくも誕生日とおなじ月日のおなじ時刻に二十三歳をもって、新潟の沼垂《ぬったり》の知人の宅で亡くなった。

七歳年長の小林多喜二が、拷問死したのは、それから三日あとであった。……佑が大浦原をさってから、ここの争議は、はげしさをました。」

〔市村玖一著『新潟県農民運動史』〕

先に秋田県の凶作農村における姿を記したのであるが、秋田県では「北方教育社」を創立して、うちひしがれた北方の子どもたちの幸せをめざしていた。又これにより先に、一九二二年（大正一〇）「種蒔く人」も創刊されている。

「北方教育」には次のような詩が載った。

　汽笛

あの汽笛
たんぼに聞えるだろう
もうあば帰えるよ
八重三泣くなよ

　不景気

豊治が
米と馬をにし《（ぬすん）》た
それで百姓つらいといって
東京へ逃げた
ど（父）はないていたっけ

　ゆ　き

ゆきが
ゆうゆうふって来た
おど（父）
山さえがねば
なんのこともまいども
あら
ゆきが晴れた
えがたなあ
こんだ
げんきに　ふいているべ
おど
山で
ふるま（昼）のままくたべが。

これらの詩のように子供達の詩が現実を直視していったのであるが、時代は国家権力の弾圧によって挫折していったのである。

しかしこの「北方教育」の種子は東北の各県へ多くの影響を与えた。

昭和初期から昭和十年代の日本の農村は、先に「農村恐慌と農村の悲劇」（河合徹）で示したような、どんな底の光景であったが、その光景の中に、必死に生きようとした人々の声が詩となって結実している。
　岩手県の宮沢賢治、森佐一《もりさいち》、織田秀雄《おだひでお》の詩をここに揚げる。

小作調停官　　　　宮沢　賢治

西暦一千九百三十一年の秋
このすさまじき風景を
恐らくは私は忘れることができないであらう
見給へ黒緑の鱗松や杉の森の間に
ぎっしりと気味の悪いほど
穂をだし粒をそろへた稲が
まだ油緑や橄欖《かんらん》緑や
あるひはむしろ薄のやうないろして
ぎらぎら白いそらのしたに
そよともうごかす湛へてゐた
そのうち潜むすさまじさ
すでに土曜の七日には
南方の都市に行ってゐた
画家たちAbleなる楽師たち
次々郷里に帰ってきて
いつもの郷里の八月と
まるで違った緑の種類の
豊富なことに愕いた
それはおとなしいひわいろから
豆いろ乃至うすいピンクをさえ含んだ
あらゆる緑のステージで
画家は曽って感じたこともない
ふしぎな緑に眼を愕かした
けれどもこれら緑のいろが
青いまんまで立ってゐる田や
その藁は家畜もよろこんで喰べるであらうが
人の飢をみたすとは思はれぬ
その年の優秀を感ずるのである。

山村食料記録　　　　森　佐一

岩手県九戸郡山根村
家族、十五歳以上四人　以下五人

八月二十四日から
同じく三十日迄の食料記録
廿四日　ひえ一合、麦五合、めの子（こんぶの粉）二合、朝、きうりづけ、ささげ汁・昼、朝と同じ・夕、麦かゆ、生みそ（ペロペロなめる）
廿五　ひえ一升、大豆五合・朝、きうりづけ、ささげ汁・昼、芋の鍋ふかし、生みそ・夕、ひえのかけ、きうりづけ
廿六日　ひえ七合、麦五合、ならの木の実一升・朝、ならの木の実、ひえのかけ、きうりづけ・昼、朝と同じ・夕、麦かゆ、とうもろこしの鍋ふかし、菜っぱづけ
廿七日　ひえ五合、麦五合、ならの木の実一升・朝、ならの木の実、ひえのかけ、菜づけ・昼、芋の鍋ふかし、菜づけ・夕、ならの木の実、菜っぱ汁
廿八日　ひえ五合、ならの木の実一升・朝、ならの木の実、ひえかゆ、菜づけ・昼、芋の鍋ふかし、葉づけ・夕、ならの木の実、菜っぱ汁
廿九日　ひえ一升、ふすま二合、麦五合・朝、小麦じる、はっとう、きうりづけ・昼、同じ・夕、麦かゆ、みそ焼き
卅日　ひえ一升、麦一升、ささげ二合・朝、芋の鍋ふかし、菜っぱ汁・昼、同じ・夕、麦とささげのかゆ、みそ焼き

編集長のみだし
　一号　昭和の御代とは
　初号　思へぬ生活
　　四号　九戸郡山根村
　　　二合　同情すべき食物

ここでは明治も大正も昭和も、げんろくも足利もないであらう、バカにしてやがる。海のものは、こんぶ二合だけ食べてゐます。

六十日続く旱天に
今年はひえ作三合です

食うものがなくなったら
土でもかぢるであらうか

松の根がランプの代りするので
みんなくしゃくしゃ目のふちがくされてゐる

百姓人形　　　　　　　　　　　織田　秀雄

百姓人形
笑ひ出せ
アハハ　アハハと笑い出せ
俺がつくった
木の人形
だまってゐたとて何になる
すすけた棚で
おどり出せ
すすけた顔でさけび出せ
朝から晩まで
だまってて
すすけてゐるのは馬鹿らしい
百姓人間
歩き出せば
百姓人間　暴れ出せ

⑽

ここに示した長沢佑、宮沢賢治、森佐一、織田秀雄の詩は、昭和初期から、凶作の昭和九年前後に書かれたものである。

私はかつて新潟へ行ったおりに、新潟駅からドッペリ坂、会津八一記念館、そして長沢佑の終焉の地である沼垂の地を辿ったことがある。

私が長沢佑に注目するのは、鶴彬と同じ北陸に生まれ、同時代を光のように疾駆しつづけた詩人だからである。

長沢佑は前述したように、明治四十三年二月十七日に新潟県中浦原郡大蒲原村に生まれたが、その前年明治四十二年月一月一日に鶴彬が石川県河北郡高松町に生まれている。

昭和三年（一九二八）十八歳の長沢佑は先の詩にある全国農民組合新潟県連合会南部地区事務所の常任書記となる。そして「貧農のうたへる詩」を昭和四年（一九二九）「戦旗」の九月号に発表した。その後昭和七年（一九三二）二月号の「プロレタリア文学」に「蕗のとうを摘む子供等」を発表しているのである。

この時彼は二十二歳、あと一年の生命しかなかった。

「蕗のとうを摘む子供等」について、詩人の伊藤信吉が次のように書いている。

「『蕗のとうを摘む子供等』は昭和七年二月号の雑誌『プロレタリア文学』に発表された。

サブタイトルに『東北の兄弟を救へ』とあるが、この詩の背景には、昭和六年秋から翌年にかけて北海道、東北地方を襲った凶作と飢饉のいたましい事態があった。

宮沢賢治が『小作調停官』を作ったのと、全く同じ時である。

その凶作と飢饉の惨状を背景にして、同じ東北生まれの宮沢賢治と長沢佑の二人が作品を遺したのだが、長沢佑の作品は『プロレタリア農民詩』として尖鋭である。

凶作を『天災』として認めないし搾取、被搾取の階級対立と、搾取する階級に対するたたかいを鋭く表現している。（土の詩、ふるさとの詩ー伊藤信吉ー）」

この文にあるように、宮沢賢治と長沢佑そして鶴彬も同時代を生きた詩人であった。

岩手の詩人、森佐一が先の詩「山村食料記録」を残したのは昭和四年末に出た「学級詩集」においてである。

詩人森佐一はのちに直木賞作家になった森荘已池である。彼も又明治四十年五月三日、盛岡市に生まれ、地元岩手日報の記者となり、宮沢賢治と会った詩人、作家であった。

そして又先に掲げた織田秀雄の詩「百姓人形」は、私の住む奥州市胆沢区小山字笹森に詩碑となって在る。それは岩手県立水沢農学校の近くの公民館前に建っていた。

織田秀雄は明治四十一年十二月十日、岩手県胆沢郡小山村字笹森に生まれた。

(11)

織田秀雄は一九二三年（大正12年）に小山尋常高等小学校高等科を卒業した。時に十五歳であった。そして十八歳で岩手県立水沢農学校を卒業するや、胆沢郡姉体村尋常小学校代用委員となる。

十九歳で岩手日報に「胆沢民謡研究」を連載した。この年「天邪鬼」を創刊して「ヤロコ詩」「ヒナタボッコ」「めでた唄」『ヤロコ詩考』等を発表している。

一九二九年（昭和四年）二十一歳の時「全国農民芸術連盟」の支部結成を行い「綴り方に方言を使わせよう」を提起した。

この年には作品として「児童文学小論」を「晩年の一茶」「土見民の唄」「百姓人形」等を発表した、それらは詩、エッセイの域であった。この中の「土民の唄」を見つめる。

土民の唄

麦のさく切りゃ
ひばりの声だ
みんな出ろ出ろ
春ほけた

うねにかげろだ
やまなみ白い
山で誰だか見ているようだ

裏の田ン圃は
嫁入り田螺
ころりころりと
ほにころり

狐　火を焚け
どんどん燃やせ
月は寝に行く
綿の雲

この詩のように、自分の生れ育った胆沢の地に根づいて、その光景を自分の詩として刻んでいたのである。これについては織田秀雄の「土民の詩―はじめて詩をかく人に―」の短いエッセイがある。次に掲げる。

○

土民とは土着の民衆ということです。元始精神を持ち文明の垢に汚れない人達を土民と呼びます。土民は地球の主人公です。

○

便宜上、民謡、動揺、自由詩、短歌、俳句などを、ひっくるめて、詩と呼ぶことに致します。所詮、これらは、創作動議と、形式とに依る分類で、感激の表現に外ならないのですから。

○

土民の美的感激は原始的であります。故に、其の表現も原始的であって欲しいものです。

土民詩人は、所謂文化人の技巧を卑しむことが必要です。

○

詩を書くには、特殊な詩的教養も、或は必要かも知れませんが、たどたどしく書いたらどうでしょう。言いたいことを、喜びたいことを、聞かせたいことを戦いたいことを。それでよいと思います。時とは、どんなものかなどと、終日考えていたら大変です。

○

詩を書くと言うことは、人生から詩的なものを、さがしだして発表することでは決してありません。生活は、みな詩人です。肥桶や馬糞をかきなさい。

○

詩をつくるために、観る眼や感じる心を養ないたいならば、郷土に残っている民謡、童謡、昔話などを研究することです。或は、それらの静かな鑑賞者になることです。

○

土民は、地球の主人公です。

あらゆる不正に対する、叛逆者です。

この中に織田秀雄の詩に対する認識が読みとれる。自らの眼に映る全てに対して言っているのだが、特に「生活は、みな詩です。肥桶や馬糞を書きなさい。」の言葉は彼の書いてきた「小説、童謡、民謡、校歌、詩、短歌、童話、エッセイ」等に散りばめられているのである。

昭和五年（一九三〇）織田秀雄は「新興教育所創立」に参加していくのである。

同年八月「新興教育所設立宣言」が発表されている。新興教育所長、山下徳治・書記局、山下徳治・中田貞蔵・本庄睦男・長谷川一・田部久。中央委員、山下徳治・池田種生・浅野研真・秋田雨雀・布施辰治・本庄睦男・長谷川一・鈴木二郎・槇本楠郎・織田秀雄・村上寿子・佐藤吉郎・三崎陸平・田部久。以上の人々であった。

この「新興教育研究所創立宣言」の後半を見ると「…教育労働組合はわれわれの城塞であり、『教興教育』はわれわれの武器である。『新興教育研究所』に依って果さるべき当面の階級的任務は、反動的ブルジョア教育の克明なる批判とその実践的排撃であり、地方、新興教育の科学的建設とその宣伝である。…」としている。この理念のもとに彼らは行動を起こしていたのである。

織田秀雄の歴史を私は一人ひもといているのだが、前にも記したように彼は「全国農民芸術連盟」の支部結成を、昭和四年（一九二九）八月に行っている。

その後昭和五年「新興教育」に参加していくのであるが、秀雄はその間上京し、そして同年八月二十五日、水沢で歓迎会を受けている。この頃のことを先の森惣一が書き残していた。「二十五日水沢に開かれた織田秀雄氏中心の座談会は二十余命参加、盛会であったようです。あいにく病気で出席できず残念に思っている次第」と。

しかし、この会が彼の前途を暗くする方向へ進んでいくのである。

昭和六年四月十六日付岩手日報夕刊に「治安維持法違反、本県空前の事件、検挙百数十名起訴者四名、記事掲載禁止解除…」が載った。これがいわゆる「岩手共人会事件」である。織田秀雄は一九三〇年（昭和五年）十一月五日に東京で逮捕された。

この「岩手共人会事件」の事についてはその真相は不明である。しかし「新興教育」の方針から辿り着いた実践であろうと私には思われる。

なぜなら「新興教育」の後の方の発行兼編輯人は織田秀雄となっていたからである。

昭和六年（一九三一）織田秀雄は秋田刑務所へ投獄さ

れた。
　この間のことを示すと、前年（昭和五年）に「岩手詩集」の編集委員に、宮沢賢治、吉田孤羊、森佐一、佐伯郁郎、栗本孝次郎と共に織田秀雄も名をつらねてる。
　このことから推測すると、秀雄、森佐一、宮沢賢治等が底流で交差していたと思われるのである。織田秀雄は織田顔のペンネームを使用していた。彼の詩を掲げる。

通信簿　　　　織田　顔

忠君愛甲の上
親に孝行甲の上
まじめに働け甲の上
主人に仕へろ甲の上
先生の言うことはすぐ書けば
うそでもなんでも甲の上
おいらをだます通信簿
こんなものには用がない

あばれる詩

ざわめきのうちに明けて
死んだやうに暮れて行く
誰も彼もでくのぼうみたいに
むっつりと
泣きづらをさげてゐる
これが袈裟の姿だと教へるヤツは
誰か
今夜はどうなる！
明日はどうなる！

荒々しく、物凄く立ちあがったおいらを無頼
漢だとせめたてるのは誰か
おいらの仲間の背中を銃床でなぐりつけたの
は誰だ

あばれるなとおさへつけるのか
酒代をやるから酔ひつぶれてゐろと言ふのか
ぐうの音が出なくなるまで、四つん這ひにな
るまで働けと言ふのか

監房みたいにつくりあげた此の世の中
この厳重な鉄窓を作ったのは誰だ
この中は罵り声でいっぱいだ
おいらの共鳴と興奮が大きなカタマリになってゐるのだ
あくまでも、えぐるやうに、がなり立てよう
かたまってあばれるばかりだ
どやどやとあそこになだれ込むのだ

獣のやうにおどりかかれ

この「通信簿」は「プロレタリア童謡集」「あばれる詩」は「呼子と口笛」に掲載された。この「呼子と口笛」は石川啄木の長女「京子」の指名で印刷されていたという。

周知のように、石川啄木は晩年の明治四十四年、二十六歳の病の中で、総題「呼子と口笛」として詩集を出そうと計画していたのである。しかし彼の死は迫っていた。「果てしなき議論の後」「ココアのひと匙」「書斎の午後」「激論」「墓碑銘」「古びたる鞄をあけて」「呼子の笛」「家」「飛行機」の詩は「石川啄木遺稿」として出された。

この「呼子と口笛」という同名の書に織田秀雄の「あばれる詩」が載っていることは興味深い。又宮沢賢治と織田秀雄が直接つながっていて話をしたという事等は分からないが、森荘已池（森佐一）著の「宮沢賢治の肖像」の中に、次のような日記の記事があった。

「昭和六年七月七日―宮沢さん（賢治）は東北砕石工場の話をはじめる。給料のかわりに、五車分とあの炭酸石灰をよこされたと笑った。織田秀雄君の家に何俵か肥料を送るということには、自分も心からさんせいする。

（註）織田秀雄君というのは、私たちと同年輩の人で、岩手県水沢農学校出身の詩人で作家、全く不遇と無名の中に死んだだが、岩手共人会事件とい思想事件のため、二百六十名も検挙されたうち、彼だけ実刑の判決をうけたが、そのころ未決に拘留中だつたかも知れない。アサ

ヒグラフに後年よい短篇を出したが、公の舞台に出ようとしたときは、東京でカンズメのカンでメリチン粉を煮て食べる—というようなひどい生活をしていたので、病気になってどうにもならなかった。」

この時期、宮沢賢治は東北砕石工場技師として、炭酸石灰販売に努めていたのである。

私は幾度かこの東北砕石工場跡地を訪ねていたが、二〇一〇年十一月にもこの地を訪ねた。

晩秋の風の中に、旧東北砕石工場が老人のように建っていた。この地はJR大船渡線の陸中松川駅構内に近接して在った。

陸中松川駅を囲む山肌は白い石灰岩におおわれ、幾度も石灰岩を掘削した跡が光って見えた。すぐ近くを砂鉄川が流れて、秋風にススキの群れがなびいていた。

そのススキの群れを凝視しながら、私は宮沢賢治がここへ来るまでの歴史を思いえがいた。

昭和二年、宮沢賢治の作った羅須地人協会で土壌学や肥料学を講義している。又花巻にできた労農党稗貫支部に、若干の援助をしたことから、警察の調査を受けた。田植の時期には肥料設計、稲作の指導に奔走して二千枚をこえる肥料設計書を書いている。又この年天候不順のため狂気のように村々をかけめぐったという。時に三十一歳であった。

昭和三年（一九二八）三十二歳、この年第一回普通選挙、労農党稗貫支部に二十円と謄写版一式をカンパしている。

そして詩「稲作挿話」を発表した。

稲作挿話（作品第一〇八二番）　宮沢　賢治

あそこの田はねえ
あの種類では窒素があんまり多過ぎるから
もうきっぱり灌水《みず》を切ってね
三番除草はしないんだ
……一しんに畔を走って来て
　青田のなかに汗拭くその子……
燐酸がまだ残ってゐない？
みんな使った？

それではもしもこの天候が
これから五日続いたら
あの枝垂れ葉をね
斯ういふ風は枝垂れ葉をねぇ
むしっておってしまふんだ
……せはしくうなづき汗拭くその子
　冬講習に来たときは
　一年はたらいたあととは云へ
まだかがやかな苹果《りんご》のわらひをもってゐた
いまはもう日と汗に焼け
　幾夜の不眠にやつれてゐる……
それからいいかい
今月末にあの稲が
君の胸より延びたらねぇ
ちゃうどシャツの上のぼたんを定規してねぇ
葉尖を刈ってしまふんだ
……汗だけでない
　泪《なみだ》も拭いてゐるんだな……
君が自分でかんがへた

あの田もすっかり見て来たよ
陸羽一三二号のはうね
あれはずゐぶん上手に行った
肥えも少しもむらがないし
いかにも強く育ってゐる
硫安だってきみが自分で蒔いたらう
みんながいろいろ云ふだらうが
あっちは少しも心配ない
半当石二斗なら
もうきまったと云っていい
しっかりやるんだよ
これからの本統の勉強はねえ
テニスをしながら商売の先生から
義理で教はることでないんだ
きみのやうにさ
吹雪やわづかの仕事のひまで
泣きながら
からだに刻んで行く勉強が
まもなくぐんぐん強い芽を噴いて

どこまでのびるかわからない
それがこれからのあたらしい学問のはじまり
なんだ
ではさようなら
……雲からも風からも
　透明な力が
そのこどもに
うつれ……

この詩は宮沢賢治の農業指導の様子を記している。彼の少年による精神が直接にこちらへむかってくる。

宮沢賢治は冷害、不作、凶作の現実を自分の体で体験しながら、それを防ぐ方法として、土壌改良や肥料の設計を重ねてきたのであった。そして前記したように、それを実践して体を弱らせていったのである。

そうした昭和四年の春ごろ、東北砕石工場主の鈴木東蔵が宮沢賢治を訪問したのである。

宮沢賢治の弟である宮沢清六がその頃の様子を書いている。

「昭和四年の春、朴訥そうな人が私の店に来て病床の兄(賢治)に会い度いというので二階に通したが、この人は鈴木東蔵という方で、石灰岩を粉砕して肥料をつくる東北砕石工場主であった。兄はこの人と話しているうちに、全くこの人が好きになってしまったのであった。しかもこの人の工場はかねて賢治の考えていた土地改良にはぜひ必要で、農村に安くて大事な肥料を供給することが出来るし、工場でも注文が少なくなって困っているということで、どうしても手伝ってやりたくて致し方なくなった。

そのため病床から広告文を書いて送ったり工場の拡張をすすめたりしていたが、だんだん病気も快方に向って来たので、その工場のために働く決心を固め、昭和六年の春からその東北砕石工場の技師として懸命に活動をはじめたのである。」

〈宮沢清六著〈兄のトランク〉から〉

秋風に打たれながら、私は東北砕石工場跡をゆっくり歩いた。

宮沢賢治の歩いた道が細くのびて、砕石工場へつながっている。そこには砕石工場で働いていた男達にまじって、宮沢賢治の像が建っていた。「賢治さん、ここで働いていたのですね」と私は一人話しかけた。

秋風が一瞬私の耳に当たり、その音が「はい、ここから私の体は崩れたのです」と賢治の声となって跳ね返った。

森荘己池の日記にあったように、宮沢賢治が織田秀雄に「炭酸石灰を送った」のは、昭和六年七月の初めである。

織田秀雄は秋田刑務所にいて、獄中から母親宛に手紙を書いた時期でもある。

弱っていく体を持ちながら、宮沢賢治は「グリコーブドリの伝記」を書いた。

この物語の背景は、幾度も襲った岩手の冷害、凶作の現実から発せられている。

私はここ東北砕石工場跡を歩きながら、ここに建つ「石と賢治のミュージアム(太陽と風の家)」に入った。

そこには地球に在るさまざまな石が並び、宮沢賢治の次の世代へ贈る言葉として「雲からも風からも透明な力がその子どもにうつれ」の言葉が大きく刻まれていた。

宇宙と自然を自在に交信した賢治の感性に出会うような、不思議な旅として「グスコーブドリの伝記」が絵となって展がっていた。

私はその絵の前に立って思い出していた。

二人が語る「グスコーブドリの伝記」へ与せた次の言葉である。

「『グスコーブドリの伝記』は賢治の思想が実によくあらわれています。大勢の人たちが安心して生きていけるために、自分は命を捨てていく、おれのほうが年とっているから、おれが行くよと技師が言います。技師はおとうさんで、若いグスコーブドリがそれを押し切って自分が犠牲になる。現実はともあれ、思想ではお父さんを完全に乗り越えていったのです。『グスコーブドリの伝記』が最後の作品であったということは、非常に象徴的な気がします。」　〈井上ひさし著—宮沢賢治に聞く!〉

「…科学的立場から、この作品をみると、(1)〝火山噴火の予知〟という今日的重要テーマがもりこまれていること、⑵自然改造という問題をかんがえていること。⑶科学の夢を描いていること。⑷農民に役立つ科学を—というねがいが込められていることなど、すばらしい科学者としての姿勢がにじみでている作品だ—とおもう。」

〔宮城一男著—宮沢賢治—地学と文学の間〕

宮沢賢治の体は疲れきっていたが、大トランクに壁材料の見本を持って、昭和六年九月十九日に上京したのである。

東北本線沿いの小牛田《こごた》、仙台に立ちよって九月二十日に上野に着いたが、その夜になって発熱した。賢治はもうこれまでの命だと観念して、翌日に遺書を父母へとしたためたのであった。

⑿

昭和六年九月二十七日、宮沢賢治は「最後にお父さんの声が聞きたくなった」と言って、父政次郎に電話をかけた。その後に花巻へ帰って病床生活に入ったが、十一月三日「雨ニモマケズ…」を手帳に書き残した。

雨ニモマケズ

雨ニモマケズ
風ニモマケズ
雪ニモ夏ノ暑サニモマケヌ
丈夫ナカラダヲモチ
慾ハナク
決シテ瞋《イカ》ラズ
イツモシズカニワラッテイル
一日ニ玄米四合ト
味噌《ミソ》ト少シノ野菜ヲタベ
アラユルコトヲ
ジブンヲカンジョウニ入レズニ
ヨクミキキシワカリ
ソシテワスレズ
野原ノ松ノ林ノ蔭ノ
小サナ萱《カヤ》ブキノ小屋ニイテ
東ニ病気ノコドモアレバ
行ッテ看病シテヤリ
西ニツカレタ母アレバ

行ッテソノ稲ノ束ヲ負イ
南ニ死ニソウナ人アレバ
行ッテコワガラナクテモイイトイイ
北ニケンカヤソショウガアレバ
ツマラナイカラヤメロトイイ
ヒデリノトキハナミダヲナガシ
サムサノナツハオロオロアルキ
ミンナニデクノボートヨバレ
ホメラレモセズ
クニモサレズ
ソウイウモノニ
ワタシハナリタイ

この詩の手帳の次のページに賢治は「南無妙法蓮華経《なむみょうほうれんげきょう》」を書きつづっている。

命の尽きる時を予感して宮沢賢治は「南無妙法蓮華経」をとなえていたのである。

昭和八年、三十八歳になった九月二十日、農民が肥料の相談に来訪、これに対し玄関の板の間に正座して一時間ほど応じた。

二十一日午前十一時半「南無妙法蓮華経」と、たからかに唱題する声を家人が聞いて、病床にかけつけると、喀血《かっけつ》して顔面は蒼白であった。

「国訳妙法蓮華経《こくやくみょうほんれんげきょう》」一千部を印刷して知己《ちき》、縁者に頒布してくれるように父に遺言した。

そして自分で体を清めて「南無妙法蓮華経」の題目を唱え、午後一時半永眠した。

宮沢賢治の宗教への関心はいつから出発したのだろうか。年譜を辿って記入してみる。明治三十九年（一九〇六）八月、父に連れられて、花巻仏教会の夏期講習会で暁烏敏《あけがらすはや》の講話を聞いている。時に十歳である。

明治四十四年（一九一一）十五歳の時、盛岡市北山の浄土真宗願教寺で島地大等の法話を聞いたと思われる。

明治四十五年・大正元年（一九一二）十六歳、父の手紙に「小生はすでに道を得候。歎異抄の第一夏を以て小生の全信仰と致し候」と書いた。

大正二年（一九一三）十七歳、盛岡市北山の曹洞宗清養院に下宿。又同じ北山の浄土真宗徳玄寺にも寄る。

大正三年(一九一四)十八歳、島地大等編者「漢和対照妙法蓮華経」を読んで感動。

大正四年(一九一五)十九歳、願教寺で島地大等の歎異抄法話を一週間聞く。

大正五年(一九一六)二十歳、報恩寺で尾崎文英について参禅したと推定されている。

大正七年(一九一八)二十三歳、盛岡高等農林学校本科を卒業、級友の保阪嘉内へ「漢和対称　妙法華経」を贈る。

大正九年(一九二〇)二十四歳、日蓮宗の信仰団体、国柱会に入会する。法華経の論読会を続ける。

大正十五年、昭和元年(一九二六)三十歳「農民芸術概論」を書く。

そして昭和六年(一九三一)三十五歳の時に、私が前に書いたように、東北採石工場の鈴木東蔵から依頼されて、この工場の技師として働いていったのである。

今までの歴年譜を見るとおり、宮沢賢治の宗教へのつながりは、若い頃からつづいていたのである。

そして辿り着いた日蓮宗は、彼の持っている想像力を実践へとふくらませていったのである。特に私の注目すべきところは、十歳のとき暁烏敏の講話を聞いていることである。

暁烏敏は真宗大谷派の碩学であり清沢満之の高弟であった。

ここで思い起こすことは、鶴彬が大正十五年の「影像」に「近代的ニヒリズムと我がニヒリズム」を載せていることである。

この中で鶴彬は「…『ただ念仏のみぞまことなる。』親鸞はとうてい安価なデカダン享楽主義に妥協することの出来ない強い人間でありまた弱い仏の子であった。言いかえれば仏という絶対の実在と一枚になり切ったニヒリストであった。…」と言っている。鶴彬十七歳の時である。浄土真宗は親鸞によって起こされ、八世蓮如によって大教団に発展していった(一向宗)が、その後大谷派と本願寺派に分裂した。

この真宗大谷派の暁烏敏が鶴彬に与えた影響について「…理知的な喜多《喜多一二・鶴彬》と情意的な敏《暁烏敏》とは決定的な違いがある。ただし、喜多が理智の宗教的昇華を言い、虚無に徹することが生命の本質的で要求であるとする限りでは、喜多の虚無思想は敏に近いと言える。喜多が敏との決定的な違いを持ちながらも、思想的に近いものを持つ所に、両者の微妙な関係があるのであろう。…〔暁烏敏と喜多一二─宮本又久〕」と言っているところに、鶴彬の親鸞に連らなる暁烏敏との接点を見るのである。

宮沢賢治は暁烏敏の講話を聞いて影響を受けたと思われる。そしてその後、日蓮の法華経へと傾斜していったのである。

思へば日本の宗教は、平安時代の弘法大師空海と伝教大師最澄《さいちょう》が出発点と見られる。

真言宗は空海によって起こされ、天台宗は最澄の比叡山《ひえいざん》から発せられている。

ここにおいて空海は高野山に入り、最澄と対立した。最澄の比叡山を修学の出発点として、鎌倉仏教各宗が生れていったのである。

法然、栄西、親鸞、道元、日蓮はみな比叡山から降りていったと言うことができる。

だが日本の仏教は、インド北方を出発して中国、朝鮮を経由した大乗仏教（北方仏教）が色濃く出ていることに気がつく。そして又日本仏教の各宗派の宗祖が大きい位置を持っていることから、宗派（セクト）色の強いものとも言えるのである。

しかし平安時代の空海について考えておきたい。

空海は日本におけるオリジナル仏教の創始者である。彼は詩や書、そして土木技術に対する力を持っていた。

空海は七七四年（宝亀五年）に今の香川県で讃岐国多度郡屏風《さぬきのくにたどぐんびょうぶ》が浦で生まれた。幼名は真魚《まお》である。その名は海沿いの集落で生まれたからではないかと私は思っている。

父は地方の豪族であった佐伯直田公《さえきのあたいたきみ》、母は阿刀《あと》氏の娘であった。この佐伯直田公はその頃東北地方を蝦夷《えみし》と呼んだ、当時の権力者達が、蝦夷の族をとらえて連れていった一族佐伯の系である。

よって空海は蝦夷の血を湛え持っていたと言うことができる。

空海の一生をよく見ると、十七歳で日本で唯一の大学に入った。ここは高級官僚を育成するエリートコースであったが、その期間中ひとりの修行僧と出会って大学を退学した。

出世コースを捨て、自分の道を選んで進む空海は、命がけの修行をつづけていった。その修行の場は、海の崖下や山脈の断崖であった。

そして二十三歳の時「三教指掃《さんごうしいき》」を書いている。この書は仏教を最高の地位としておいているが、儒教や道教を決して排撃していない。空海が大自然を自分の内にとらえながら修行していった思想がここに在る。

「物の情《こころ》一《ひとつ》ならず。飛沈性異《ひちんせいこと》なり。是《こ》の故に聖者《しょうじゃ》、人を駆るに、教網三種《こうもうさんしゅ》あり、所謂、釈《しゃく》、李《り》、孔《こう》なり、浅深隔有《せんじんへだて》りと雖《いえど》も並びに皆聖説《せいぜい》なり」これは「三教指揮」の序であり、すなわち「鳥は空を飛び魚は水に沈むように、生き物のあり方はおのずから異っており、人間においてもその道理は変わりがない。それであるから、人間を教え導く法も一様ではなく、仏教、道教、儒教の三種がある。それらは、浅い深いの区別があるにしても、みな聖人の教えなのだ」と空海は書いている。

そしてこの「三教指揮」を書いた後、空海の足跡はプッツリと消えるのである。

延暦二十三年（一八〇四）の五月に突然に現われ、入唐留学生《にゅとうるがくしょう》となるまでの七年間、彼はどこを歩いていたのであろう。この謎の七年間について、空海を語る多くの書物の殆どはあまり触れていない。しかしこの時代の背景をしるならば、空海の歩いた点を私は探ることができる。

その時代、つまり奈良朝から平安朝を少し覗いて見たい。

七〇一年（大宝元）の「大宝律令」制定によって日本の律令体制は固まったが、平城京へ遷都した元明天皇によって奈良時代が始まっていった。しかし聖武天皇の時代、疫病や飢餓、藤原広嗣《ふじわらひろつぐ》の乱等で社会不安が次ぎ次ぎと起った。

聖武天皇はこれを鎮める手段として、仏教に目を向け、仏教の鎮護《ちんご》国家思想で国家を守ろうとした。国分寺《こくぶんじ》建立、大仏開眼供養にその姿があらわれている。そして孝謙天皇（女帝）の下で弓削道鏡《ゆげのどうきょう》が現われ、女帝は道鏡を大臣弾師、大政大臣、法王にまで昇進させたのである。

この女帝の道鏡に対する寵愛がエスカレートすることによって、政教混淆《こんこう》がいっそう高まったのである。しかし宝亀元年（七七〇）女帝が病没し、天智系の白壁王《しらかべ》（光仁天皇《こうにん》）が即位した。

そしてその皇子の桓武天皇《かんむ》に引きつがれた。この桓武天皇がいわゆる彼らの言う「蝦夷平定《えぞ》」をもくろんでいったのである。

⒀

空海は延暦十六年から延暦二十三年まで、つまり二十四歳から三十一歳までの七年間の足跡をどこにも残していない。多くの「空海」を論ずる者もこの空白を追求していない。確かにそれは空白であるからだれにも分らないことではあるが、私は彼が蝦夷《えみし》の地を辿ったと思っている。

その理由を私なりに言えば①空海の祖先が先に私が述べたように蝦夷だったこと。②空海がいわゆる私度僧であり修剣者だったこと。③彼が多くの湯と水と水・銀に関係していること等があげられている。

空海のこの七年間の空白の時代、時の桓武天皇はどのようなことを行っていたのであろう。それは東アジアの中国の唐、朝鮮半島を見渡す歴史によって分ってくる。

一言で言えば、桓武天皇につながる以前、すなわち大化改新《たいかのかいしん》から「まつろわぬ者（化外）」が律令国家によって異族とされ、抹殺されてきたことである。それは又大和朝廷と戦った原日本人と言える人々である。

思いつくままに日本列島を見渡すと、熊襲《くまそ》、隼人《はやと》、蝦夷《えみし》、土蜘蛛《つちぐも》、国栖《くず》族、出雲《いずも》族、荒吐《あらと》族、粛慎《しゅくしん》、靺鞨《まつかつ》等があげられる。

この中の東北の蝦夷を支配する律令国家がその処点を次々と作っていった。

すなわち渟足《ぬたり》柵（六四七）磐舟《いわふね》柵（六四八）出羽《でわ》柵（七〇八）多賀城（七三三）胆沢《いさわ》城（八〇二）志波《しわ》城（八〇三）等である。

大化改新（六四五）で蘇我入鹿《いるか》を暗殺した中大兄皇子《なかのおおえのみこ》と中臣鎌足《なかとみのかまたり》等は朝鮮半島に大軍を送って、百済《くだら》を救おうとしたが、白村江《はくそんこう》で大敗戦している。中国にあった唐が戦勝しているのである。その後中大兄皇子は天智天皇として即位した。

日本書記によると、天智天皇の弟（兄とも言われる）大海人皇子《おおあまのおうじ》は、天智天皇の死後に挙兵した。これが古代史上最大の内乱である壬申《じんしん》の乱である。天皇が武力によって継がれたことを知るのである。大海人皇子は天武天皇として即位している。

この天武天皇によって律令国家が強固に成立していくのである。天皇という字も天武天皇からはじまったと言われる。

この天武天皇は、現代まで日本の歴史がそうであったように「古事記」と「日本書紀」を作らせた。おもしろいことに稗田阿礼《ひえだのあれ》という人の語る、つまり伝説を太安万侶《おおのやすまろ》が書き表わしたものである。

そして天武天皇の皇子である舎人《とねり》親王が中心となって「日本書紀」が生まれている。

これらの歴史書は天武天皇を中心とした、権力者の正当性を照明するためのものであった。いわゆる権力者の書なのである。

そしてこの天武系の天皇が、桓武天皇によって天智系に変わるまで続けられていくのである。

この間に豪族は官人となり官僚が生まれたが、農民は租《そ》、調《ちょう》、庸《よう》、雑徭《ぞうよう》等で苦しんでいくことになる。租は一反につき二束二把《そくわ》の稲を納め、調は絹や布そして糸など納めた。庸は年十日の労働のかわりに麻布二丈六尺を中央に納めるものであった。

中国の唐の長安にそのままにならった都が平城京である。その頃朝鮮半島にあった高句麗《こうくり》、百済、新羅《しらぎ》は大国の唐と争っていたが、百済は唐と新羅連合軍によって六六〇年滅亡した。

そして又高句麗も六六八年滅ぼされた。

百済や高句麗人が日本へぞくぞくやってくるのはこの頃のことである。

高松塚古墳の鮮やかな色彩壁画は北方の高句麗人の手によるものと見られている。このころに渡来系氏族が大勢やってきたのであるが、百済系や高句麗系、そして加耶諸国系が入り混じって住んでいて勢力を拡大していった。

通説を問い直す一節によれば、世界一の前方後円墳である仁徳陵《にんとく》（大仙陵）や応神陵《おうじん》は百済の皇子昆支《こむき》系の人であろうと言われる。

その後の蘇我一族を記した日本書紀が、蘇我氏の系を稲目《いなめ》→馬子《うまこ》→蝦夷《えみし》→入鹿《いるか》などと書いたのは、彼らに反対する勢力だったからである。

私の推測では蘇我一族も又大陸、朝鮮から渡来した一族に違いない。

彼らの名は日本書記を書いた権力者によって作られた。石舞台《いしぶたい》古墳は蘇我馬子の墓とされているが、この墓を露わにしたのは大化改新で蘇我入鹿を暗殺した一群であろうと、私には思われる。

最初天武天皇の命によって書かれた日本書紀は、やがて藤原不比等《ふじわらのふひと》（中臣鎌足の子）によって編まれたことを考えれば、その内容は分ってくる。

先に述べたように巨大な漢民族国家としてその「唐」をモデルとした平城京であったが、国家として律令制も「唐」に習ったものである。

そしてこの「唐」は中国の歴史が常にそうであったように、周辺異民族を「東夷《とうい》、西戎《せいじゅう》、南蛮《なんばん》、北狄《ほくてき》」と卑しんで呼んだのである。

異民族を昆虫や鳥獣と同一としたのが、漢民族の常なる歴史の精神であった。これと同じことが大和朝廷の政策なのである。

「まつろわぬ者」を蝦夷と呼んで、我が胆沢へ侵略した桓武天皇はどのような人物だったのであろうか。

歴史をひもとけば、桓武天皇は天皇になるべき人でなかったと言われる。

それは桓武の父光仁《こうにん》天皇に九人の妃がいたのだが、皇居になったのは聖武天皇の娘、井上内親王であり、この子の他戸親王が本命だったからである。

桓武天皇の母親は朝鮮の百済から来た渡来人の和氏《やまとし》の娘であった。その名は高野新笠《たかのにいがさ》であり、渡来系の大豪族、秦氏の影響を享けていたのである。そして藤原百川《ふじわらももかわ》等が本名である他戸親王より山部親王（桓武天皇）を強く押し出していた。

この時に当って、井上内親王が夫である光仁天皇や姉そして又藤原百川を「巫蠱《ふこ》の述」を使用して早死にするように呪ったといういいがかりをつけられたのであった。

そして井上内親王とその息子である他戸親王が幽閉されて同じ日に死んでいるのだ。

これは私見としても藤原百川が仕組んだクーデターである。そしてみごとに山部親王（桓武天皇）が皇太子となったのである。

ちなみに「巫蠱の述」とは爬虫類や昆虫、両生類等を同じ容器に入れて共食いさせ、最後に残った一体を使って他者に呪いをかけるというものである。

かくて山部親王（桓武天皇）が七八一年即位した。ところが桓武天皇の弟である早良《さわら》親王が桓武天皇の即位である藤原種継《ふじわらのたねつぐ》を暗殺した暗幕として逮捕されたのである。そして早良親王は無実を叫んで憤死してしまった。

桓武天皇はこのように近親者の死によって成立した天皇である。桓武天皇はこのことによって、その後は怨霊に苦しめられていくのである。

七八六年（延暦五）桓武天皇后の藤原旅子《ふじわらのたびこ》の母が死去、七八八年（延暦七）桓武天皇皇后の藤原乙牟漏《ふじわらのおとむろ》崩御。その数ヶ月後、高津内《たかつない》親王の母である坂上又子《さかのうえのまたこ》死去。

そして桓武天皇の子の安殿《あての》親王《みこ》（平成天皇）が病気で苦しんでいくのである。

安殿親王の病気を占うと、それは桓武天皇の弟の早良《さわら》親王の祟りであると出たのである。

このようにして、桓武天皇は自ら発した謀略によって、特に早良親王の怨霊に苦しみ、血塗られた長岡京を十年間造営しながら中止して、平安遷都へと急いで向かっていくのである。

この中で特に注意しなければならないことは、長岡、平安両京には多くの渡来系の人々が開発していたということである。

桓武天皇は先に述べたように、本来天皇になるべき人でなかったが、このような強大な権力で天皇親政体制を固めるのである。

それは中国の皇帝を理想とするものであった。延暦寺にある桓武天皇の姿を見ると、王冠をして髭をのばして座している姿は、中国を最初に統一した湊の始皇帝の像や、唐の玄宗《げんそう》にあまりにも似ている姿で驚く。

多くの歴史家は桓武天皇を「平安京への遷都と蝦夷《えぞ》征伐を行った大帝」としているが、私から見れば中国の唐を真似ていった天皇であり、中国の唐が周辺異民族を羈縻《きび》政策で支配したように、陸奥国府や鎮守府をおいて「夷《い》をもって夷《い》を制する」方法を強行して、我が胆沢に侵略してきた人物であった。

桓武朝に征夷が行なわれているのは、延暦八年（七八九）延暦十三年（七九四）延暦二十年（八〇一）の三回であろう。

延暦八年には五万八千人以上の兵が胆沢の地へ侵攻している。征東将軍参議紀古佐美《きのこさみ》が天皇より節刀《せっとう》を賜わり、天皇は「坂東の安危、この一挙にあり、将軍よろしくこれを勉むし」と檄を送った。この戦いは奥州市水沢区の北上川沿いで行われ、蝦夷軍はゲリラ作戦で北上川東部へ彼らを誘導した。これは巣伏《すぶせ》村での戦闘であり、北上川で溺死した紀古佐美軍の兵は千人以上であったと言われる。

延暦十三年には征夷大将軍大伴弟麻呂《おとまろ》が蝦夷との戦争に十万以上の軍をもって胆沢《いさわ》の地にやってきたのである。

胆沢の蝦夷もあまりの大軍に苦戦したと思える。蝦夷遠征の成果は、斬首四百五十七級、捕虜百五十人、捕獲した馬八十五疋《ひき》、焼亡村落七十五ヶ所とある。

これらの巨大な胆沢への戦争は日本の古代にはなかった。桓武天皇は内では前に述べたように怨霊の祟りから、長岡京を捨て平安京へと走ったのだが、この天皇の目的は「平安京造営」と「蝦夷征討」の二つであった。

そしてついに第三回の胆沢への遠征を行ったのである。延暦二十年（八〇一）に征夷大将軍坂上田村麻呂《さかのうえのたむらまろ》が節刀を賜り、胆沢へ向かって来たのである。軍士四万人ほどである。

これまで戦いで蝦夷軍を指揮したのは、胆沢の阿弖流為《アテルイ》と母礼《モレ》であった。蝦夷支配の胆沢城が延暦二十一年（八〇二）に造営されたのを見て、アテルイはついに降伏したのである。

この時空海は二十八歳、まだ空白の空の中を歩き、空海はこの胆沢の戦争の中、蝦夷の胆沢の地にあったと見られる。

アテルイとモレ（母礼）は両手を上げて坂上田村麻呂に降伏した。アテルイはこの胆沢を戦場によって全滅させたくなかった。

桓武天皇の命令で坂上田村麻呂が三度目の胆沢への侵攻を行ったのであるが、アテルイと田村麻呂は武人として深く話しあったと思われる。田村麻呂はこの場において、アテルイの人格を知っていた。

延暦二十一年、田村麻呂四十五歳、アテルイ五十歳代。八月十三日、田村麻呂は京都の公卿《くぎょう》の前で言った。「このたびは拙者の願いに任せて、二人《アテルイ、モレ》を陸奥に返して欲しい。そして二人の指導者は、多くのエミシに投降を呼びかけてくれるはずである」と。

だが公卿たちは言った「エミシの首長は野性獣心、すぐ造反する。所謂《いわゆる》虎を養って、患《わずらい》を残すだけだ。二人を斬るべし」と。

これにより、アテルイとモレの二人は河内国杜山《かわちのくにもりやま》で斬首に処されたのである。

思えばこの河内国杜山（大阪府枚方市）は百済王氏《くだらこにしき》の本拠地であり、桓武天皇が鷹狩りを行った場でもあった。

百済王氏は百済王族の子孫で、六六〇年の百済の滅亡によって倭国（日本）に亡命していたのである。

アテルイとモレの首は河内国杜山で無念のまま眠っているのだ。

ところで前述したように、空海が蝦夷《えみし》の地胆沢を辿ったのはこの頃と思われる。

その根拠の第一は空母の祖先が蝦夷だったことであり、その第二は多くの伝説がこの胆沢や岩手県全域に残されていることである。

岩手民話伝説辞典（岩手出版）によると、空海（弘法大師）にまつわる伝説は七十七話として残されている。

これらの伝説をまとめてみると①水を掘りあてる伝説②空海の書に関する伝説③動物、植物に関する伝説④空海に関する岩石の伝説⑤空海の霊場（恐山）等に分かれている。

ここ奥州市水沢区佐倉河《さくらかわ》の杉之堂大清水《すぎのどうおおしみず》も空海が立ち寄ったとされる。

春の日に私はこの場に立った。北上川に近いこの杉之堂の岩の間から清水がこんこんと涌き出していた。地下水は小屋の中を流れてその下流に芹畑が広がっている。

その水音を聞きながら、かつてアテルイと空海がこの場で会っていたひとつの光景を私は思いえがいた。「アテルイよ戦いを止めて田村麻呂と和睦をして下され、それが我が密教の森羅万象を包摂《ほうせつ》することになるからです。」と空海はとつとつと説いた。アテルイはゆっくりと頷き、ここから近い北方の田村麻呂の住む胆沢城をめざして歩いた。

私度僧の空海は田村麻呂にも会って、アテルイの人物像を語ったと思われる。

そのことが京の公卿に語った田村麻呂の言葉に反映されているのである。

空海にまつわる伝説は全国に五〇〇〇編を超えると言われる。

この中にあって岩手だけでも七十七話が残っているのは興味深く真実であったと、私には思われる。岩手県花巻市東和の地にも「蝙蝠《こうもり》岩弘法大師堂縁起」の場所がある。

山肌の巨大な岩の下から清水がちょろちょろ湧いていた。その岩影に立って、私は若き日の空海の足跡を思い起こしていた。

ここの伝説に寄れば「①弘法大師と云う人は、生きていた時は空海上人と云ったど。

その上人が、奥州の恐山に行く途中、それ、ここさある霊場を造って行ったど。その頃は今みだいな小屋はながったど思う。上人は、そごさ杖さしたまま忘れで行ったど。そしたら木になったど。その木が、さがさ《逆さ》木と云って今も生ぎでいるども皮ねがべ。

なにしてねえがど云うど、さがさ木の皮を煎じて飲めば内臓の悪い所がぴたっと治るんだど。そだがら、皆んなして取ったんだど。

不思議な事に皮がなくても葉っぱ茂るんだど。」「②昔、昔、弘法大師と云う大変偉いお坊さんが修業の為に諸国を旅していました。

朝から夜まで修業をつんでおりましたので『疲れた、

疲れた。湯っこさでも入りたいわ。』と言いながら近くの石に腰をかけ休みました。すると近所の人が通りかかり『湯っこならおめさまの後にあるべがな。』と教えてくれました。すると大師さんは、その人に『良い事があるでしょう。』と言いました。

それから、さっきまで腰かけていた石の近くに自分の持っていた杖をさして、後の湯に入り、修行の汗を流していったそうです。

それからと言うものは、そこの湯がどんどん湧き出、その村は栄えました。

又、大師さんが石の所にさして行った杖を忘れて帰りましたが、その杖から芽が出て葉が繁り大きな木になったそうです。

それからは、旅人はその木の下で休み、お湯を入りに来た人達は、その木からたき木をひろって帰ったと云う事です。」

「③坊さんが一夜の宿となった家で、お礼にと文字を書いていった。読んでもらったら『爺死ね、婆死ね』と書いてある。これは年をとった者から順序に亡くなるのがよいという事で、村中の評判になり、書き物を代々宝とした。」

これらの伝説はその一部であるが、その主体を表わしているのは、①乞食《こじき》のようなみすぼらしい僧②空海に水を与えた貧しい人々③書を残していった僧④杖の先から清水が湧いたこと等である。このことから私が思い起こすのは、空海が二十四歳の時書いた「三教指帰《さんごうしいき》」の自伝風戯曲である。

この中で三教、すなわち儒教・道教・仏教を比較し論じているが、自分を仮名乞児《かめいこつじ》として登場させ、大事なことは仏教の教えと実践であることを主張しているのである。

このことは重大なことである。なぜなら空海はこの「三教指帰」を書いた後、突然として姿を消して、その足跡をどこにも残していないからである。

先に私が述べたように、空海は東北の蝦夷の地をめざしていたのである。そこには乞食のようなみすぼらしい姿をした空海の姿があった。蝦夷の地の奥州そして恐山へ行くという伝説と民話は、空海の山岳修業者としての姿を残している。

　空海は「三教指帰」で綴った決意を、自らの実践によって果たそうとしていたのであろう。自然の険しい場を歩くという難行苦行を続けることによって、空海の強靭な精神と肉体がつくられていったのである。

　空海にとってこの空白の七年間こそ、自らを鍛えあげる時であり、多くの市井の人々と直に接し、その現実の生活を刻んでいくことになったのである。

　このころ僧侶になるためには、寺に入って修業し、試験を受けて合格者のみ朝廷から認定されていたのだが、空海は私渡僧《しどそう》、つまり乞食坊主であった。

　後に空海は中国の唐に渡り、密教の盛んな長安、青龍寺《せいりゅうじ》の恵果《けいか》の密教の奥義を伝授された。

　密教の基本的な考え方は「人は宇宙の中にあること。人も宇宙の構成物の一つであること。そして人の中にも宇宙があること。『哲学者・梅原猛説』」である。

　このことは科学者、アインシュタインの一般相対性理論にも触れていくものである。

　さて、胆沢を三度にわたって征服しようとした三度目の将軍、坂上田村麻呂について述べたい。胆沢のアテルイ、モレを京につれていって「二人を陸奥に帰したい」と述べたのは坂上田村麻呂だったが、アテルイ、モレは斬首されてしまったのである。

　この田村麻呂はどこからやって来たのであったろう。

　このころの古代に目を移すと、坂上氏は渡来人の東漢《やまとのあや》氏の家系から分れたものである。

　東漢氏は鞍作《くらつくり》氏、船《ふな》氏等と共に蘇我氏の傘下にあった。東漢氏は五世紀後半に朝鮮半島から渡って来た氏族で、土木、建築そして又軍事の面でも力を発揮した。

　東漢氏が本拠としていたのは飛鳥地方であったが、六七二年の壬申の乱の時、東漢氏族の中で内部分裂が起こった。つまり近江朝廷の大友皇子《おおとものみこ》（弘文天皇）と大海皇子《おおあまのみこ》（天武天皇）のどちらに味方するかであったが、坂上国麻呂、老《おゆ》、熊毛《しまけ》等が、天武天皇側について出世したと言われる。つまり東漢氏の本家から抜け出たのである。

　坂上氏一族は坂上老《さかのうえのおゆ》、坂上犬養《さかのうえのいぬかい》、坂上苅田麻呂《かりたまろ》、坂田田村麻呂と続くのだが、田村麻呂は天平宝字二字

（七八五）に平城京の郊外である田村の里で生まれた。古代の結婚は妻問婚であるから、母系制であって、母の里の名が付けられたのである。

この時父の苅田麻呂は三十一歳であり、祖父の犬養は七十七歳だった。

父の苅田麻呂は東北支配の多賀城（七二四造営）に、陸奥鎮守《むつちんじゅ》将軍として任命されているので、この頃田村麻呂も父と共に多賀城にやって来たと思われる。

坂上田村麻呂は延暦十六年十一月五日、蝦夷大将軍に任命された。

そして先に述べたように七九四年、大伴弟麻呂が征夷大将軍になった時、坂上田村麻呂は副将軍として、この胆沢に兵を進めたのである。

それから三回目の胆沢侵略が延暦二十一年（八〇二）征夷大将軍、坂上田村麻呂外五万の兵によって行なわれ、先に述べたように、アテルイ、モレの蝦夷軍は田村麻呂軍に降伏したのであった。

桓武天皇のもとで三回もの兵が胆沢を侵略したことにより、国は食料や武器、陣地等によって疲弊していったのである。それは律令政府が厳しく人民から税を取ることによって成り立っていたのである。

坂上田村麻呂は将軍として、胆沢に遠征したが、その晩年は参議及び中納言そして正三位大納言となった。これは国家として胆沢のアテルイ、モレを倒した功績であった。

田村麻呂の風貌は蒼鷹《そうよう》の眼を持って、金色の髭をそなえていたというが、その金色の髭は実は「つけひげ」だったとも言われる。

この歴史をみつめると、坂上田村麻呂の祖先は天武天皇によって出世したのであるが、のちには天武と争った天智天皇系の桓武天皇についている。そして坂上田村麻呂の姉と思われる坂上又子《さかのうえのまたこ》が桓武天皇の夫人となっているのである。これは先の文でも述べたのだが、驚くことに、坂上田村麻呂は桓武天皇の義弟にもなっていたのであった。

これらのことから、田村麻呂が桓武天皇に厚遇されていたことも分るのである。

「天下の苦しみの最大のもとは軍事と造作《ぞうさく》《遷都など

の工事》である。このふたつを止めない限り、人々は心おだやかに暮すことはできない。」と藤原緒嗣《ふじわらのおつぐ》が桓武天皇に述べた。

この時はじめて、桓武天皇は「蝦夷との戦いと都の造営」を止める決断をしたのである。

それは八〇五年（延暦二十五年）十二月のことであった。自らの招いた怨霊と胆沢への侵略の疲れから、翌年、八〇六年三月、桓武天皇は七十歳で亡くなっている。

そして坂上田村麻呂は八一一年（弘仁二年）五十四歳で世を去った。

坂上田村麻呂は胆沢のアテルイ、モレを救うことができなかった。敵を失った武将は消えていく火のような姿のまま、晩年は仏教に帰依したと言われる。田村麻呂のその姿に私は空海の影響をしずかに思いえがくのである。過ぎし日の夏、京都へ旅したおり、私は清水寺を一人でゆっくりと歩いた。

坂上田村麻呂が宝亀十一年（七八〇）に、十一面観音像を安置して創建した寺である。

炎天下に清水寺の巨大な木造が私を待っていた。本堂と舞台の空間に立つと、緑の風の向うに京都の街がうっすらと見えた。

現代川柳の宇宙

二〇一一年二月初旬の晴れた夜空を見つめている。風の無い夜空に星座が光っている。

この星々を見ながら、私は宇宙への紀行を一人つづりたい。そしてそこに川柳作家、白石朝太郎の川柳作品をそっと添えてみたい。

人間を取ればおしゃれな地球なり　朝太郎

今見ている星の中で、冬の大三角形のプロキオン、シリウス、ベテルギュウスが眼に迫ってくる。その右にオリオン座が鮮やかに輝いている。この三ツ星は古代エジプト文明が残した三個のピラミッドによって、地上に築かれた。

巨人の狩人を表わすオリオン座に私が特にひかれるのは、このオリオン座に星の一生を示す星たちが並んでいるからである。

オリオン座の三ツ星の下あたりに、小さい三ツ星がうっすらと赤く見えるが、これがオリオン座大星雲M42である。

この地球から一五〇〇光年のところにあると言うが、この青雲の中で、新しい星がたくさん生れている。つまり赤ちゃん星を誕生させている母体でもある。

よく見ると冬の天の川がうっすらと、オリオン座の東を斜めに流れている。

これは私達の住む天の川銀河から、天の川銀河の外側の薄い方向を見ているからである。

これに対して夏の天の川は銀河の中心方向を見るので、多くの星の光が激しく迫ってくるのである。

冬の大三角形のひとつの星、ベテルギュウスは赤い一等星である。

この星は半規則型変光星と呼ばれ、その形が縮《ちぢ》んだり膨《ふく》らんだりする赤色超巨星である。

この星が膨らんだ時は太陽直径の一〇〇〇倍になり、縮まった時は太陽の六〇〇倍にもなるという驚くべき巨大さである。

六四〇光年もの遠い所から、はっきりと赤く見えるこの星は、太陽の三十倍以上の巨大な星で、核融合反応によって赤色巨星となり、やがては星の一生の最後に超新星爆発をしてブラックホールになっていくのだという。

今私が見ているベテルギュウスはこれらのことから老人星と言えるものである。

ベテルギュウスの下、冬の天の川の西側にシリウスが青白く光って見える。

距離は八・六光年、直径は太陽の位置一・八倍だが、明るさは太陽の四十倍もあって、あのように明るく見えるのである。

シリウスは（焼きこがす）の意味からその名がつけられたと言うが、日本名は「おお星」と呼ばれ、古代エジプトでは「ナイルの星」と呼ばれて、ナイル川が夏至に増水して、肥えた土を多量に運んできたのだと言う。

太古より地球の自転音も無し　　朝太郎
現実の闇の真上のスプートニク　　〃
虫けらの淋しさを知る旅を行く　　〃

うっすらと見える冬の天の川は何ものであろう。地上から見える天の川は、私達が天の川銀河の中で生まれたことを意味する。

そしてこの眼で天の川銀河の中に輝く無数の星の集合体を見ている姿なのである。

現代の宇宙論によれば、宇宙は一三七億年前にビッグバンによって生れた。無の世界、つまり「時間」も「空間」も無い無から誕生した。その後インフレーションによって限りなく膨張を続けて、現在の宇宙になったと言われる。

太陽系の地球の日本列島、北緯三十九度八分に立っている私も又、天の川銀河から生まれたのである。

天の川銀河は百三十億歳であると言うが、その天の川銀河の直径は十万光年であり、天の川銀河の中心から二万六〇〇〇光年離れた宇宙で、四十六億年前に、ひとつの星が超新星爆発を起こして死んだ。

超新星爆発で飛ばされたチリやガスは星間雲と呼ばれ、密度を増して太陽が生れたのである。太陽を回る第三惑星地球の中で私も又生れたのである。

目を閉じると、私が少年の頃、太陽の黒点を見たのは奥州市にある水沢緯度観測所(現、国立天文台水沢VLBI観測所)であった。

その時白い紙に太陽を映して見たのだが、確か十センチメートル程の円の中に、太陽の黒点が動いていた。この円の中では地球がわずか一ミリメートルであり、五ミリメートル以上の黒点を見た気がする。その大きさは地球が数個入るほどの巨大な黒点であった。

先にも述べたように、天の河銀河の中心、バルジと呼ばれる所から二万六〇〇〇光年離れた空間で、四十六億年前、ひとつの星が大爆発を起こした。超新星爆発である。この時放出されたチリやガスの集まりである星間雲で、次第に密度が増していった。

太陽はどのようにして生れたのであろうか、現在の宇宙論によれば、星は暗黒星雲の中で生まれるという。つまり水素が九十パーセントを占めるガスの中で、原始太陽が生まれ、そして成長していく。この原始太陽は自分の重力によって密度が更に高くなり、温度が一〇〇〇万度に達すると、水素の核融合反応に火がつくのだ。

太陽の標準モデルによると「太陽はガスの球である」と言われ、その中心部は二五〇〇気圧で一五〇〇万度と言われている。

これは太陽の主成分である水素原子四個からヘリウム原子一個が合成される時、その質量が〇・七％減少して、このエネルギーが現在の光り輝く姿になったのである。

一グラムの水素がヘリウムに変えられる時、室温で一〇〇〇トンの水を沸騰させるエネルギーとなるのである。

この太陽の寿命はどのくらいなのであろうか、宇宙論の計算によれば約一〇〇億歳である。やがてあのベテルキュウスのような赤色巨星となり、惑星状星雲となって、ついには白色矮星になっていく。

太陽の一生を十二ヶ月とすれば、現在は六月頃の四十六億年で、あと五十四億年の命がある。太陽と地球は一億五〇〇〇万キロメートル離れているが、赤色巨星になる五十四億年後、恐らく地球は飲みこまれているだろう。

水爆も一瞬海は静かなり　　朝太郎
ボタンで飛び出す水爆とチョコレート　　〃
聖書片手に水爆を作る国　　〃
引力のそとも数字でかぞえられ　　〃

春の陽を浴びながら、奥州市水沢区にある国立天文台水沢ＶＬＢＩ観測所に私は向かった。

そこには巨大なＶＥＲＡ二十メートル電波望遠鏡、十メートル電波望遠鏡の二つが蒼空に向かって光って在った。その国立天文台水沢の隣に、「奥州宇宙遊学館」が建っている。

その中に入ると、シアター室があって、四次元デジタル宇宙シアターでは、私達の住む天の川銀河の成立などを立体視することがで来た。

又科学者で詩人、童話作家であった宮沢賢治が、大正九年（一九二〇年）二十四歳の頃ここの「水沢臨時緯度観測所」を訪れたことが、彼の童話集「風野又三郎」の中に次のように書かれていた。

「…その前の日はあの水沢の臨時緯度観測所も通った。あすこは僕たちの日本では東京の次に通りたがる所なんだよ。なぜってあすこを通るとレコードでも何でもみな外国の方まで知れるやうになることがあるからなんだ。

あすこを通った日は丁度お天気だったけれど、さうさう、その時は丁度日本では入梅だったんだ。僕は観測所へ来てしばらくある建物の屋根の上にやすんでゐたねえ、やすんで居たって本統は少しとろとろ睡ったんだ。すると俄かに下で

『大丈夫です、すっかり乾きましたから。』と云ふ声がするんだらう。見ると木村博士と気象の方の技手とがラケットをさげて出て来てゐたんだ。木村博士は痩せて眼のチョロキョロしたんだけれども僕はまあ好きだねえ、それに非常にテニスがうまいんだよ。僕はしばらく見てたねえ、どうしてもその技手の人はかまはないまるっきり汗だらけになってよろよろしてゐるんだ。あんまり僕も気の毒になったから屋根の上からぢっとボールの往来をにらめてすきを見て置いてねえ、丁度博士がサーヴをつかったときふうっと飛び出して行って球を横の方へ外らしてしまったんだ。博士はすぐもう一つの球を打ちこんだねえ。そいつは僕は途中に居て途方もない遠くへけとばしてやった。

『こんな筈はないぞ。』と博士は言ったねえ、僕はもう博士にこれ位云はせれば沢山だと思って観測所をはなれて次の日丁度こっちへ来たんだよ。ところでね。僕は少し向ふへ行かなくちゃいけないから今日はこれでお別れしやう。さよなら。」又三郎はすっと見えなくなってしまひました。…」

〈宮沢賢治全集第九巻　童話《Ⅱ》筑摩書房〉

この「風野又三郎」に宮沢賢治が水沢臨時緯度観測所を辿った日が、みごとに投入されている。この中の木村博士とは木村榮《ひさし》博士のことで、彼はＺ《ゼット》項の発見者であった。Ｚ項とは簡単に言えば、私達の住んでいる地球の「地軸のふらつき」と言えるものである。

そのZ項の正体は「地球内部の流体核とマントルの結合度」にあると言われる。

ところで、おもしろいことにこのZ《ゼット》を使用したものが奥州市水沢区にある。「Z《ゼット》バス、Z《ゼット》ボール、Z《ゼット》アリーナ等」である。これらはZ項を発見した木村榮博士の功績からつくられたものである。

死の灰もなく広重の空蒼し　朝太郎
星々に里があり粥を愛で食う　〃
人の世の外のオーロラ美しい　〃
人間に眼のあるというすばらしさ　〃

私達人間の体は何から出来ているのであろう。主な成分を見ると酸素、炭素、水素、窒素、カルシュームやリンから成っている。

水素やヘリュウム以外の元素は全て超新星爆発でつくられた。

このことから私の体内の主成分は超新星爆発によって成立している。つまり「星のかけら」が私達人間なのである。

前に述べたように、私達の天の河銀河の中心はバルジと呼ばれ、そこには巨大なブラックホールが存在するという。

宇宙の創成はビックバンによって一三七億年前に生れたというが、現在の宇宙論にしても、まだ謎の部分が多いのである。

この中にあって、二十世紀の偉大な科学者、アルバート・アインシュタインの相対性理論は、現代の宇宙科学を巨大に変革したものである。相対性理論とは「時間や空間は絶対的なものでなく、立場によって変わる相対的なものだ」ということである。

アインシュタインの特殊相対性理論の公式　$E=mc^2$ はエネルギ（E）と質料（m）が同じであることを示している（cは光の速度）。この式はわずかな質料の物体も、とてつもないエネルギーを秘めていることを示した。

広島と長崎に落とされ原爆は、この理論の残酷な実例であり、数万人の生活を奪い、生き残った多くの人々を放射線被曝《ひばく》によって苦しめ続けてきたのである。

学問が人を亡ぼす原子雲
立派な人だった不幸な人だった　〃
神の火の末とは別な原子の火　〃
朝太郎

アインシュタインはこの原爆投下の悲惨さや、その後の核兵器、核戦争への脅威に対して、核兵器の禁止、廃絶を主張する「ラッセル・アインシュタイン宣言」(一九五五年)を発表したのである。

だが、この宣言の一週間後、一九五五年四月一八日、アインシュタインは永遠の眠りについた。遺体は荼毘《だび》に伏されて遺灰はデラウェイ川に流された。

アインシュタインには次のような少女との逸話が残っている。

「わたしあるとき数学の宿題のなかに解けない問題が一つあって困っていたの。そしたら友だちが、貴女《あなた》の近所の百十二番地には、アルベルト・アインシュタインという世界的な数学者が住んでいるって教えてくれたの。そこで私、そのアインシュタイン先生をおたずねして、私の困っている宿題を教えて下さるようたのんでみたの。そしたらその人はとってもよい人で、よろこんで私の困っていた問題を説明して下さったの。とても親切に教えて下さったので、学校で習うよりもより判《わか》ったわ。しかもその人は、もし難しい問題があったらまたいつでもいらっしゃいと言って下さったので、難かしい問題があると教えてもらいにいくのよ」

少女の母親はびっくりして、アインシュタインに詫《わ》びに行ったが、アインシュタインは「いやいやそんなにお詫びになる必要はありません。私はあなたのお嬢さんと話をすることによって、お嬢さんが私から学んだこと以上のことをお嬢さんから学んだにちがいないからです」と答えたという。

〔矢野健次郎著アインシュタイン伝・新潮文庫〕

この逸話から、アインシュタインの優しい人柄が浮かんでくる。

さて宮沢賢治が、奥州市水沢区の臨時緯度観測所をたずねたことは先に述べた。

宮沢賢治の詩や童話には宇宙へ広がる空間が多く残されている。「銀河鉄道の夜」「よだかの星」等であるが、それらに連なるものとして、彼が大正十五年(昭和元年)

三十歳で書いた「農民芸術概論綱要」には、彼の宇宙観が直ににじみ出ている。

序論
…われらはいっしょにこれから何を論ずるか…
おれたちはみな農民である。ずいぶん忙しく仕事
もつらい
もっと明るく生き生きと生活する道を見付けたい
われらの古い師父たちの中にはそうゆう人も応々
あった
近代科学の実証と求道者たちの実験とわれらの直
感の一致に於いて論じたい
世界がぜんたい幸福にならないうちは個人の幸福
はあり得ない
自我の意識は個人から集団社会宇宙と次第に進化
する
この方向は古い聖者の踏みまた教えた道ではない
か
新たな時代は世界が一になり生物となる方向にあ
る
正しく強く生きるとは銀河系を自らの中に意識し
てこれに応じて行くことである
われらは世界のまことの幸福を索ねよう
求道すでに道である

この序論に、宮沢賢治の世界が圧縮されている。特に「自我の意識…」と「正しく強く生きる…」には彼の意識が強く打ち出されており、それは「集団社会宇宙」へと進化すると断言し「銀河系を自らの中に」と覚醒することによって、宮沢賢治のそして私達の幸福への道が開かれていくのである。

宮沢賢治は自己の内に「銀河系」つまり「天の川銀河」を持っていた。

前に幾度か述べたように「天の川銀河」から太陽系が生まれたのだが、私達の体も又銀河の欠片《かけら》、つまり星の欠片で構成されている。

このことを意識する時、私達の遠い母体であった「天の川銀河」を内に求めていくことは、はるかな望郷の念に等しい。

宮沢賢治は次のように帰結している。

農民芸術の総合

…おお朋だちよ　いっしょに正しい力を併せわれらのすべての田園とわれのすべての生活を一つの巨なき第四次元の芸術に創りあげようではないか…

まずもろともにかがやく宇宙の微塵となりて無方の空にちらばろう

結論

…われらに要るものは銀河を包む透明な意志巨きな力と熱である…

宮沢賢治は科学者であり、詩人、童話作家であったが、特にその鋭い科学者としての眼「銀河系」を自分の意識の中に持ちながら、それを四次元の芸術として書き残す作業を持続したことである。それが宮沢賢治の「春と修羅」「農民芸術概論綱要」「グリコーブドリの伝記」又「銀河を内包した童話」等の多数に、自分を燃焼する火として力を出していった。特に自分が「本統の百姓」になることを目的として羅須地人協会《らすちじんきょうかい》を起こし、稲作の指導、肥料設計、独居自炊生活を実践した三十歳の時に、この「農民芸術概論綱要」を書き残したのは、彼の方向を決定した時と私には思われる。宮沢賢治は岩手県をイーハトーブと名付け、自分の歩いた山河、岩石、植物や動物の全てを自らの銀河に集積し放った。

空間と時間を意識の中に統合して「四次元の芸術」に創りつづけた。

凶作や餓死、農民の貧困から脱するために、肥料設計、石灰の販売を自分の足で運び、死の直前まで農民の相談に応じたのである。

さて、川柳作家、白石朝太郎も自己の世界、宇宙を川柳作品へと結実していった。

今までいくつかの川柳作品を示してきたのであるが、その中でも次の作品は賢治のような視点が強く放出されている。

人間を取ればおしゃれな地球なり　　朝太郎

この作品に白石朝太郎の思想がにじみ出ている。私達は天の川銀河—太陽系—地球—生物—人間として生まれてきたのである。この宇宙の物理と科学からやがて太陽の核融合を発見したのだが、人類は現在「核兵器」「原子力発電」等をつくり、その恐怖から逃がれることはできない。

「この人間を全て取ってしまったら、どんなに地球は美しいことか」と朝太郎作品が私に語りかけてくる。

私達は現在、宇宙を凝視しながら、人間がこの宇宙、地球から生れ出たことを再認識すべき時なのである。そして核兵器や、地震、巨大津波に破壊された原子力発電の残骸、放射能の恐怖へ向かって今こそ脱原発を叫んでいかなければならない。

八月初旬の夜空を私は見上げている。

南に「南斗六星」と呼ばれる星が見える。「北斗七星」に対するものだが「いて座」の方向。夏の大三角形（デネブ、ベガ、アルタイル）の中を天の川が光り輝き、その「いて座」の中が天の川の中心方向である。

二〇一一年三月十一日十四時四十六分、M９の巨大地震が発生、岩手、宮城、福島に巨大津波が襲って街は廃墟になった。東日本大震災である。それは二万人以上の死者行方不明者という悲惨さであった。

日本列島は一億二千万年前にイザナギプレートが動きだしたことに始まる。

私の近くの地下にある石灰や亜炭が大森林によって形成されたのは、二千五百万年前の古第三紀であった。一千五百万年前に大地が引き裂かれて、日本海、オホーツク海等の深い海が出来た。

そして五百万年前になって、太平洋プレートによって横から押されて隆起した。これが現在の日本列島の形であるが、現在もなお北米プレートに太平洋プレートが沈みこみ、巨大な地震、大津波を発生させているのである。

大地震恐怖の津波街を呑む　岳俊
石棺になる原発の成れの果て　〃

今から二億五千万年前、地球に超巨大大陸があった。その大陸はパンゲアと呼ばれたが、その後幾つかの大陸に分離、移動して現在の大陸の配置となったのである。

この大陸移動説を発見したのは、ドイツの気象学者アルフレッド・ウェゲナーであった。

彼の大陸移動説はやがて「プレートテクトニクス理論」として発展してきている。

地震大国の日本列島は現在活断層によって傷だらけになっている。そして現在も巨大地震が発生しているのだ。私は今も余震の中でこれを書いているが、二千万年後の日本の東北地方は、海底に没していくと言われる。

そして二千万年よりもさらに先では、日本列島は大陸と陸つづきとなり、ヒマラヤ山脈のような世界の屋根へ押し上げられていくであろう。天の川銀河、太陽系の地球に立って、八月の夜空に光る夏の大三角形の星をはるかに望みながら、私がこのすばらしい地球に生きつづけることは「…われらに要するものは銀河を包む透明な意志　巨きな力と熱である…」に集積されていく。宇宙は私の体内でも動いている。そして私の宇宙への紀行はゆっくりとこれからも続いていくのである。

〈II〉

捩《ねじ》れ花《ばな》の行方《ゆくえ》
―田中士郎《たなかしろう》小論―

岩手県の中央を、北から南へと北上川がゆっくりと流れている。私はその北上川の源流を遡ったことがある。一滴の地下水がポトリと落ちる北緯四十度線の地点が、その源流の出発であった。

多くの支流を集めながら、かつての渋民村へ流れ下ると、そこが石川啄木の故郷である。

ふるさとの山に向ひて
言うことなし
ふるさとの山はありがたきかな　啄木

石川啄木が身にしみこませた岩手山が、晩秋の蒼空を突き刺して聳えている。長い裾野から続く細い道を、川柳作家、田中士郎が歩いてくる。少し猫背の影を北風に揺らしながら、彼も又岩手山を胸に抱く一人であった。

岩手山禅問答もしてくれる　士郎

かつて「川柳はつかり」を育てた白石朝太郎の岩手山もここに在る。

岩手山腰の痛さを知っている　朝太郎

岩手山の雄姿に向かって、田中士郎は禅問答をしているのだが、それを解いてくれるのは、いつも春夏秋冬の岩手山なのである。

この岩手山をバックボーンにして、彼は神や花や酒を精神深くたぐり寄せていく。

果し状軽い目眩のなかで書く
達観をして生も死も読めてくる
神様に届ける訴状書いている
一輪の花といのちを語り合う
人間でよかった血統書は要らぬ
押し花のひとつをきみの顔にする
時々は酒で洗っておく命

田中士郎はいつも果し状を持ち歩いている。

そこには自らも返り血を浴びる覚悟が用意されているのだ。そして毎日の一刻の生が、又その裏に死をも抱きかかえていることを認識するのである。日常の精神に映った光景を刻みとるとき、花一輪のいのちを語り合う光を感受し、時に血管を流れいく酒で、自らの命を洗っているのである。

人間も鬼も笑えば負けになる
死ぬときのポーズをいつも考える
かくれんぼ僕は柩の中に居る
学歴がないから汗でする勝負

これらの川柳には、田中士郎の地球の磁場のような重い精神とユーモアが満ちている。

彼はいつも明るい目で生き方の川柳を創りつづける。そこには彼独自の分りやすい表現が圧縮され迫ってくるのである。

花屋にはない野の花の美しさ
水飲んでわたしも花もよみがえる
ペアルック妻のうしろを行くわたし
村と書く住所に劣等感すこし
首のない埴輪と土になるつもり
生きるとは死ぬとは秋が深くなる

これらの川柳作品は田中士郎の優しく、強い精神から産み出されてきたものばかりである。彼の第二句集「軽い目眩」は彼の強力な躰と精神のゆらぎと見ることができる。

そして同時に、彼の歩む道が大きな未来を指していることを、次の作品が暗示している。

生いたちは誰にも言わぬ捩れ花　士郎

生いたちを決して言うことなく、痩せ野にひっそりと咲く捩れ花は、身をねじりながら花の先端を天に向かって咲かせている。

この花の可憐で誠実な姿に、田中士郎の人生観の宇宙がひろがる。彼の川柳への未来はこの花の先端にある。私は岩手山の照り返しの中に、田中士郎の川柳を凝視しているのである。

やさしい鬼の風土を歩く
―猿田寒坊《さるたかんぼう》小論―

二〇〇四年一月の冬の夜空を見上げると、南天に光る三ツ星がオリオン座である。エジプト文明の三個のピラミッドはこのオリオンを地上に降ろして造られた。このことを認識するとき、私達人間が宇宙の星のかけらであることを知るのである。

この冬の夜を、川柳作家猿田寒坊が歩いてくる。凍る地の下に先人の渡辺銀雨が眠っていた。この地を踏みしめて彼は自らの句集を次のセクションに分けている。「還暦」「ミレニアム」「酒のくに」「雪月花」「現住所」「一期一会」「道化師」である。

起き上がり小法師還暦ミレニアム
地吹雪の底でやさしい鬼になる
宇宙にはあるかも僕の指定席

猿田寒坊の姿は、かつて日本の歴史が原大和国家であった時代、自国の国津神《クニツカミ》であった出雲のオオクニヌシが神武天皇に追われ、彼ら縄文人であった物部《もののべ》一族が東北地方に逃れて来た歴史を思い起こすのである。日本列島の地球深くにある縄文文明は一万三千年前に誕生した。それは巨大な森林を育成した冬の雪である。

正史と言われる「古事記」「日本書紀」は、作られた歴史書であるが、その中に、国津神の一人である「猿田彦《サルタヒコ》」がニニギの尊《ミコト》の降臨の際、その先頭に立って道案内したと言われている。

この「猿田彦」こそ彼、猿田寒坊の遠い系である。

泡消して二十世紀を終わりとす
世紀末鍬も大地も錆びてゆく

九条が崩れかけてる音を聴く
ニッポンの米ふっくらと炊き上がる

昭和十五年に生まれた猿田寒坊は、北の地でこのような作品を生みつづけてきた。

昭和の時代に生まれ生きてきた者にとって、その時代は開拓と闘いの時代であった。粘りのあるジャポニカと呼ばれる日本の米は、寒坊の喉を温め、粘りの精神をつくってきた。

減反を押しつけ田を潰す為政者たちをにらみ、原爆投下、敗戦から生まれた平和憲法第九条を崩そうとする現在の黒い者たち。これらの作品は昭和の時代を血肉化してきた彼の喉深くから発せられ、現実を刺す目となって光っている。

そしてまた彼の野から川柳作品が群れ鳥のごとく飛びたってゆく。

居酒屋に軟着陸をしてしまう
視野いっぱい桜が咲いて美味い酒

北国の鍋には味が沁みている

世界遺産の巨大なブナの森、白神山系や太平山に囲まれた寒坊は、縄文人がノンベエだったように、酒の味を躰にしみこませ、山桜の布団に抱かれて鍋を突くのである。その鍋には鶏肉、キノコ、セリ、ネギの中に、ころろ煮立つ、団子状のだまこが喉に入るのを待っている。その隣にいわゆる五城目郷土料理「だまこ鍋」である。その隣には比内地鶏《ひないじどり》の「きりたんぽ鍋」が寒坊の顔をゆっくりと温めていくのだ。

雪月花男は酔えば満ち足りる
こぼれ種だろう見知らぬ花が咲く
ブナの苗百年先を視野におく
水鏡おんなはみんな美しい
父として愚直な避雷針となる

降り止むことを忘れたように雪が降りつづき、地吹雪が吠え狂っている。そしていつか寒天は晴れ、蒼白い月が光りだすとき、雪は氷り、雪渡りの白い大地がつづいていく。この深い雪が深い森の命の水を湛えて生命の鼓動を打ちつづけるのだ。

雪月花を脳にしまいこむ寒坊はこの風土に満ちて、何ごとか一人呟くのだが、そこには「こぼれ種の花」や「ブナの苗木」「水鏡にゆれる雪おんな」達が彼をやさしくとりまいている。それらは厳しい冬の雪の下から生まれたものばかりである。

スタートは裸電球みかん箱
ネクタイも妻の好みとなって春
花咲けば影の男はそれでいい
男だと思う反骨反主流
満月を我が家のかぐや姫といる

彼の住む秋田県五城目町は、町の八十パーセントが森林でおおわれ、五城目街道が人の背骨のように貫いている。裸電球の下で少年期を走りつづけた猿田寒坊は、今は妻の好みのネクタイを締め、かぐや姫を抱いて満月を見上げている。

豊満な雪に打たれ、育てられた森の縄文文明の中で、猿田寒坊もまた「やさしい鬼」になっていくのだ。日々視力を失っていく彼の背に、べったりとこびりつく信念の鬼の姿の、次の作品を見るのは、私一人だけであろうか。

花咲けば影の男はそれでいい
男だと思う反骨反主流
地吹雪の底でやさしい鬼になる

ふじむらみどり句集「空想の桜」
―奈落《ならく》の世の言霊《ことだま》―

九月の夜空に、満月がのぼりはじめた。地上には紅の彼岸花が季節の匂いを吸い取って、月影にひっそりと咲いている。この一時、藤村みどり句集「空想の桜」を、月光の下でひらいている。この句集の装丁は、やんわりと淡いピンクで抱きしめられている。

素直です豚のしっぽに豚の鼻　　　　みどり
言霊が降るのでそっと受けとめる
おしなべて序論本論理想論
ムズカシイコトヲオッシャル先生ダ
体中ペットボトルのような日よ
母になる子宮は戦艦宇宙船

これらの句に触れると、どこかに藤村みどりの自由な風が流れてくる。彼女の作品には「動く力」と言えるものが、いつも宿っている。それは「言霊が降るのでそっと受けとめる」の作品に集積されている。藤村みどりの躰に蓄積した力が、ある日、ある時次々と、言葉の雫となって落ちてくる。

それは流れ星のように吐かれ「言霊が降る」姿なのである。

にんげんよ甘柿渋柿つるし柿
ワカラナイ事ヲワカッタフリヲスル
トベトベトトベナイ鳥ニ言ッテイル

これらの句に表れた内なる凝視は、どこかにユーモアを秘め、又哀しさがある。「にんげんよ…」に人間＝みどりの生きざまがあり「トベナイ鳥ニ、トベトベ」と言う愚かな人の世が浮き出されている。

「言霊」という、言葉の霊力が、藤村みどりの作品の全身ににじみ出ている。そして又自らをいつも、前へ前へと押し出す精神、決して止まっていない「動」がここにみられる。

むきあってあふれるものをたしかめる
光り抜くためにひそかに殺すもの
ないしょだが白雪姫は私です
チャレンジチャレンジゆっくりゆっくり
居直って生きるわたしと影法師

これらの作品に、彼女の止らない言霊が走りだしている。それはどこからやって来たのだろうか。

血も雪もふぶく母系のにおいなり
祖父に似てキリストに似て冬なのか
覚えているよ海牛のこと父のこと

ああ母もこうだったのか石の段
むかしむかし男の首を食べました
彬の忌人という字がまだ書けぬ

この一群に、藤村みどりの「言霊の故郷」と言えるものを私は発見する。風に聞けば、父母との別れ、自殺案内者に手を引かれ、闇深くを這った遠い原体験が、彼女の血の底を流れ、そこから明と暗、表と裏、正と負、天と地、作用と反作用等、日常から容易に見えぬものを表すベクトルとなっていく。時に、「男の首を食べました」というエロチシズムも、ゆったりと動いている。

満月の光が、樹の影を濃く刻むように、連作によって彼女は「明と暗」を同居した作品を、この句集に圧縮した。私達の理想や希望が、言霊という力によって呪縛されるという藤村みどりの傑作の影を、次の作品に見た。

空想の桜はいつも満開だ　　藤村みどり

九州文学のライフワーク

二〇〇七年は貴重な川柳作家を多く失ったが、時実新子もその一人である。

彼女は巨大な星の存在であった。「川柳ジャーナル誌」で、はじめて彼女の名を知ったのは昭和四十年代初頭である。昭和四十八年四月一日発行の「時実新子集」はわずか四十六ページの二百円であった。

母を捨てに石ころ道の乳母車　　新子
渕を這い上がる男は見ていよう　　新子

このような壮絶な作品は今も私の目に灼きついている。かつて井上信子が「川柳人」や「蒼空」で見せた女性のバックボーンを時実新子は持続していた。

彼女が男性社会の「川柳ジャーナル」を離れて個人誌「川柳展望」を創刊したのは昭和五十年（一九七五）で、彼女四十六歳の時である。全国から五十人を創刊会員として選び、その時私にも声がかかった。「川柳展望」の作家論は時代のひとつの光であった。なぜならその頃の川柳誌で「作家論」を刻むことはわずかであったからである。昭和四十九年六月、新潟の「柳都」川上三太郎賞ではじめて彼女と邂逅した。

その後「展望」は毎年全国大会を主催し五十号大会が九州福岡で行われた昭和六十二年（一九八七年）夏、私は東北の風を背負って、炎天下の蟻となって博多行の新幹線に飛び乗った。岩手から九州博多（福岡）まで十時間弱の新幹線の車窓から、私は日本列島の東西の風景の中に働く人々の影を刻んだのである。博多の舗道は太陽に灼けただれ、戦場のごとく街路樹で蝉が叫んでいた。蟻の私はただ汗を拭くだけだったが、橘高薫風選の特選「孕む穂を刈れと堕胎の国豊か」を得て額の汗が消えた。

昭和五十九年四月、岩手県宮古川柳大会に時実新子は選者でやって来たが、次の日盛岡市内を案内した。鬼の手形の「三ツ石神社」「鶴彬川柳碑」等を辿り、凍みついている岩手山に連なる山脈が墨絵のごとく稜線をあらわしているのを見て驚き、「あの墨のように見えるのはなぜ？」と質問された。私はとっさに「あれは山脈の雑木林の重なりです」と答えると彼女は頷いた。

思えば彼女に教えたのはこれひとつだけである。昭和五十九年（一九八四）に「時実新子一萬句集」を出版した。これは川柳史上なかったことで「荒々と母は流れる吉井川　新子」の直筆が私の本の扉に揮毫されている。その後前代未聞の「時実新子全句集（一九五五〜一九九八）」が生み出された。八八七ページ一万五千円である。

生前に全句集を出すという彼女の鋭い冒険と実行力は、だれも出来るものでなく、やれるものではなかった。巨星が消えた。

九州の入口、小倉市には「点と線」「砂の器」「日本の黒い霧」「昭和史発掘」の作家、松本清張がかつて住んでいた。四十年代はじめ「点と線」を読んだが、それは全国鉄道を走る列車ダイヤすなわち時刻表がテーマであった。又「或る小倉日記伝」「断碑」「火の記憶」等のテーマは一般庶民の眼から真実に迫る社会性を色濃く刺している。特に昭和四十三年の「古代史疑」は日本の古代史家に新鮮な火と風を与えた。

清張古代史は「断碑」で考古学の森本六爾を主人公に深く扱っているが「古代史凝」では新着想による邪馬台国が展がった。

中国の魏、蜀、呉と朝鮮半島の高句麗、馬韓、辰韓、弁韓を辿り邪馬台国の卑弥呼は景初三年(二三九)に魏へ朝見させている。私が注目したのは女王国を北部九州の筑後川流域にしていることで、女王国の敵、狗奴国を肥後平野としていることである。

初期女王国は九州として考えられ、その後大和へ移ったのだと私も思っている。

松本清張の文学は昭和と共生し、その土壌は「日本の黒い霧」「昭和史発掘」の中に深く沈殿して生きている。蒸気機関車の火を焚いていた昭和四十年代が蘇る。

詩人の松永伍一著「望郷の詩」にめぐりあったのはやはり、昭和四十年初期である。

彼は九州柳川近くに生まれ、八女高校卒業後、村で中学校教師八年、のち上京した。

私はその頃仲間四人と「火山系」という小柳誌を出し、その後「酸性土壌」という詩集を出したのだが、臆面もなくそれらを彼に送ったのだった。松永伍一の土俗的志向は九州の人間でありながら、常に北方を向く精神があった。そこに私は目を凝らしたのである。彼は「土俗の構図」の中で寺山修司と対談し「…東北の闇はぼくにとっては『逆ユートピア』みたいなものとして潜在的にあったわけです。九州にいて百姓をしていたときから東北に行ってみたいという願望はひどく強かった。…」と言っている。又寺山修司が「…寺山修司は内なる東北を古道具屋にでも売り飛ばすみたいに、簡単に短歌にしたり詩にしたりしやがる…」と語る所が真実だからおもしろいのである。松永伍一著「日本農民詩史」(上、中㈠中㈡、下㈠下㈡)を一九七〇年に私は手に入れたのだが、この中で日本農民の詩が北から南まで料理され論評された。

私はこれを読む事によって、詩人松永伍一の方向と精神を力強く知ったのである。

詩人の秋山清は(一九〇四年～一九八八年)福岡県に生まれ、アナキズム詩誌「詩戦行」参加、小野十三郎と共に「弾道」創刊「日本の反逆思想」「アナキズム文学史」等多数あるが「近代の漂泊―わが詩人たち―」で啄木や鶴彬をとりあげて論じた。

　鶴彬の墓が岩手県盛岡市にあることが分かり、昭和五十二年（一九七七）九月十四日、第一回鶴彬墓前祭に（鶴彬のこと）と題して講演した。私はその時はじめて詩人秋山清とめぐり会ったのである。

　秋山清は鶴彬と「木材通信」の場で共に働いたと言うが、この時の公演の中で胸をえぐる発言は次のようなものであった。

「…もう日本の中から戦争を肯定し大陸侵攻を国の大事とばかりに人々が大騒ぎをはじめた頃に、鶴彬はあのような作品を書き残した。その時間的な意味の重さということが、私達はぜひ鶴彬のためでなく、私達のこれからのために記憶しておく必要があるのではないか…」と。ここに私達がかみしめるべき秋山清の重い声を聞くのである。その後、彼の死に際して、私は「詩人秋山清の死と鶴彬」の小文を拙著「現代川柳の原風景」に収めた。

　冬の空からこな雪が降りてくる日に、私は西日本と九州に目に向け、そこから発し、生き、主張し、書き残した時実新子、松本清張、松永伍一、秋山清のわずかについて触れてきたのであるが、彼らの残した本とその精神は、根雪のように厚く豊かに私の中で今もその光を放っているのである。

「蒼空《あおぞら》」時代の鶴彬《つるあきら》の作品

　五月の風にライラックの花が咲き乱れている。来る二〇〇八年九月十四日は、日本の暗黒時代に国家の弾圧によって倒された鶴彬の没後七十年になる。

　この期に大阪では、鶴彬の川柳碑「暁をいだいて闇にゐる蕾」が建立されると聞いてる。これが実現すれば、石川県の二つの碑「枯芝よ！団結をして春を待つ」「暁を抱いて闇にゐる蕾」と、岩手県盛岡市の「手と足をもいだ丸太にしてかへし」に続く全国で四箇所の川柳碑となる。

鶴彬にとっての大阪は、十七歳で町工場の労働者となり、その後二十二歳で治安維持法違反により大阪衛戍監獄に収監された、彼のみじかい生涯でも、特に苦しい場所であった。

石川県金沢市の卯辰山兎ヶ丘に在る「暁を抱いて闇にゐる蕾」の句は「鶴彬全集・一叩人編」や他の本にも載っていないことに、私はこの春気がついたのである。そこで少し調査したところ、この川柳碑の建立にあたった「諷刺・『和』句報」発行者の岡田一杜氏の持っていた「短冊」から碑に刻んだものであることを知ったのである。

その短冊は鶴彬が大阪衛戍監獄から第九中隊へ帰った昭和八年の暮れ頃、同じく除隊した桜井仁三郎という人が鶴彬からもらったもので、桜井仁三郎の時計屋の一室に架かっていたものであったと、岡田一杜氏が語っている。

このことから鶴彬はこの「暁を抱いて闇にゐる蕾」を昭和八年頃作り、のちに昭和十年「黎明」に「暁の曲譜を組んで闇にゐる」を載せている。前後になるが昭和九年九月十一日、鶴彬の支柱であった「井上剣花坊」の死にあって弔詩「若き精神を讃える唄―井上剣花坊をとむらふ―」を「川柳人」二六六号に載せた。これは剣花坊の成した仕事を称え自らの方向を刻んだものである。

「川柳人」の主を失った井上信子は昭和十年十二月五日「蒼空」第一号を発行した。

「蒼空に就て」の中で井上信子はこの「蒼空」が「川柳人」へつながる流れであることを力説している。鶴彬は井上信子を助けて「蒼空」に作品・評論を書きつづけているが、この時期、彼の創作方法として短詩への熱が湧いていた。「川柳の詩」について彼は火花を散らしている。

彼は「蒼空」二号に「川柳の詩壇的進出に就いて」(昭和十一年一月十五日)を載せ「…僕たちは自分の家を出て、まず隣家から、われわれの詩を唄ひはじめなければならない。もしも、われわれの詩がすぐれた時であるならば、隣人たちは、われわれの詩に花束を投げてくれるにちがひない。僕はこうした思案のもとに僕の作品を『詩精神』『文学評論』等の、この国に最も高い進歩性をもった雑誌に出しはじめたのである。僕はこの結果としていま『詩精神』が短歌と同じく、川柳にも同一の市民権のもとに席をこしらえてくれたこと『文学評論』が他の短詩との差別待遇の枠をとりはらってくれたことを報告し得るのである。思ふに、僕たちの川柳が、その特殊的な精神や歴史的な性質からして、常に時代の大衆に愛されねばならないといふことは、一方において、もっとも進歩的な詩壇においてその詩的な価値を承認されてゐなければならにことなのである。たとへ大衆に愛されても、詩壇に黙殺されるならば、それは詩としてゼロなのである。真にも大衆的なものが同時に詩的として高いものでなければならないという事実が、何よりもさきに実践によって証明されねばいけない。…」

この論の底流をいく「詩精神」に「川柳における諷刺性の問題」と作品「五月抄」五句を送り、「文学評論」には「川柳リアリズムに就いて」と川柳作品七句を刻んでいる。

その中の「玉の井の模範女工のなれの果て」は「蒼空」一号にも再度掲げられている。

鶴彬は「蒼空」を井上信子と共に出した昭和十年から昭和十一年にかけて「川柳は通俗的なユーモアの諷刺短詩でなく厳粛な現実批判の諷刺短詩である。…」を論じ実践していったのである。彼の「諷刺短詩」としての作品は「蒼空」一号から十三号へ向かって熱を帯びたが、特に次の作品は現代においても川柳作品に潜熱を放出しつづけている。

玉の井に模範女工のなれの果て　（蒼空一号）
ざん壕で読む妹を売る手紙　（蒼空三号）
村々の月は夜刈りの味方なり　（蒼空四号）
暁をいだいて闇にゐる蕾　（蒼空四号）
枯れ芝よ！団結をして春を待つ　（蒼空四号）
吸ひに行く――姉を殺した綿くずを　（蒼空四号）

これらに見るように、鶴彬は諷刺短詩としてこの川柳の峰をめざして創作し、時に連作し続けた。「暁をいだいて闇にゐる蕾」は「暁を抱いて闇にゐる蕾」をいっそう進化させたものである。

没後七十年、闇の蕾の鶴彬は、静かに日本の暗黒の歴史から、暁へ向かって這いあがってくる。

北海道文学と川柳の底流

一九九九年の早春、私は北海道小樽の駅に降りた。構内に白い恐竜のような残雪が光っている。さきほど田中五呂八句碑「人間を掴めば風が手にのこり」を住吉神社で見て来た。

それから小林多喜二文学碑へ向かった。冬枯れの雑木林の間から小樽の街が眼下にあり、その向こうに平磯岬と南防波堤が青くかすんでいる。建物を見開きにしたユニークな多喜二文学碑は巨大なもので、北極星、北斗七星がちりばめられ漁夫の顔と多喜二のレリーフが在る。「冬が近くなるとぼくはそのなつかしい国のことを考えて、深い感動に捉えられている…」の豊多摩刑務所の獄中からの書簡の碑文が脳を刺した。その後市立小樽文学館をくぐった。小林多喜二、伊藤整のコーナーの奥に来て私は息を呑んだ。そこには「田中五呂八と新興川柳」の場があり、田中五呂八と鶴彬の写真が貼られ、彼らの川柳作品が並んで在ったからである。

それらの作品と資料を見ながら、脳裡に浮かぶものがあった。「…僕は中央公論で、小林多喜二の日記を読んだとき、その中に小林多喜二が小樽にいる頃、ある文学の会合の席上で、その唯物弁証法的な芸術観の立場から、田中五呂八の唯心論的芸術論とはげしい論争を試み、みごとに田中をやっつけてやったという意味の記事があったので『氷原』休刊も多分そうしたことがおもな原因になっているのではないからというようなことも考えられたからである。」（田中五呂八と僕―鶴彬）ここに多喜二と五呂八の接点がある。

明治二十年頃から四十年にかけて生まれた小林多喜二、石川啄木、島木健作、本庄睦男、久保栄、小熊秀雄、亀井勝一郎等のプロレタリア文学の実践的な求道者とその系の文学者が北海道に多いのはなぜであったろう。ここに私は注目するのである。北海道の広大な自然と風土は、そこに生活する者に厳しい土壌を与えた。「…石狩の野は雲低く迷ひて車窓より眺むれば野にも山にも恐ろしき自然の力あふれ、此処に愛なく情《こころ》なく、見るとして荒涼、寂莫、冷厳にして且つ壮大なる光景は恰も人間の無力を儚さを冷笑《あざわら》ふが如くに見えた。」（国木田独歩―空知川の岸辺）、「僕はいま北海道にゐるのだ／北海道の曠野の中の／二間に三間のちっちゃな小屋の中／荒莚の上に、ねたりおきたり…」（詩人、猪狩満直《いかりみつなお》―告白）、「北海道の冬は暗くて長い。突然やってきて、半年間も居座る。それは、日本人特有の伝統的な自然美観を厳しく拒絶し、人々の日常生活や精神生活に重くのしかかる。北海道の言葉は標準語的ではあるが、東京の標準語と比べると、粗くて重く泥くさい。それは本州各地からの入植者の方言が入り乱れる中で、自然発生的に用いられるようになった共通語であるだけに、必然的な特徴といえようか。以上のような地理的自然条件と、言語的条件が重なり合う中で、北海道人の精神風土は形成されていった。」（細川不凍―北の相貌）

これらに見るように北海道の風土は、そこに住む者、特に文学者のバックボーンに厳しい寒気と雪原を刻ませ、地に足をしっかり吸いつかせる形を私達に示している。

さて現代川柳に目を転じよう。「劇場」二〇〇八冬（第37号）の〈柝〉に進藤一車が次の文を載せている。「泗きすぎた川柳、技巧ばかりが先行する川柳、大衆の目に媚びつづける川柳、そして結果は自己喪失、形骸化の現実を噛みしめる川柳、ようやく詩川柳の原点に立ち返ろうとするとき、忘れかけたこの歌が口を吐《つ》いて出た。〈遠くへ行きたい〉である…」と。この歌に「濡れた慕情と湿潤の世界がある。」として川柳の世界を要求している。彼が具体的な川柳作品を例示していないので抽象的なのだが、私なりに把握すると、あまりに装飾された言語によって川柳がつくられていると述べたかったのであろう。この装飾を剥ぎとった時、そこに裸体の作者が不在なのである。そこに何の川柳が存在するのか。それを原点に立って発するならば、なぜ川柳を創作するのかに関わってくる。「なぜ川柳作品をつくるか」の自問から発したものでなければ恐らくその川柳の存在は無い。その人にとっての川柳とは生き方としての一点一点から生み出されるものと言える。その一点とは時代であり時間である。その一点で生み出された川柳作品が自らの姿として存在する。一点の連続が線となり句集となり得るのである。

冬の雑木林で栗や楢な楓の木を切り倒し、一刀両断に斧で割りつづけた日がある。薪にするためであるが、その時、幹の姿と全く異った年輪が鮮やかに現われた。それが析の姿である。川柳作品をなぜ創作するのか、それは自らの姿を表わすためである。このことは北海道の川柳でどのように把握されているのかを見よう。「深いまなざしを持つ作家と、通り一遍のまなざししか持たぬ作者の違いは『何のために川柳を書いているのか』を自らに問いつづける人と、そうでない人の違いでもある。…」(細川不凍ー現代川柳の病巣)、「…的確な言葉を模索している内に、言葉に踊らされ、作品の作家の精神を置くことを忘れてはいないだろうか。」(佐藤洋子ー自由の中で)、「…読者もしくは鑑賞者の、たましいを揺さぶるような川柳作品を志向してゆきたいものである…」(宮川蓮子ー無心のたましい)これらには、言葉で飾るだけでよしとする精神は見られない。田中五呂八も氷原創刊号で「平凡なわれらの黎明」を打ち生命主義を標榜した。しかし五呂八は社会の情勢をそれによって取り入れることはなかった。ここに五呂八の限界があったのだが、彼の作家論や批評は色褪せることがない。「現代川柳の精鋭たち」の一部では「嘘を書く」ことが川柳だと論ずる者もあるやに仄聞する。こうした人たちの指導によって、言葉遊びの川柳が発生しているのではなかろうか。自らの社会と対峙し、自らの言葉と自らの思想(考え)で自らの川柳作品を生んでいくことが大切である。

空海とアテルイとモレ

岩手県花巻市の東和の地に「蝙蝠岩弘法大師縁起」の場所がある。

道路からそそり立つ岩肌があり、その苔むした岩の下から清水がちょろちょろ湧いている。空海が若い頃、この地をおとずれ、休息された場であるという。岩肌の斜面はうす暗く、早春の風がひんやりと肌を刺した。

その巨岩の端に腰をかけて、私は空海という人物を一人想像した。宝亀五年（七七四）、讃岐国多度郡（香川県善通寺市）に空海は生まれた。

幼名・真魚《まお》である。この名は誕生から二十四歳頃までであり、空海の名は二十四歳から三十一歳まで、遍照金剛《へんじょうこんごう》の名は三十一歳から六十二歳まで、弘法大師の名は入定《にゅうじょう》の八十六年後から現代までの名であると言う。

私が空海の年代に注目するのは、十五歳にして、母方の叔父である阿刀大足《あとのおおたり》について勉強をはじめ、十八歳の時当時の大学に入り学んでいることであるが、空海はその後大学を飛び出し、三十一歳で遣唐使船に乗るまで、足跡に記録が無いのである。この十一〜十二年間、彼は全国を歩いていたと私には思われる。

空海の父は佐伯氏に属していた佐伯直《さえきのあたい》の家系である田公《たぎみ》という人であった。佐伯氏はかの日本書紀で縄文的採集生活していたと書かれた毛人《もうじん》・蝦夷《えみし》人から発していた。つまり東国・現在の東北地方に住んでいた私達の先祖の中から生まれ出たものである。

つまり空海の血の中に佐伯氏→東北の流れがあることを知るのである。佐伯とは桓武天皇の平安遷都による延暦十三年（七九四）頃から、東北の地を征服する意図によって、捕虜にされた蝦夷たちのことであり、この最大なる遠征が桓武天皇によって出された坂上田村麻呂とアテルイの戦争である。

アテルイとモレは我が胆沢の地で独立の国を持っていた。言わば蝦夷の大酋長である。

坂上田村麻呂によって、胆沢城が築かれ、アテルイとモレは田村麻呂と共に和睦のため投降したのだが、延暦二十一年（八〇二）アテルイ、モレは河内国杜山にて処刑された。

猛暑の日、私は田村麻呂創建と言われる京都清水寺に立った。清水寺の下に「アテルイ・モレの碑」が建っていた。その碑を凝視して、延暦年間に生き闘ったアテルイとモレそして佐伯氏から出た空海を思った。空海がなぜ密教という宗教に至り、土木技術をもっていたかが、私には静かに深く分かってくるのである。

濱夢助《はまゆめすけ》と井上剣花坊《いのうえけんかぼう》

早春の水田に白鳥が群れている。ちらりと梅の花がひらく。「川柳宮城野」を創刊した濱夢助のことがこの風景の中で頭をよぎった。

濱夢助は昭和四年から河北新報川柳壇選者で、昭和十一年から昭和十七年まで月刊「北斗」誌を主宰して戦後発刊した。続いて昭和二十二年十月「川柳宮城野」誌を主宰する。

濱夢助は井上剣花坊を師としていたが、昭和二年一月五日付剣花坊の手紙を受け取っている。その内容は濱夢助の三女の名を剣花坊が命名し「歌子」としたことであった。

その後仙台に来られた剣花坊と夢助は二日間会っている。そして「歌子」の頭を撫でられたと記している。

濱夢助は言っている。「…豪放磊落な先生の半面に斯くも繊細な人情味を蔵せられていたというのも、如何に先生は円満な人格を持って居られたかを物語るに充分であろう。」と、この時「黎明の大気の中に開く花」(剣花坊)の短冊に向かって夢助は沈黙した。

昭和四十三年十月一日発行の句集「あしあと」を後藤閑人が発刊し出版祝を催した。

後藤閑人は濱夢助と共に「川柳北斗」「川柳宮城野」を歩いた川柳人であったが、私はこの出版祝で、はじめて後藤閑人や宮城野の川柳人達と邂逅したのである。現在、井上剣花坊の「川柳人」をささやかに主宰している私は、剣花坊をめぐる人々に濱夢助が居たことを貴重に思っている。特に昭和十三年、北斗二月号と四月号に鶴彬の「井上剣花坊と石川啄木」の評論を載せたのは巨大な濱夢助の精神である。

昭和十二年は周知のごとく日中全面戦争が始まった時代で、「北斗」「川柳人」への弾圧が増していった。岩手の亡き川柳作家、笹間円坊は「昭和十二年頃、後藤閑人が花巻で働いていたが、私服の刑事が閑人を追って来ました。あれが特高だったのです。その後『川柳人』の弾圧事件を知って、非常に驚いて『蒼空』(井上信子発行)をかくしてしまったのです。…」と私に語ってくれた。

ここに特高の弾圧が「北斗」に及んだこと又「蒼空」を井上信子と共に発刊していた鶴彬が、昭和十二年十二月二日に検挙され、翌年昭和十三年九月十四日死去していることを思い起こすのである。

その後私は盛岡市で鶴彬の兄、喜多孝雄が鶴彬の遺骨をかかえて光照寺の墓地に埋葬したことを知り、亡き喜多孝雄宅で剣花坊の「黎明の大気の中に開く花」の作品を見たのである。

この作品は濱夢助も又短冊で持っていた。

濱夢助は昭和二十五年九月一日「川柳雪国」句集を発行した。大谷五花村、前田雀郎、斎藤虚空等が序を書き、伊達南谷子、後藤閑人、菅原一宇等が「あとがき」を残している。

雪國に生まれ無口に馴らされる　夢助

濱夢助の代表句であるが、彼は「東北の川柳とその特色」の評論でもこの句を提示した。早春の曇天の下で濱夢助と井上剣花坊のことを私は思い起こしていた。

「麻生路郎《あそうじろう》読本」の周辺を歩く

家の周りの木々が色を濃くしている。林の中の漆や庭のドウダンツツジ、ムラサキシキブ等が独自の赤や紫を放っている。この晩秋の風の中で『麻生路郎読本』を展げている。

圧巻のこの読本は「川柳雑誌」「川柳塔」通巻一〇〇〇号記念出版として世に出た。

ここには麻生路郎の全体像が書かれているが、それと同時に麻生路郎に触れた多くの人々の声が共に刻まれている。この本には麻生路郎をとりまく環境が森のごとくあることに深い価値がある。

かつて私は麻生路郎を知らなかったのであるが、亡き白石朝太郎によってその名を知ったのである。そのことについてはこの読本の「白石朝太郎の講演より」に圧縮して刻まれている。この中の白石朝太郎の言葉には、麻生路郎が仙台に来たときの感想を「仙台に行った最大の収穫は私(白石朝太郎)に会ったことである。」と述べられていることである。

白石朝太郎と麻生路郎はいつごろ邂逅していたのであろうか、このことを思い、古い書庫から「大正川柳―大正十二年―」を取り出してみた。そこに「麻生路郎氏の書翰」(大正十二年六月十五日発行)「大正川柳」一三一号があった。「大正川柳」は編集兼発行人が井上幸一(剣花坊)であったが、白石維想楼(朝太郎)が編集の中心にいたのである。そしてこの『編集室にて』の文面には次のような朝太郎の注目すべき事が書かれている。

「…『麻生路郎氏の書翰』は奥さん(井上信子)に宛てられた私信だ。そのつもりで読んで頂きたい。私信ではあるが十分に読んで頂く価値あるものとして掲載させて貰った。

友人の一人が私にこういった。『路郎君に逢って見たまえ、あの人なら確かに逢って見てもいい…』と言ったことを今もはっきりと覚えている。この人はふるくから私の常に注意して居た一人だ。」と。この朝太郎の方針が「麻生路郎の書翰」の掲載となったのである。井上信子への私信であるにも拘わらずその文体には、路郎の川柳に寄せる当時の精神が明らかにされている。彼の苦渋の顔が現れている。例えば「…私は川柳に対して多くの悩みがありました。苦しみ抜いた揚句の果てが実生活のうめき聲を川柳の上に盛らうとするところまで発達したのでありました。…」等である。井上信子への私信がこれほどに路郎の近況を伝え、また大正川柳の時代を反映していることに驚く。これらのことから一編の書翰も大切にすべき念にかられるのである。

麻生路郎の時代を考証した一人は東野大八である。彼の「麻生路郎物語」はこの読本の二十五%を占めている。私は東野大八に三度ほど会っている。一九九六年六月二十九日、大阪のオール川柳の会場で拝眉したのが最初であった。その時、東野大八が「せっかく大阪へ来たのだから通天閣を見せたい。」と言って私を夜の大阪へ誘った。大阪の夜景をタクシーで走った。同乗したのは横村華乱、逸見監治である。「あの辺が鶴彬の働いていた四貫島だね…」と東野大八が指さして言った。

私はネオンの輝く向こうの暗い空を見て頷いた。四人は通天閣の近くの小さい居酒屋へ入って乾杯した。その時、居酒屋にあった広告用紙に、三人が自作の川柳を書いてくれた。

今日もまた顔を洗わず蟻は出る　大八
雪国の哀しさにいて逃げもせず　華乱
抱きしめてやろうか俺の影法師　監治

の三句が現在私の部屋に在る。

その後新潟の柳都大会で二度目、三度目は仙台での東北川柳大会であった。この東北川柳大会の休憩時間に、私は東野大八と喫茶店でコーヒーを飲んだ。その時私が「大八さん『川柳の群像』を早く出版してください」と願うと『それがね、出版してくれる所がなくてね』と少し淋しそうに語った。私は彼の『川柳の群像』が川柳史を語る上で特に、大切な川柳人の顔だと感じていたからである。この「川柳の群像」は二〇〇四年一月二十九日「東野大八著、田辺聖子監修・編」として集英社から出版された。東野大八の本はこの外に「没法子《メイファーズ》北京」「人間彩影記」等がある。「人間彩影記」は一九九六年七月十日発行であるが、東野大八の「むらさきの山少年は老い易し　大八」の筆が私のその本に在る。この一句は身に染みる川柳作品である。

『麻生路郎読本』では、路郎の方針が「語録」として残っているが、彼は「川柳人とは人間及び自然の性情を素材として、その素材の組合わせによる内容を、平言俗語で表現し、人の肺腑を衝く十七音字中心の人間陶冶の詩である。」と断言している。陶冶《とうや》とは「才能、性質などをねって作り上げること」だが、彼は「私は川柳を人間陶冶の詩であるといっている。人間へ締め木をあてて絞ると、いろんな悪汁が流れ出て、そのあとには朗らかな脱俗した人間が残るのではないかと思う。その締め木の役を川柳が果たしているように思えてならない。句はその人の心であり、十七音字ではその人の姿であり、リズムはその人の呼吸である。…だから私にとって川柳することは単なる趣味ではなくて、人生いかに生きるかということを知るためである。拙句の『寝転べば畳一じょうふさぐのみ』と云うのが川柳によって得た私の人生観なのである。更に私は『人類は悲しからずや左派と右派』と云う句を詠んでいる。これが私の世界観である。私は常に川柳に生きることによって、平和な世界を生み出したい念願に燃えているものである。…」と喉奥から発している。ここに麻生路郎の人生観と世界観を素直に読み取ることができるのである。これはこの『麻生路郎読本』の重心である。麻生路郎は「川柳職業人宣言」を昭和十一年「川柳雑誌」№一五一で発表したが、これに対して森田一二《かつじ》が「『川柳職業人宣言』を讀んで―麻生路郎への公開状―」として昭和十一年の十一月の「蒼空」第十二号に載せている。森田一二はこの中で「…要するにその人を得るならば川柳もまた立派に市場価値を生むものであることを吾は身をもって證明して呉れるであらうことを僕は期待してゐる。」と賛同している。私は金沢の森田一二から一枚の葉書を受けているが、彼の晩年の病からの字は弱々しかった。

ここで思い起こすのは「蒼空」が井上信子、鶴彬によって編まれていることである。私はこの「蒼空」の創刊から十三号の終刊まで持っているが、井上剣花坊亡き後の井上信子の発行である。この井上剣花坊に関西で一番深交のあったのは麻生路郎であった。

麻生路郎は「川柳は一呼吸の一行詩」と言っているが、それは石川啄木の「短歌は人生の一秒の詩」鶴彬の「川柳は今や私の人生の一秒の詩」から影響されて吐露したものと思われる。

そして葛飾北斎を論じ「一句を遺せ」と声を絞り出している。それは現代川柳の命題でもある。

落ち葉を体に受けながら、次第に私は熱くなってくる。

歴史の水脈を辿る
―赤松《あかまつ》ますみ「川柳文学コロキュウム」に触れて―

二〇〇六年三月九日、早春の雑木林に転がりこんできた一冊の句集。セレクション№1「赤松ますみ句集」である。

白い帯には赤い字で「『川柳は自分の分身である』と、頑なに考えている。赤松ますみ」が刻まれていた。

なるほど表紙の赤い肌には赤松、つまり樹木の赤松の肌が染められていたのである。

赤松は岩手県の県木なのだが、この樹液は少年の頃、タイマツにして洞窟を歩き、蝙蝠を取って遊んだものである。

私は句集を後から読むくせがあった。

山本洵一の赤松ますみ論や略歴は幾度も目を走らせたが、赤松ますみのエッセイ「『川柳』と『川柳文学コロキュウム』と『私』」には強い重力を一人感じた。

天根夢草の「川柳講座」から入った川柳で「川柳文学社」の現状を知り、それを引き継ぐという場面の文には胸を熱く圧せられた。

「川柳文学社」は昭和十年、番傘の同人を辞退した堀口塊人が「昭和川柳」を発刊し、これは主に「生活川柳を旗印」としたものであった。

この中には島根県の貧農に嫁いだ川柳作家、笹本英子《ひでこ》がいる。

豊作とさわいでみても五反六畝　英子
泣く女泣かぬときめてから強し　同
過去みんな忘れて花の数をよむ　同
母に似た欠点母がなぐさめる　同

昭和十六年六月「昭和川柳」は戦争の世で終刊した。終戦の昭和二十二年「せんりゅう昭和」を堀口塊人は再編した。そしてこの流れは昭和三十二年「川柳文学」と改題されて続いてきたのである。

「せんりゅう昭和」の同人には青竜刀、百雷、黙然人、芽十、燈風等、保革等四十名であった。

堀口塊人も又「柳界の特異な存在として飛躍したい」と言っている。

だが保革の群れはついに廃刊したのである。

堀口塊人は明治三十六年（一九〇三）七月十一日、福井県高浜町の生れで、大正十三年頃「番傘」「鯱鉾《しゃちほこ》」「川柳雑誌」へ投句、大正十五年、岸本水府により塊人の命名を受けた。その「番傘」を辞退したことは先に述べた。

大阪の新川柳の草分けは小島六厘坊である。

六厘坊は明治二十一年（一八八八）に大阪に生まれた。川柳に手を染めたのは十四歳だったという。

十代で大阪新報の柳壇選者となり、「天才六厘坊」と呼ばれた。

井上剣花坊が新聞日本に「新題柳樽」を出したのが一九〇五年十一月（明治三十八年）であり、この時六厘坊は同じ年の四月、「新編柳樽」を創刊した。

東京の井上剣花坊の「柳樽寺」に対し、六厘坊は「西柳樽寺」を社名とした。

井上剣花坊と「大正川柳」を編集した白石朝太郎はかつて次のごとく述べていた。

「…あれはこうなんだよ、井上剣花坊の柳樽寺の関西支部として西柳樽寺川柳会があったのだよ。そこに六厘坊がいたんだ。

そのグループの中に麻生路郎、川上日車、木村半文銭、西田当百がいたんだよ。その当百に川柳を教わったのが岸本水府なんだよ」と。

小島六厘坊は井上剣花坊を支持し、阪井久良伎に反対した。六厘坊は「新編柳壇」を四号で「葉柳」とし、明治三十九年に西柳樽寺の社名とした。六厘坊の名には剣花坊の影響があり、共に自分を坊さんと称していた。

だが天才六厘坊は、剣花坊の柳樽寺にいた高木角恋坊を「角恋坊はバカである」と罵倒するエピソードも残している。

彼は明治四十二年五月十六日肺患で死去、享年二十一であった。

淋しさは交番一つ寺一つ　　六厘坊

この道やよしや黄泉に通ふとも　　同

若き天才川柳作家の惜しい死であった。

堀口塊人は先に述べたように「番傘」→「昭和川柳」→「せんりゅう昭和」→「川柳文学」と歩き続けた。「川柳文学社」は「川柳を通じて文学の真実を究めんとする」を標榜とした。

「川柳文学コロキュウム」として赤松ますみが発刊した川柳誌は、この堀口塊人の系を継いだものであるが、その方針について「決して今までの形式を継ぐかたちではなく、私の新しいやり方でやらせてもらいたいということ…」と彼女は書いている。

これは番傘から離れた堀口塊人が独自で開拓していった「川柳文学」へのつながりを意味し、老化した川柳社を戦後生れの赤松ますみがバトンを受けた決意の重大さでもある。これは私が「川柳人」を継いだ地図に似ている。

このことを少し書く。

「川柳人」は一九九九年一月で八〇〇号に達した。その前年一九九八年の初夏、私へ一通の手紙が届いた。「川柳人」編集・発行人の大石鶴子からである。次期「川柳人」の編集をして欲しいとの依頼文であった。

この時大石鶴子は九十歳であった。周知のごとく大石鶴子は井上剣花坊・信子の次女として生れ、のち剣花坊の「川柳人」を継いできたのである。

私は秋風の音を聞きながら「川柳人」の編集を了解した。

その年の九月十三日に「鶴彬没後七十周年全国川柳大会」を盛岡市で行った。日川協事務局長、山田良行や川柳人の西澤比恵呂等七十名余りの参加があった。

私が「川柳人」を主宰するにも「今までの川柳人の精神は引き継ぐが、新企画も入れ、新風を起こすこと…」等を主張した。八〇一号から私の編集となり今も続いているのだが、時代は必ずやどの川柳社にも「川柳誌」の終焉を告げる日をもたらす。

その時そこにいた柳人が、いかに結集するかが問われることになるのである。

第一回日川協の大会の受賞作には奇しくも大石鶴子の「転がったとこに住みつく石一つ」が選ばれている。

「川柳人」を私に渡して間もない一九九九年五月、大石鶴子は九十一歳で死去した。

静かにオリオン星の輝く夜空で、日川協創立に尽力した堀口塊人と大石鶴子は手を取りあって笑っているに違いない。

井上剣花坊の柳樽寺川柳会は六厘坊の西柳樽寺へと伸び、やがて六厘坊―西田当百―堀口塊人―川柳文学―川柳文学コロキュウム―赤松ますみへと流れている。

堀口塊人は西田当百を師とした。当百句集も編み解説もしている。堀口塊人は言っている。「…しかし私はそういういい方で川柳というものをやり、人間性という共通の広場でお互いに話し合おうじゃないか、むしろ人間とはこんなものじゃなかろうかということをこの広場で語り合う文学だと思いますね。一九七七年（川柳の位相）」

これは川柳を文学として確立したい塊人の精神であったと思われる。

来年へ流れる水を見てゐたり　堀口塊人

この一句を凝視した赤松ますみは書き残している。

…私がこの句に出合ったのは約五年前、「オール川柳」誌の堀口塊人特集のページであった。そして縁合って塊人の流れを汲む旧川柳文学社を引き継ぎ、川柳文学コロキュウムとして活動させていただいている現在である。これからのことを思い巡らせて迷いが生じるとき、『気にしない気にしない』と、自分を安心させるために、おまじないのように思い浮かべるもう一句を挙げておく。

竹藪を出ると何でもない月夜　塊人

どこまでも未来へ向かって流れる塊人の水を見る光景を胸に宿しながら、赤松ますみの「川柳文学コロキュウム」の点も又限りない線となって目の前にあらわれてくるに違いない。

晩夏の陽の中にコスモスたちの笑いが聞こえ、コオロギの声が耳にあふれる。北国の地に初秋の風が流れ、私は「川柳文学コロキュウム」の影を遠い白雲にみつめるのである。

葉鶏頭愛は憎しみかも知れず　大和田《おおわだ》ひろ子

大和田ひろ子は、盛岡市の、とある病院の仄《ほの》暗い一室で、とかげのように躰を横たえて病と闘っていた。まだ二十歳代というのに、重い病は彼女にへばりつき、歩行さえ難儀であったのである。

いつから川柳の世界へ、自分を見出すようになったのであったろうか。彼女はマグマのように熱い作品を、その病床で創作しつづけていた。その中の一作品がこれである。

葉鶏頭愛は憎しみかも知れず　　大和田ひろ子

地上から、すっくと立つ幾本もの紅の茎に秋風が通りすぎていく。葉鶏頭の一群には、その色が、黄、赤、紅、と混じり合って、ひとつの血の形として、目に溢れる。野を走る地鶏のとさかの色が、葉鶏頭の全体に火をつけている。その一本一本に、大和田ひろ子は人の形を発見していた。

　病床の一日一日が、地球の自転、公転であったとしても、永い時間の日々であったことだろう。畏友、吉田成一と私がその病室をたずねた秋、震える目で喜んだ彼女である。

「川柳をつづけて下さい」と小声で話し、文庫版の「宮沢賢治詩集」を、掌の中に置いてきたことを覚えている。

「葉鶏頭愛は憎しみかも知れず」と、二十歳代で、病と闘いながら生きた大和田ひろ子は、人間の愛欲と憎悪の姿を、どこで自分のものとしたのであろうか。

　思うに、思い病と闘って、必死に生きることが、つまりは死へと極限に近付くことを、あの小さな躰で会得していたからに違いない。「愛する」ために「憎しみ」あって血を流しつづけるイスラム教や、キリスト教、民族紛争によって、バラバラに砕かれていく人間の負の、世界の現状を見る時、若くして、病床から死へと、葉鶏頭の血の固まりを抱いて疾走した大和田ひろ子は、この川柳作品に自らを全力で突入し、逝ったのである。

現代川柳を発掘する詩人　大塚《おおつか》ただし小論

　二〇〇五年八月十五日、朝五時に風の音が無く、小窓の外で一匹の蜩がカナカナカナ、カナカナカナ、カナカナカナ、カナカナカナと鳴いていた。この声を聞いて私は飛び起き、庭の緑を見渡した。この声が「川柳人」に、息も止めずにエッセイ、論を載せつづけた青森の大塚ただしの声そのものに聞こえたからである。

　大塚ただしは発掘者であり、探検家であり、詩人である。「川柳人」に載せた論は十四編ほどになるが、私はそのひとつひとつの濃さを凝視し、剥がそうとしている。エッセイ、論の濃さは大塚ただしの血の濃さを示しているのだが、それを現代川柳の問題意識として、私は受け止めている。

彼のエッセイ、論を一つ一つ剥がすことは現代川柳の芥をめくり、暗部にメスを入れることである。

私は大塚ただしの論へ足を踏み入れ、少しの紀行をつづりたい。

このエッセイは川柳をはじめた滋野さちの姿をも刻んでいる。

「川柳のたのしさと感じたこと」のエッセイは川柳作品へ圧縮した時、目に映している光景より重い姿を感じたことが書かれてる。

○海までは泣かぬと決めた流し雛　さち

この川柳から詩の分野へ目を広げながら、大塚ただしの辿り着いた精神は「大衆化とは…読者になるべき国民の側を向いたとき、新たな方向性をつかめるのではないか。」であった。この発展が「川柳の楽しさと感じたこと2」である。この中では「討論の大切さ」を重点に論じている。討論とは正に意見をたたかわせることであり、作者の姿勢が問われていく。この分野は現代川柳の小グループのみが盛んであり、古くて新しい課題である。

この課題は私達の足もとの問であり、彼の追求が次第に濃く深くなっていくのを見る。

「私の川柳大衆論」に足を入れる。

○母死んでカラポネヤミが酒を断つ

カラポネヤミとは岩手でカバネヤミのことである。不精者のことだ。ここで大塚ただしは石川啄木の「食《くら》うべき詩」小林多喜二の「われわれの文学は食えない人にとって料理の本であってはならぬ」鶴彬の「何よりも大衆にわかりやすい川柳を、その脳をどきつかせ、はげまし、手と手を握り合わせる川柳をつくらねばならぬ…（中略）真に大衆を感動させるために、芸術的でなければならぬ」に到達している。これは彼にとってコペルニクス的転回と言える。彼の探検家としての目が鋭く社会の地平から、その光を射してきたことを証していると、私は確信する。特に鶴彬の残した評論を自分のものとするところに彼の熱い血管をそこに見るのだ。「私が川柳と出会ったとき」はゆったりとした空間を作っている。川柳人を「人より多く披講されるために書く人、ひたすら自分の川柳を書く人、仲間づくりを楽しむ人」の三種に分けたのは彼のユーモアであり、真実でもある。現代川柳はこの域に入っているからである。

この項の中で「岩手県に学ぶ」があるのだが、彼は九月に「鶴彬祭」に盛岡市へ、十一月に「反戦川柳碑建立二十周年吟行会」に岩手県遠野市へと足を運んだ。

そのことを話すと「岩手県は下手だからな」の声が出たという。これを読んで、青森の川柳人の青い顔を浮かべて私は哄笑した。

「岩手は下手」だからと言った舌の下に、宙に浮いた一群を見るのであるが、それは鶴彬の論文も分らぬ顔の一群でもあろうか。

大塚ただしは「川上三太郎の川柳史をひもといて」そこに社会的視点を避けた三太郎の姿を見た。それは鶴彬と対極をなす姿であった。

「新人の発掘と鶴彬」では

○遺言もないまっとうな母の空　さち

○妹は母に似ている納豆汁　さち

の二作品をあげて、川柳作品とそのバックボーンである精神の場を探究している。

彼の問題提起は地方の柳誌から発しているが、それは川柳史を正しく掴もうとする精神であり、川柳の骨の中へ降りていく作業と言うことができる。

その中で多くの川柳人に出会い、多くの川柳にめぐりあって、その方向や姿勢や、川柳の持つ感動を、ひたすら享受しようと苦悶している姿であるとも言える。

下北半島に住む高田寄生木の人と川柳に出会った「高田寄生木さんと私」には、そのことが深く伝わってくる。

ここに集積された論とエッセイは、大塚ただしが発掘しそして探検した、現代川柳問題集として成立している。

この厚い一冊を起点として、更なる力をもって歩んで欲しい。

蜩はこの世に向かって何を語っているのか。

今もカナカナカナ、カナカナカナ、カナカナカナと鳴き続けている。

その鳴き声が、走馬灯のごとく次の川柳作品を私の中に流しつづけている。

しもきたのはるでかせぎのむれがたち　寄生木
碑はいらぬ種三つだけ埋めておく　ただし
杉はドーンと倒れ私のものになる　さち
暁をいだいて闇にゐる蕾　鶴彬
汽車の窓区切り区切りに飢餓の村　剣花坊
国境を知らぬ草の実こぼれ合ひ　信子

詩人大塚ただしは、詩的実践による論を我がものとして刻みながら、初秋の颪や芒の群れにも触れながら、確かな歩みを広大な大地に残していくに違いない。

〈III〉

源義経の北行伝説

私の家の東に、細い古道が北へ伸びている。一〇五一年の前九年の役の頃、安倍貞任が朝廷の源義家(八幡太郎)に追われて逃げた道である。

源義家は安倍貞任《あべのさだとう》を追い「衣のたてはほころびにけり」と詠うと、安倍貞任は「年を経し糸の乱れの苦しさ」と返したと伝えられている。古川柳にも「ほころびを二人で綴る衣川」がある。

早春の一時、北上川を眼下に見る平泉の高館に私は立った。ここは源義経が死をむかえた場であり、左手に衣川が早春の光を放って流れている。

文治五年(一一八九年)四月三十日、源義経は、藤原泰衡の軍勢に襲われて自刃したと「吾妻鏡」が残している。

ところが文治四年(一一八八年)の春、源義経は妻子、弁慶らを伴って密かに平泉を脱出した。北上川の東に聳える東稲山《たばしねやま》を超えて遠野、釜石、久慈、八戸、夏泊半島、十三湊《とさみなと》、三厩《みんまや》から北海道の松前と渡っていった。私もかって三厩の龍馬山《りゅうばざん》義経寺をたずね、海岸にある大きな岩穴を見た。そして又竜飛崎に立って津軽海峡の向こうはるかに松前の地をのぞんだ。

義経らは北海道からシベリア、ハバロフスク、そして旧満州へと歩を残している。満州北部には「成吉思汗駅」が存在し、クロー(九郎)と呼ばれた武将がいたと言う。こうしたことから「成吉思汗は源義経也」(著者・小谷部金一郎)が生れたのである。

高木彬光著「成吉思汗の秘密」でも、義経と成吉思汗の二人が全く似通った運命を辿っていることが書かれている。

私も又この高館の地で、源義経の北行伝説が、春の水のように脈打つのを一人感じるのである。

詩と詩人との邂逅《かいこう》

裸体の雑木林に寒月が昇っている。この金色の満月に向かうと、その光が私の影を根雪に刻んでいる。この空間を飛んでいく冬鳥のように、私の脳裡にかつてめぐり会った詩人達の影がよぎっていく。その詩人について書く。昭和四十年、二十歳代の私は詩を書いていた。そこで職場の先輩である詩人、大坪孝二氏にめぐり会った。彼は機関誌の編集を行いその中に詩の野原があった。選者は山形の亡き真壁仁である。私は何編かの短い詩を投稿し入選した。それらを集積して二十六歳の時詩集『酸性土壌』を出版した。発行者は大坪孝二氏である。この詩集の装丁は詩人の高橋昭八郎氏であり、地上に捨てられた破れたコーモリ傘が表紙であった。私はすごく気に入って彼に手紙を書いていたのを覚えている。

その頃私は「川柳」に力を入れはじめ「火山系」という小誌を仲間と出していた。松永伍一著「日本農民詩史」に耽溺し『酸性土壌』と「火山系」を送ったのだったが、のちにこの詩集の「いちくちの稲」「ツグミ」が「土とふるさとの文学全集⑭大地にうたう」に収録された。その頃の松永伍一氏のハガキ一枚をいまも大切に持っている。

真壁仁選では多くの選評を得たのであるが真壁仁詩集『日本の湿った風土について』の「日本の農のアジヤ的様式について」が目に灼きついて離れない。

> 越後平野の百姓も、手で畔を撫でていた。／畔は落差をささえながら、山山の谷間までのびて棚田をつくっている。／畔に水が湛えられると、日本の全風景は大きな湖となってしまう。／そこに禾本科の草が実をむすぶのだ。／…

又詩誌「化外」を編集していた水沢市の詩人佐藤秀昭氏をたずねたのは吹雪の夜である。「化外」の背景を聞きたかったからである。

佐藤氏には多くの事を教えられたが、のちに佐藤秀昭詩集の「解説」を書く場を与えられた。かつて岩手県詩人クラブ会長であった北上市の詩人斎藤彰吾氏に会い、岩手の詩の分野について話し続けた日も思い起こす。

　又水沢市に住んでいた詩人北畑光男氏をその宿にたずね、詩と社会について討論したのも懐かしい。彼の詩集『飢餓考』は今も強烈に目に灼きついている。現在「別冊おなご」を出す詩人小原麗子氏の『小原麗子詩集』は岩手のおなごの炎がべっとりと地にへばりついている。近年「岩手ポエムフェスティバル」で詩人渡邊眞吾氏に会い方言詩の土着を浴びせられた。これからも岩手の詩人達と交流し続けたいと思う冬である。

一関《いちのせき》川柳教室

　二〇一〇年の春頃から私は一関市女性センターの「楽しく学ぶ初心者の川柳教室」の講師として担当した。川柳にはじめて触れる十人の女性達であった。

　私は白板に向かって、最初に川柳の歴史をはじめた。川柳の歴史二五〇年を辿りはじめたのである。柄井川柳から古川柳、狂句、井上剣花坊、井上信子、白石朝太郎、鶴彬、川上三太郎、麻生路郎、村田周魚、前田雀郎、岸本水府、椙元紋太そして時実新子までの川柳にかけた情熱の人々と作品を示していった。

　日本の昭和の歴史と共に生きた川柳人の姿であったが、井上剣花坊、白石朝太郎、鶴彬、井上信子らの活動については熱を入れて話した。

　そして又時事川柳を起こした野村胡堂が岩手県紫波町の人で銭形平次を生んだ親であることも彼の「胡堂百話」を例に出して話した。

　時実新子については、岩手に来た時の話や「時実新子全句集」八八七ページ一万五千円の重さと句群の光りを語った。時実新子は全句集の「あとがき」で「先達は『川柳は人間である』言ったが『川柳は私である』と言い切る境地に至った。…」と書いている。時実新子の個性の爆発とも言える。

　菜の花菜の花子供でも産もうかな　新子
　れんげ菜の花この世の旅もあとすこし　〃
　菜の花のまっさかり　死にたし　〃

いちめんの椿の中に椿落つ　〃
もしかして椿は男かも知れぬ　〃

このような川柳作品が「川柳は私である」と言い切った時実新子の姿であった。

私は最初から、教室で作句したみんなの作品を薄い短冊に書かせた。字は必ず辞典を見ること等を話して全句をコピーして、全員で批評鑑賞した。時実新子の「妻をころしてゆらりゆらりと訪ね来《こ》よ」とはどういうことですかと問われて閉口した。秋の文化祭に全員で出品したり、教室の女性一人の踊りを見て、又絵を描いている教室の人が「牡丹の花」の絵を持って来て飾り、それを見ての「印象吟」を作ったりした。

たまたま私が郵便局で「川柳個展」をしていることをと話して、川柳の多くを人々に見てもらうことの大切さを知ってもらった。教室では常にユーモアをまじえて話したことは良かった。

十二月に「一関テレビ」で放映され、全員でそのDVDを見て笑った。これからもこのような教室を続けたいと思っている。

冬の月のきびしさと父母と

鶴彬の人間を最もあらわしているものに、「田中五呂八と僕」という一文がある。

この秋この文を読み新鮮な感をもったが、田中五呂八は生命主義を唱え、鶴彬はリアリズムに重心を置いて二人は論敵でもあった。しかし田中五呂八の死に接した鶴彬は先の一文を書き残したのだが、この中に次の文があった。「……その鋭い高い深い広い批評的業績は、きょうこのごろそこらあたりに指導的理論のかけらもなしに大家先生づらをして、愚まいな川柳大衆をあやつっておさまえかえっているガラクタどもを百ダースあつめてもなお及ばぬ価値をもっている。恐らく田中のごとき批評家はまたと得がたいというべきであろう。…」

初冬の夜には星がダイヤのごとく、輝き息づいているのが見える。

○津軽弁しゃべると雪と接吻できる　風樹

○ピリオドを打っても波の音がする　めぐみ
○茫々の果てで亡妻恋う萩ススキ　てい一
○ヨチヨチと歩けば悲しいことばかり　岳人
○鉛ふたつ病む父よりも重きもの　文音
○涙はないそれぞれ帰る海がある　柳子
○一本の釘に三百六十五を吊す　志朗

「ドサユサ」「ワダバゴッホニナル」等の津軽弁は遠い日本の原風景のひとつであり、根雪に喉の化石ができると風樹。波の音は地球の自転と共に止まず、めぐみの影ばかり止っている。萩ススキの風の中に妻の影絵をみつけたてい一。ヨチヨチと又老人が子になっていく人間を岳人は知る。文音の心に落ちた鉛は恐ろしく重い地球の中心へ向かっている。

海は人間の発生地だろうか。柳子の目がきらきら輝く。五寸釘に志朗の日一日の意志と疲れた日常が吊るされ細くなっている。

○心境の変らぬ古希に雲走る　金次郎
○枯葉枯葉依怙地に冬を越しますか　千代子
○戯画ばかり書いていた永い青春　圭子
○無防備な花に仕掛けた火縄銃　和美
○吹く風の強さもひがむ北の果て　藤花
○いつまでの明日か鏡を拭き直す　てる
○父母がいるそれだけでいい冬の月　洋子

日常を支える風土は人それぞれの手足や言葉、精神までつくってくれる。

古希の地に立つ金次郎の背を、巨大な雲がぬけ、枯葉の声は風に泣き、うず高く依怙地の波をつくっている。圭子の青春は今も指の間にあって、それは戯画の群れであった。

火縄銃はゆっくりと火を抱き、好きな花をひきよせる和美。竜飛岬には崖に当って、ひがみ強まる風ばかりがあふれている。そして鏡にある自身を明日に見るてるが動いている。

吹雪が晴れ、キコキコ鳴く凍土の夜に、冬の月が照り返すとき、父母により生れ育ってきた自分の人間をじっとみつめ、感謝する洋子の目があった。川柳とは生きることだ、と冬の月が黙って光っている。白石朝太郎の「月も冬も厳しさの中にある」の一作品と並んで、私の目に刻まれた夜である。

北方の大地から

（一）

私がかって乗務した蒸気機関車D51、D50、C58、D60、C60、C61、C11等の窓から、その風景をつづりたい。

JR花輪線は、東北本線の好摩駅から、大館駅まで走る肋骨線である。美しい名前である。

　霧ふかき好摩《こうま》の原の
　停車場の
　朝の虫こそすずろなりけれ　　　啄木

石川啄木が生れ遊んだ渋民村が、駅の東側、北上川のほとりに広がっている。

この花輪線で貨車を曳いたことがあった。当時は、岩手山裏に、東洋一の生産を誇るイオウ鉱山が有って、松尾鉱山として栄えた時代である。

ハチロクと呼ばれた蒸気機関車の三重連が、岩手松尾駅から、竜ヶ森駅を越えるまで、喘ぎ喘ぎ登る様は、荷を背負って峠へと登っていく、人の影に似ていた。たくましく力強い音と石炭の匂いが、機関士と助士のナッパ服にしみこんでいくのである。

昭和四十年代の初期に、この花輪線のSLが廃止されたのだが、最後のSLを撮ろうと、全国から、SLファンがスズなりになって森の沿線に群れる日があった。

その日は私は偶然に、そのハチロクのSLに乗ったのだったが、このSLを撮るカメラマンたちを、機関車の中から逆に撮った一枚のめずらしい写真を持っている。

又八幡平《はちまんたい》国立公園を、友人数人と縦走した秋ももっている。岩手のシルエットが美しい秋の色につつまれるのは十月中旬である。紅葉の匂いに染まりながら山を越え、秋田県側の陸中花輪で泊った日、秋田名物のきりたんぽを大きな鍋で食べながら、酒にひたったった。

きりたんぽとは、ごはんを竹輪状にしたもので、もともと、その日の残ったごはんをこねて丸め、串にまきつけたことが元祖である。比内《ひない》鶏、まいたけ、糸こんにゃく、ねぎ、せりなをを入れると、舌がとろけてしまいそうである。比内鶏は赤い地鶏で、私たちが曳く短い貨車に、カゴに入れられて売られる光景を、淋しく見つめたものである。

それにしても、花輪線とは美しい名の線である。不思議なことに、この沿線は、めずらしいものが多くある。

秋田県は八幡平駅に多く、傘のように大きな秋田フキ(蕗)も小駅のホームにあふれている。

十和田南駅から近い鹿角市大湯《かずのしおおゆ》には、巨大なストーンサークルが在り、四千年前、縄文時代後期につくられた「日時計」が現代人を謎の世界へ誘いだす。そしてこのストーンサークルと近くの黒又山《くろまんた》ピラミッドが、大昔、宇宙人たちが降りたった基地であったと言う。石川啄木の生れた渋民村にも、聳える姫神《ひめかみ》山頂に、巨大な石組みが、日の出の方向を向いているのだ。ミステリー花輪線、と呟いてみる。米代《よねしろ》川、馬淵《まぶち》川の源流があり、大館市には、江戸の中期、封建制度を痛烈に批判した「自然真営道」の著者、安藤昌益《あんどうしょうえき》が尋ね来る人を待って眠っている。

(二)

青森県、八戸市から、岩手県の久慈市へ、太平洋に面して走るのが八戸線である。陸中海岸国立公園の北部とその沿線はつながれ、海の迫る海岸の崖すれすれに走っている。台風の季節に、高潮と豪雨にみまわれ、線路下の斜面が流されたことがあった。

この八戸線の久慈市寄りに、陸中八木《やぎ》駅、有家《うげ》駅があり、この海の駅を歩いたことがある。有家駅は無人駅であったが、すぐ下に太平洋が展がり、長い砂浜がつづいている。砂浜には漁師たちの船屋が並んで立っているのが見え、打ち寄せる波に、カモメの騒がしい声がはじける光景は、都会の雑踏では味わえぬ絵であった。

この砂浜を歩いていると、年輪の見える流木のようなものが転がっていた。なんだただの流木じゃないか、と一人呟いて、足先でその木を蹴った瞬間、私は痛さから、その砂場に倒れていた。その木は、私の足元から、わずか先にコロコロと、転がっただけなのである。

ウウと呻いた私を、その年輪のある木片が嗤っているように見えたのである。何を、とその木片を手にしたとき、私はアッと息を飲んだ。何と、それは年輪そのままの石であった。この木片こそ、木が石になった「珪化木《けいかぼく》」なのである。年輪を美しくあらわして、海に洗われた巨木の破片が、この砂浜に打ちあげられていたのだ。

地球の歴史、新生代三紀、今から、百万年前に盛んに茂ったメタセコイアのような針葉樹であったろうか。

この手のひらに入るほどの「珪化木」をポケットに入れ、私は古代の海に立ちつづけた。

波は時を刻み、打ち寄せ、その中をカモメの群れが歩いていたのだが、その中の一羽が、何やら黒いものをつつきはじめた、わたしはその黒いものを欲しくて、カモメを追いはじめた、すると、カモメはくわえた黒い円いものを砂上に落としたのである。

それはまだ生きている海胆《うに》であった。その生海胆をさっきの珪化木で割って、舌にのせると、私はすでに、縄文人であった。

豪雨に流された斜面に、巨大な松の形をした姿を見たのは、その後のことである。そこには土砂に埋もれた「琥珀《こはく》」が散らばっていた。思えば日本の琥珀の原産地が、この八戸線の終点、久慈《くじ》市の地層にあったのである。

○海に向き海に傾く漁夫の墓　　岳俊

久慈市には、日本最北限の海女が、海中にもぐって、海の幸を取っている。又八戸港に上陸したキリストが、青森県三戸郡新郷《しんごう》村で、ユミ子という女性と結婚、三女をもうけ、一〇六歳で没した。キリストの墓が、戸来《へらい》村（現新郷村）に残っている。十字架に消えたのは、キリストではなく、弟のイスキリが身代りとなったのだという、伝説が風に生きてくる。ミステリー八戸線地帯である。

（三）

―恐山への道―

青森県、野辺地《のへじ》町から陸奥《むつ》湾に沿って、下北半島のマサカリの柄《え》のあたりを北上するのが大湊《おおみなと》線である。

昭和四十年代のはじめ、宮沢賢治の「銀河鉄道の夜」に出てくる蒸気機関車と同じような、C11形タンク機関車の火を焚いていた時代があった。今から思えば加藤登紀子の唄う「灰色の時代」である。ベトナム戦争はアメリカのエスカレートによって、ジャングルを皆殺しにするジェノサイド作戦が、白黒テレビにナパーム弾・パイナップル弾を連日落としていたのである。

有戸《ありと》駅・吹越《ふっこし》駅などは、陸奥湾の青い波音が聞こえる砂に位置し、陸奥横浜《よこはま》駅というモダンな名は、全国一のホタテ貝の産地で、蒸気機関車の火室にも、魚貝の匂いが満ちてくる。五月、沿線の畑は菜の花の一色で埋まり、C11機関車と客車もろとも、菜の花の黄の世界に吸いこまれていくのである。燃える菜の花の中では、虫も鳥も人間さえ恋の季節をむかえるのである。

それは又海の魚も産卵する春風の中となってゆく、群れをなし、河川を遡ってくるチカ（ワカサギ）は沿線の波に、黒いかたまりとなり、わずか一メートル幅の川にも、先を争って産卵へとのぼるのである。夕方から夜に、このチカを取る漁火が、点々と燃える光景は、下北半島が冬から目覚めた熱い息のように思われた。

○菜の花菜の花子供でも産もうかな　時実新子
○菜の花のまっさかり死にたし　〃
○北のおんなに火のつきそうな春がくる　田沢圭子
○匂う乳房の先まで濡れて母となる　村上陽子

関西の時実新子と東北青森の田沢圭子、村上陽子らの川柳作品が、みごとに生きてくる下北半島の光である。

大湊駅に降りるとすぐに、焼鳥の匂いが充満してくる。

ここでは焼酎に梅酒を入れ「アマエッコ」（甘い）と称して飲むのである。最初、このアマエッコに吸われ、二杯、三杯と飲むと、ドカンと腰が立たなくなるのだ。焼鳥の鳥に祟られた思いが闇に浮かんでくる。

大湊は今、むつ市であるが、ここには海上自衛隊があり、釜臥《かまぶせ》山に大きなレーダーが光る。釜臥山の裏に、日本三大霊山の恐山が、病む人々や、亡き肉親に会いたい人々を待っている。

恐山は死者の霊の集まる山である。俗界と霊界の分岐点の三途の川を渡ると、血の池地獄、賽の河原そして極楽の浜が展がる。森を神として畏敬しつづけた私達の祖先、その後仏教が入り、一千二百年前に、慈覚大師が唐の国で修行中に「東方に霊山あり、そこに仏道を広めよ」と告げられ、辿り着いたのがこの恐山であった。

晩年の川上三太郎も、自らの死を予言しここに来た。

○恐山石積む愛か呪詛の手か　　川上三太郎

(四)

―恐山から仏ヶ浦、尻屋崎―

川柳人、川上三太郎は晩年、自らの死を予言して、この恐山に入った。からから回る賽の河原の風車は、輪廻転生の願いをこめた人々の意志の形である。

死者の声をあの世から呼びもどすイタコの声が、この恐山にあふれている。

○恐山ほと走る朱を落暉とす　　川上三太郎

川上三太郎の躰を流れる血は、すでに老残の影を蛇行していた。そして、この恐山に立って、自らの血の熱い余命を激しく感知したのである。人間の生と死の自覚が「落暉」という渕をあらわしている。

恐山とは不思議な場である。死の山でもあり、死を越えて生きることを教える山でもある。

○合掌の果てにたたずむ恐山　　岳俊

下北半島の西の入口、脇野沢《わきのさわ》から、仏ヶ浦《ほとけがうら》へと遊覧船が出発する。仏ヶ浦はアイヌ語のホトケウタ（仏のいる浜）から生れたと言うが、津軽海峡で命を落とした者はみな、この仏ヶ浦に打ち上げられる、と言われている。奇岩怪岩が二キロもつづく、この世と思われぬ場所である。

大町桂月が「神のわざ鬼の手づくり仏宇陀《ほとけうだ》人の世ならぬ処なりけり」と詠んで驚いている。私もこの場に立ってその奇岩の鋭角、岩の白さには一人声をあげたものである。水上勉の「飢餓海峡」の場を、波に打たれて思い出していた。そこから大間崎をすぎると、津軽海峡に面する風間浦村に、ひなびた下風呂《しもふろ》温泉があらわれる。

井上靖の「海峡」の舞台となったところだ。この温泉にある「海峡の宿」という名の宿に入り温泉にひたると、海峡の波の音が、枕を打ち返すのである。ゲタをはいてこの街道を歩くと、カランコロンとゲタが一人で声を発する。この道を大畑《おおはた》町へ向かい、本州最果て地の尻屋崎《しりやざき》へと辿っていく。

太平洋と津軽海峡がいちどに眺望できる尻屋崎に、白亜の灯台が待っている。地吹雪の冬も、力強く生きている寒立馬《かんだちめ》という、がっしりした馬の群れに、「お前もよくいきているなあ！」と声をかけると、馬は「なあに、北方生まれですから」と、あっさり目でこたえている。

岬の突端はどこにいっても淋しいものである。この尻尾崎も死を選んだ男女が身投げする崖が、波の中に暗く在った。下北半島は死の反語として生も又明るい。

下北半島の川内町は川柳の町である。「かもしか川柳社」は全国に「Z賞」なる作品賞を出し、下北半島第一の川内川沿いには小公園がつくられ、そこに川柳碑が立ち並んでいる。自然の中で川柳碑が光っていた。
○君は日の子我は月の子顔上げよ　　時実新子
新緑が美しい平成八年、かわうち湖畔に建てられた時実新子の巨大な川柳碑に、私はめぐりあった。

(五)

―釜石線のロマンと哀しみ―


岩手県釜石市はリアス式海岸の鉄の街である。昭和四十年初め、私は釜石駅裏にある釜石機関区に入った。

機関区の花は巨大な蒸気機関車である。D51585、D51737、D50650等の機関車の火室や煙室にもぐりこんで、いわゆるカマ掃除をつづけ、海に行っては躰を洗いつづけた。

さて、この夏もSL伝説再来と称する、SL銀河ドリーム号が釜石線を走るのだが、私にとってはSLに出会うことは祖父に会うようなものである。

ジェームスワットによって発明された蒸気機関車は、水と火のエネルギーによって、人間、物を運びつづけてきた。石炭一トンを燃焼するのだが、蒸気になってピストンに送られるエネルギーは百キログラムにしかならないのである。つまり九十パーセント以上のエネルギーが放射熱等によって失われるのである。だが、その効率の悪さが巨大な鉄の雄姿と、あの鉄の鼓動を私達に与えつづけてきたのである。それは又、最も人間らしい歩幅と間であったろう。

ナッパ服に汗の塩をふきあげ、釜石駅を出発する。鉄の街のベッドタウン小佐野、洞泉、陸中大橋を抜けると、巨大な北上山脈の下へもぐりこむ。土倉トンネルは四キロメートルもあり、上り勾配で喘ぐ蒸気機関車の床下に、北上山脈の山肌が美しい。
○機関車に来た蝶は女性かな　　岳俊

山脈の中に、上有住《かみありす》駅があり、この下に滝観洞《ろううかんどう》という鍾乳洞が口を開けている。この鍾乳洞の奥に落差二十九メートルの滝があって、地球の鼓動に打たれる。次の足ケ瀬《あしがせ》駅までが上り勾配で、ここから遠野《とおの》まで、なだらかな風景がつづく。遠野は周知のごとく柳田国男によって民話のふるさとと称された。だが、この民話とは日本が未だ統一されぬ時代から、続けられてきた私達の祖先の生活の歴史であった。カッパ渕やオシラサマのように、民話を通して伝えてきたものは、そこに生きた人々の夢と人の匂いでもあった。

この遠野駅に着く前に、岩手上郷《かみごう》駅が在る。無人駅だが、この上郷駅から南へ、小高い丘に、おそらく日本でも数少ない「反戦川柳の句碑」が建っている。地元の沢田市治さんという川柳人が、八十八歳の時、岩手県川柳連盟と協力して建てたもので、百句の反戦川柳が刻まれている。

亡き沢田市治さんは、四人の息子を戦争でとられ、三人が戦死、病死していた。「戦争は残酷だ、平和な家庭と人間の生活を破壊し、生きる希望のすべてを奪う。」と生前語り、息子たちの供養と共に「反戦川柳句碑」を建てたのである。ある秋の一日、柳人と私はこの句碑の前に立った。

（六）

―川柳句碑の意義―

小高い丘にその川柳句碑は建っていた。すでに落葉が地上に遊ぶ秋の日である。

○死を賭ける同じ路なら反戦に　零価
○戦争の空しさを噛む父の酒　広美
○地球儀の今日もどっかで弾の音　藤太郎
○玉砕の遺影空しく語りつき　岩鉄
○暗い世がくるぞ田螺のひとりごと　岳俊

百句の反戦作品が、すこし苔むした石の面に刻まれている。思えばこの川柳句碑を建てた沢田市治さんは、戦争にとられ帰らぬ息子さんを供養し、こうしたことがあってはならぬと決意したのであったろう。

そこには沢田市治さんの深い人間性があふれていた。

二度、三度この大きな碑をめぐり、私は川柳句碑の存在をあらためて考えていたのである。

実は私もこの川柳句碑にいくどかかかわっている。最初は昭和五十七年、鶴彬の川柳句碑を盛岡市に建てた。これは高橋竜平、吉田成一と共に発起人となり、全国の柳人に呼びかけ、二百人を越える川柳人の協力のもと、鶴彬が自分の命ととりかえたとも言われる次の作品である。

手と足をもいだ丸太にしてかへし　鶴彬

これは日中戦争からはじまる日本の戦争への道へ向かって、戦争反対を叫びつづけた鶴彬の、最後となる川柳作品である。鶴彬のことは、このごろ小説や川柳人、フリーライター等が書き残しているが、この反戦川柳作品は現代川柳を歩く私の胃に刺さるものである。

明治四十一年、石川県河北郡高松町に生まれ、井上剣花坊、井上信子と共に現在の「川柳人」の編集と評論、創作へ力を出し、戦争への暗黒の世で、反戦川柳作品が同じ川柳を行っていた大阪のMに密告され、投獄、若き二十九歳で獄中死した。彼の兄、喜多孝雄(故人)が東京から鶴彬の遺骨を抱きかかえ、盛岡市の光照寺の墓地に埋葬したのである。

近ごろ、岡田一吐・山田文子編著「川柳人『鶴彬』の生涯」の本が出版された。山田文子さんは、私達が、毎年行っている鶴彬祭に一度参加された鶴彬の妹である。

このごろ、川柳句碑の建立が見られる。個人の生きているうちに、という時代の一面であろう。それはそれで否定するものではない。

釜石線の岩手上郷駅の南に、沢田市治さんの意志による反戦川柳句碑、そして盛岡市の北上川を眼下に見る鶴彬の川柳句碑が在る。沢田市治、鶴彬は今は亡い。彼らは現代をどのように見ているだろうか。

(七)

―自殺案内者―

蒸気機関車のピストンと動輪の音は、今でも多くの人々の耳に郷愁と時代の風を呼び起こしてくれる。

汽車の窓
はるかに北にふるさとの山見え来れば
襟を正すも
　　　　　　　　　　　石川啄木

　　岩手軽便鉄道の一月（作品第四〇三番）
　　　　　　　　　　　宮沢　賢治
ぴかぴかぴかぴか田圃の雪がひかってくる
河岸の樹がみなまっ白に凍ってゐる
うしろは河がうらうらかな火や氷を載せて
ぼんやり南へすべってゐる
よう　くるみの木　ジュグランダー　鏡を吊《つる》し
よう　かはやなぎ　サリックスランダー鏡を吊し
はんのき　アルヌスランダー鏡鏡鏡鏡をつるし
からまつ　ラリクスランダー　鏡をつるし
グランド電柱　フサランダー　鏡をつるし
さはぐるみ　ジュグランダー　鏡を吊し
桑の木　モルスランダー　鏡を……
ははは　汽車《こっち》がたうとうななめに列をよこぎった
　　ので
　桑の氷華はふさふさ風にひかって落ちる

　石川啄木と宮沢賢治は詩人であるが、その生き方は異なっていた。放浪した石川啄木、土着しつづけた宮沢賢治である。私が蒸気機関車のカマ焚きをしていたころ、蒸気機関車に身を投げる人々が多かった。「オーイ今度入庫するＤ５１５８５はな、マグロがひっかかってくるぞ」と風が耳に語りかけてくる。マグロとは自殺者の肉片であり、機関車の動輪軸のまわりにこびりついていたのである。整備係の人々は機関車に塩をまいて弔い、それから整備にかかるのであった。ところが、この自殺者に会う機関士がいつも同一のＴさんであったのが不思議である。又マグロの機関車がＤ５１７３７にひっかかったぞ、そして又その機関士がＴさんなのである。

「あのな、飛び込みがあったとき、又かとゾーッとして一瞬目を閉じるよな俺」そんな口ぐせがＴさんにまつわりついていた。

　ある夏の夜、私たちが貨物列車を曳いて北上市から横手へ向かう一時、線路に大の字で眠っていた男が両足両手、首も一刀両断に飛ばされてしまった。非常ブレーキで止まってみると、両手、胴体、両足は路盤に残っていたが、頭部は闇の草むらへ飛んで見つからなかった。夏の夜のレールは冷たく、ヨッパライには最高の場らしいのである。

石炭の匂いの濃い煙と蒸気機関車の音と汽笛は、死をなにげなく呼びこむ自殺案内者でもあったのである。

(八)

―雪の蒸気機関車―

十二月三十一日、二十三時五十八分、盛岡発青森行、臨時列車のダイヤ札がキラリと私をにらんでいた。

蒸気機関車はD51の重連(二両連結)であった。

機関士と助士の私が先頭車である。発車五分前、機関車の火室は一時に緊張して火勢を上げていく。

ブロアーが煙突に激しく息を吹きあげるのが、耳に伝わる。蒸気は圧力計を上げて、安全弁が鳴りだす勢いであった。

「発車」「出発進行」列車はゆっくりと動輪を回しはじめた。

冬の闇夜にピストンの音が生きものとなった。

○すでに絵本の中で火夫満潮の顔さらす　岳俊

臨時休校列車は多くの客の顔をのせ、盛岡駅から平野と上り勾配の奥中山を越え、一戸駅まで止まらないのである。現在の電車であれば何ら苦というものもなく、他力(電力)で山を越えていくのであるが、蒸気機関車は生きものである。火と水によって蒸気をつくり、巨大なエネルギーをピストンに送らねばならない。その蒸気をつくる火と水と闘うのが乗務員(機関士・助士)なのである。二人の男が全身煤まみれになって、機関車は走り出すのであった。

各駅停車とちがって急行列車は小駅をつぎつぎと通過していくのである。であるから機関車はその先の線路がどのような勾配になっているか、全て読み尽していなければならない。闇に見える風景に線路の在る地理を目に浮かべていくのである。

盛岡駅→渋民駅→好摩駅→沼宮内駅も御堂駅へそし

てその駅の間の暗い風景がインプットされている。

○駅通過駅長消え牡丹雪　岳俊

ふるさとの山に向ひて
言ふことなし
ふるさとの山はありがたきかな　啄木

石川啄木のふるさと好摩駅が近づく。「好摩駅通過」「出発進行」ほの暗い好摩駅の灯の中でちらり駅長が凍って敬礼していた。タブレットを取る一瞬は風と雪との闘いで、ふっと息が切れて命が体を流れる。「後部オーライ」つながる客車は吹雪の中に浮かんでいる。雪の中の列車は宙に浮かび、すでに銀河鉄道の夜の鉄の塊となって疾走しつづけた。

と御堂駅の手前で後の機関車が汽笛を鳴らした。ふり向くと、助士のS君が手を上げて合図している。

次の駅で臨時停車の合図である。蒸気機関車の缶の水が不足しているのだ。時計は幸い五分ぐらいほどの余裕を示している。列車は御堂駅へ鉄塊となってすべりこんだ。五分間の仕事は、缶の水を満水近く補給することであった。雪ははげしさを増して、機関車を激しく叩いた。

(九)

―生き方としての川柳―

この御堂《みどう》駅から次の奥中山《おくなかやま》駅までが、東北本線一の難所なのである。貨物列車であればD51の三重連がみられる所である。上り勾配《こうばい》が続き「コンナ坂ナンノ坂」と喘ぎ喘ぎD51が黒い大蛇になって貨物を曳きあげていく。

この御堂駅は北緯四十度線上にあり、岩手県の背骨を北から南へ流れる北上川の源流のある地であった。

その源流は小池におちる水の一滴一滴でありそれを見たことがある。

○石に穴あけてる一滴の思想　岳俊

水の一滴の音が小川となり大河となり、人々の影を映し、人々の精神を育てていくのである。

この北緯四十度の岩手町に、目の不自由な川柳人、馬渕草《まべちそう》が住んでいる。

○全盲が聞けば声にも顔がある　馬渕草
○音が泣き音が頼りの白い杖
○減反を知らぬ皇居の稲が熟れ
○人間の言葉で犬が叱られる
○妻の愛秤にかけて見たくなり

彼が川柳の句会に参加する時は、いつも奥さんがついて来られる。

「妻の愛……」の句はそうした奥さんに対するストレートな感謝の念であふれている。

馬渕草のみじかい言葉がある。「漢字は便利だが点字しか知らない私には不便でもある。」「殻にとじこもるのではなく、体に障害を持った者でなければ作れない句作りを、模索してゆきたい。」「聞法の日々を重ねていながらも、目覚める事なく愚民を貪っている。」

彼の川柳に対する熱意は深く、作品にかける力は重いものがにじんでいる。

○失明をせぬ目を頂いた歎異抄　馬渕草
○南無夕日頭北面西にて拝す
○添う妻を菩薩と拝す白い杖

馬渕草の川柳作品に、短い言葉の光景が流れ、それは又ひとつの彼の「生き方」を暗示して鋭い。

井上剣花坊と共に「大正川柳」から「川柳人」へと、その編集を行った白石朝太郎の言葉を、私は早春の風の中で思い起こす。

「江戸時代の有名な国学者の机というのを見たことがある。只でくれるといわれても断りたいような机だった。良寛様はその机さえ持っていなかった。我々に勉強が出来ないということがあるものか。パールバックには精薄児の娘がいることは知られている。彼女はこの娘の治療代をかせぐためせっせと原稿を書いた。その原稿でノーベル賞をもらった。『みんな娘のおかげです』と言っている。どんな不幸も、幸福に塗りかえる生き方がある」

蒸気機関車の窓に映る風景が今も私の眼にどこまでもつづいている。

生涯現役の川柳人を求めて

外では雪が舞っている。

十九歳で川柳にめぐりあってから、私は四十年も川柳と共に歩んできた。

思い起こせば、私の祖母は九十三歳、父も又九十五歳まで生きた。その生き方はみんな違っていたが、「懸命に生きた」ということはできる。

日本は今、世界に誇る長寿国だが、その長寿の人々が努力して築いてきた年金や医療が、これらの高齢者のために向けられていない。現在、その論争が世に広がっているが、その大きな原因は「だれのための政治」を行うのかを考えぬ政権の保守であり、利権への腐敗である。

この中にあって、生涯現役の人々を凝視したい。

新藤兼人《しんどうかねと》（映画監督、シナリオライター）は九十六歳の現在も「自分の作りたい映画を作る」として四十八本目の作品を完成させた。「原爆の子」「第五福竜丸」「裸の島」等がある。

丘灯至夫《おかとしお》（作詞家）は九十一歳、昭和の愛唱歌をつくりつづけ、「高原列車は行く」「高校三年生」があるが、特に「高校三年生」は私もその時代を過ごしてきたので思い出深い。九十一歳で「霊柩車はゆくよ」を出した。コミカルが彼の持ち味とも言えよう。

やなせたかし（漫画家・絵本作家）は八十九歳、アンパンマンの絵本を刊行し、アンパンマンを世に広めた。彼の信条は「一寸先は光」である。作詞「手のひらを太陽に」は希望の光を持っている美しい歌である。

さてここで川柳に目を転じよう。葛飾北斎は宝暦十年（一七六〇）九月二十三日江戸に生まれ、九十歳で息をひきとるまで、画と川柳に徹した。彼はアメリカの有名な写真誌「ライフ」の「この千年で最も偉大な業績を残した世界の百人」（一九九九）に、日本人としてただ一人選ばれているのである。彼の残したものは浮世絵、風景画、漫画、春画まで、ありとあらゆるものを自分のものとした。注目すべきは画号を三十数回も変えていることであり、私の推測を言えば「東州斎写楽《とうしゅうさいしゃらく》」の落歌を用いて、浮世絵の役者、錦絵を描いたのは北斎である。

彼が晩年に画と川柳名に使用した卍《まんじ》(万治)百姓八右衛門、三浦屋八右衛門、画狂老人卍等は彼の明日を向く精神から発せられたものである。彼は言う「七十歳までの画は取るに足らず、九十歳で奥を極め、百歳で神意を発揮し、百十歳までの長寿を願う」と。江戸の世で九十歳まで生きた北斎は、自らの創作意欲を自然と一体化することに向けて、生への執念を保ち続けた。毎日毎朝「日新除魔」と語りながら、描《か》き捨ての獅子を残した。

葛飾北斎、新藤兼人、丘灯至夫、やなせたかし等は生涯現役に徹した。白石朝太郎も死ぬまで川柳を続けた。

私も生涯現役の川柳人として歩みたいと思っている。

地上を吹く風の中に白石朝太郎の次の作品を見る。

枯枝に秋の命の柿一つ　　白石朝太郎

古川柳と現代社会

二十一世紀の現代社会は地球環境破壊を第一として、人間の生存そのものが破壊されていく時代に見える。人間が地球上で一番とされ、核爆弾や毒の製造で人間を的とし、他の生物、植物や動物までが絶滅の時へと追いつめられている。すぐれた社会をめざすという日本も、五十五年体制としての政治がいちどに崩れたが、それは表面の雪崩のように見え、深い底の層には変らぬ政治とカネが化石のように積まれている。

さてこうした現代の社会を見るに当って、川柳の歴史は二五〇〇年を越えたのであるが、その出発となった古川柳の作品を次に掲げる。

○盗人をとらえてみれば我が子なり
○姑の日なたぼっこは内を向き
○寝て居ても団扇のうごく親心
○子が出来て川の字になり寝る夫婦

○役人の子はにぎにぎをよくおぼえ
○水損の畦を踏み分け女衒《ぜげん》来る

これらの古川柳の作品とそれに似る現代社会とを比較してみよう。「盗人を…」は現代の句とすれば「警察をとらえてみれば飲酒なり」と実際の話である。「姑の…」は内に居る嫁を見る姿だが、現代は又嫁が姑を見る世である。「寝て居ても…」は子供を抱く母親の姿であり、親殺し子殺しが現代である。「子が出来て…」これは親子の温い姿で、現代の子供もこうして育てなければならない。「役人の…」は現代の政治そのものとしてみると、殆ど古川柳と変わらず、自分のための政治家の多いことに驚かされる。政治とカネの世だ。そして「水損の…」は水害で全てを失った地に、特に子や少女を買う女衒がやってくることの恐怖川柳でもある。これから古川柳の持つ人間愛や権力の姿、そして又地震や津波の破壊による恐ろしさから、現代社会への強力な警告として見ることができるのである。私達は古川柳の作品から見ると、逆に退化しているのではないかと思うのである。

藁沓《わらぐつ》を履いた白馬

目を閉じると、満開の桜が海のように咲いている。その中を矢のように走りつづける馬群が私に向かって突進してくる。

胆沢《いさわ》郡胆沢町小山字斎藤の馬場に、祭の花火が鳴り響いた。四月十七日、船戸《ふなど》の祭である。出店は野原に軒を並べ、スルメの醤油づけ、スカばかりのクジ、針金の自転車、日光写真、当りのないルーレット、タコのゴム風船等を売るヒゲの男、ヒゲの女の声がひびいてくる。

朽ちた屋根の礼堂観音堂はひらかれ、そこのコンクリート台座に、二頭の白黒馬の神がまつられていた。ここから見下す谷下の松ノ木沢川が白い大蛇のように、水面を反射してゆっくりと流れている。

ここの地中には縄文土器の破片が多量に埋められていた。かつて私はその破片を一日中ひろい集めたが、その中に、その時代の釣針があった。縄文時代にはこの台地一帯に集落があり、彼らは縄文土器を焼き、その器で魚やクリ、トチ等の木の実を煮て生活していたのである。縄文時代は一万年以上も続き、その生活と精神は現代の私達に大きな影を刻んでいる。ここが船戸遺跡である。

　この船戸遺跡の周辺は、奥六郡（胆沢《いさわ》、江刺《えさし》、和賀《わが》、稗貫《いえぬき》、志和《しわ》、岩手《いわて》）を支配した安倍頼時、そして前九年の役の安倍貞任が八幡太郎義家に追われた「安倍《あべ》のみち」が在る。

　義家は衣川に貞任を追い「衣のたてはほころびにけり」と詠うと、貞任は「年を経し糸のみだれの苦しさに」と切り返した。古川柳に「前九年ひっぱりあって一首よみ」がある。

　この一帯の道には、馬の絵を刻んだ石碑が土に埋もれ、礼堂観音堂の中には、かつての二頭の馬はなく、一頭の白馬だけが藁沓を履いて立っている。この白馬の祖先たちは、かつてアテルイやその一族を背に乗せ、広大な胆沢の民衆を守ったに違いない。

○墓石もなくアテルイの血を継げり　　岳俊

二十一世紀の光を浴びて

　二十一世紀の元旦、東の空に太陽がのぼり人々はその光に頭を下げ合掌する。宇宙の劇は、銀河系の一点に太陽をとりまく惑星が誕生し、太陽系の地域が生まれ、生命と人間が生まれ出たのである。太陽は百億年の寿命をもち、現在は四十六億年輝きつづけてきた。

　地球上に人類が出現したのは、わずか五百万年前である。紀元とはキリスト誕生の年を元年としているが、世界の四大文明、エジプト文明は紀元前五千年、インダス文明、中国文明は共に紀元前三千年、そして又メソポタミア文明は紀元前六千五百年前に発祥しているのである。そしてこれらの文明が残した多くの遺跡遺物は二十一世紀の今日でも、とうてい創りがたい物ばかりである。

　このことを考える時、人類の進化はどれほどの速度であるか、と思われる。二十世紀の科学技術は「原爆」を生み、広島、長崎への投下は、人類の最も不幸なことであった。

さて、二十一世紀の初年の岩手県の川柳関係について探っていきたい。

初春の四月二十二日は「第九回東北川柳連盟岩手県大会（岩手県川柳連盟大会含む）」が花巻温泉で行われる。六月は「岩手県川柳大会」（北上川柳吟社）、八月は三陸沿岸川柳大会、九月二十三、二十四は川柳はつかり四十周年記念大会、十月中旬は岩手芸術祭、川柳大会が胆沢町で行われる予定である。

又十一月頃「日本現代詩歌文学館」主催による「第二回川柳人の集い」も催される。

これらの大会の一つ一つは皆川柳の中から発しているが、それぞれに「川柳の持つ新しさ」を求めていかなければならない。

その新しさとは一概に決められないが、ひとつ言えることは「個性の証」としての川柳へ、一人一人が向かっていくことである。

そこに「その作者だけの川柳作品」が生まれ、作品がゆっくり光りだしてくるのである。

東北川柳の土壌

岩手県の水沢市の中央にJR東北本線を越える「四丑《しうし》踏切」がある。その踏切を越えて、東へ向かうと北上川の広い流域があらわれてくる。

延暦《えんりやく》八年（七八九）六月、巣伏《すぶす》の戦いがあった所だ。エミシ軍二千人、朝廷軍五万人、しかしエミシ軍はゲリラ戦によりこの五万の軍を打ち破った。そのエミシの長《おさ》はアテルイである。アテルイは大和朝廷の大軍に向かい、これをつぎつぎ打ち破った。その頃、西の日本とは違う地がこの地図に在った。エミシと呼ばれた「まつろわぬ民」その指導者がアテルイであったのである。

だがアテルイは焼きつくされ、殺されていく民を見て、自ら首を都へ出し、朝廷の手によって処刑されていった。現在のアフガン人とどこか似ている。

私の地では「延暦八年の会」があり、「アルテイの里」として注目を浴びている。それは英雄アルテイの精神に学ぼうとする精神の姿である。アルテイ没後一二〇〇年に今火が燃えている。

東北の川柳の土壌は多くの先人達を地上にあらわしていった。

青森の安藤昌益《しょうえき》は医者、思想家であり、彼の農を中心とする「直耕」は、二十一世紀の世で生きていくであろう。

山形の上杉鷹山《ようざん》は倒産する米沢藩をみごとによみがえらせた名君であり、実践者であった。岩手の大槻玄沢《おおつきげんたく》、その孫の大槻文彦《ふみひこ》は「玄海」という日本辞書を編集した。福島の野口英世、秋田の小林多喜二は鋭い小説を書いた。宮城の井上成美《いのうえなるみ》は反戦平和の海軍大将であった。

東北川柳は今、日本の中でひとつのおもしろさをたくわえている。それは、この広大な土壌に、先人の精神が多く宿っているからに外ならない。そして川柳人の個性が「生き方」の明るい方向へ歩いて行くだろう。私達東北の川柳は、ここから大きく、そして深く発しられていけるだろうと思っている。

東北川柳の光景

（1）

二〇一一年三月十一日十四時四十六分、突然に家が激しく揺れ、私は裸足のまま外へ逃げた。大地が大波となり、雑木林がハリネズミとなって大きくうねっている。大地に両手をついて身構えるのがやっとだった。「午後三時頃津波が来るので沿岸の人は高台へ避難せよ」とラジオが叫んでいた。長さ四〇〇km、幅二〇〇kmの破壊断層で、北米プレートに太平洋プレートが二十m沈み込み、M9.0だと伝えていた。沿岸部は高さ二十三m以上の津波によって壊滅状態であった。死者・不明者二万六千人を超え、避難者は二十五万人に達すると報じている。そして最も恐ろしい福島第一原発が毀れて放射性元素が大気へ流れ出している。聞けば日本列島に稼働の原発は五十四基あり、計画のものは十四基あるという。地震に対して想定外という言い方は無い。日本列島原発で日本人の生命が危険にさらされているのだ。福島第一原発によって住民が避難している悲しい現実がある。一日も早い原発の停止と津波による復興を願いたい。

　さて二〇一〇年の東北での川柳大会のイベントは多くあったが、第二十八回東北川柳連盟川柳大会、第七十五回秋田県川柳大会合同川柳大会が平成二十二年九月五日秋田県大潟村ホテルサンルーラルで開催された。東北六県から一七三名参加、投句者は五十名であった。総合第一位は青森県の高瀬霜石、特選は左記の通り。

○東北川柳連盟大賞
　残留孤児は戦車《タンク》の音を聞き分ける　青森県　高瀬霜石
○青森県川柳連盟賞（高瀬霜石選）
　「ド」の音をいつも確認して生きる　大館市　斎藤泰子
○岩手県川柳連盟賞（佐藤岳俊選）
　臨終の枕辺に寄る遺産分け　潟上市　桜庭慧子
○宮城県川柳連盟賞（雫石隆子選）
　残留孤児は戦車《タンク》の音を聞き分ける　青森県　高瀬霜石
○福島県川柳連盟賞（丹治泉水選）
　コンバイン新妻も乗る日曜日　岩手県　新里山歩
○山形県川柳連盟賞（山田不及選）
　二人なら怖くなかった空財布　大潟村　宮田善拓
○秋田県川柳懇話会賞（渡辺松風選）
　ロボットのまだ負けてないこの生身　秋田市　鎌田昌子

　青森県では弘前川柳社、しらかみ吟社、金木川柳会、おかじょうき川柳社、川柳岩木吟社、はちのへ川柳社、川柳鶴田吟社、青森県川柳社等が独自の大会を行ったが、各賞は次の通り。

○不浪人賞（岩崎眞理子）「泣きながら育てた子らがよく笑う」○年度賞（岩崎雪洲）「春という人間くさい温かさ」以下四句、○蝶五郎賞（北野岸柳）○山家大賞（岩崎眞理子）○百彩の虹大賞（坂上たいら）○時事川柳年間賞（内山孤遊）

　宮城県は第五十九回東北川柳大会が平成二十二年九

月二十六日、仙台駅西口「アエル」六Fで開催された。参加者二二一名。

大会入賞者は次の通りである。○河北賞（新潟）坂井冬子、○川柳宮城野社賞（白石）西恵美子○夢助賞（仙台）中條節子、宮城県知事賞（福島・田村）松本幸夫、○仙台市長賞（仙台）仁多見千絵等である。作品は「橋の上でしたね名前呼んだのは《冬子》」「少年がひらりと渡る丸木橋《恵美子》」「抱きあったままで化石になるもいい《節子》」「逢えぬまま雨から雪になった橋《幸夫》」「あなたへの橋は真っ赤なバラにする《千絵》」

岩手県では春の県川柳連盟大会と秋の芸術祭川柳大会が大きいウエイトを占める。その間に岩手県大会等が行なわれた。

○連盟大賞

語りべの瞳に澄んだ川がある　柳清水広作

○夢助賞

足るを知る常に感謝の掌を合わす　高橋玲子

○文芸祭賞

擦り切れた切符で宙を舞う地球　小原金吾

○県民文芸芸術祭賞

日常という名の重い空気吸う（他六句）　中島久光

福島県も岩手県と同様に、連盟大会と芸術祭大会が中心となって行なわれた。

○県川柳連盟会長賞・篠原房子、県知事賞・下重秀石、県教育長賞・空閑旺照、第二十四回やぶうち三石賞正賞・三浦サエ子、準賞・吉田高明、三浦一見、鴫原正子等であった。

○山形県は山形県川柳句集を発行したことが大きな光である。

○大賞「再起への決意がぶりと噛むレモン《青木土筆坊》」

○準賞「本物の宝どれもが汗臭い《樋口一杯》」「人はみな輪廻の風のエキストラ《鈴木異呂目》」「大声で笑う間の自由席《竹田草可》」以上東北六県を見てきた。東日本大震災の大津波と原発の被害は、日本の姿を消すような悲惨さを生んでいる。住民の生活と国家の役割が今こそ鋭く問われている。川柳も又鋭い目を注いでいきたいものである。

(2)

大寒の大気に牡丹雪が音も無く降り続いている。この静寂の中で二〇〇九年の東北川柳をゆっくり思い起こして歩く。

青森では「北貌」「触光」「林檎」「ねぶた」等がその独自性を持って発行された、「触光」で大友逸星と高田寄生木の作品百句を掲げた。六十年、五十年の川柳歴を持つ二人を特集としたことは貴重である。又「鶴彬生誕百年」のこの年に野沢省悟が実母が鶴彬と太宰治と同じ生誕百年と書いていることに驚く。特に鶴彬について「手と足をもいだ丸太にしてかへし　鶴彬…まさに泥沼の日中戦争へと踏み込んだ年である。これらの作品を発表した鶴彬の勇気とその本質を見抜いた目に驚嘆する…。」と書いたが、これにも注目した。

「林檎」の同人紹介に髙瀬霜石が「…鏡を見て驚いた。川柳の芽を翳って性格はどんどん悪くなったのは自覚していた。しかし、顔もここまで悪くなっていたのには驚いた。ここまでくれば、仕方ない。…毒食わば皿まで…」と吐いているのは一徹の影である。「ねぶた」は「すいせん句抄」の作品とポストに風の流れが見られた。

岩手では「川柳かまいし」の鈴木南水が急逝して「かっぱ川柳」が絶えた。「川柳北上」の夢助賞「脳死論神はなっとくしていない　一滴」が選ばれ「川柳はなまき」年度賞「にこにこと来てニコニコと骨を抜く　道雄」が受賞した。これらの作品は現代社会の本質へ迫っている。「せんりゅう紫波」では高橋竜平の「川柳儀」のエッセイが読ませる。「川柳人」は「鶴彬生誕百年特集」を組み「剣花坊、鶴彬祭」も実践した。

「第四回現代川柳の集い」が北上市で開かれ「集い賞」に「エア少し抜いてやさしくなった毬　柳清水広作」が受賞した。

又映画「鶴彬──こころの軌跡」を十一月に上映して多くの人々に感銘を与えた。

宮城では「川柳宮城野」「杜人」「せんりゅう弥生」等が出されたが「宮城野さろん」で「吉野作造、後藤新平、笹川良一」を橋本章が書き、「鶴彬のこと」として小岩尚好が書いているのに注目した。特に「川柳宮城野」の前の「川柳北斗」に「井上剣花坊と石川啄木（鶴彬）」を載せた濱夢助、後藤閑人等の声が載っているのは大変貴重である。又仙台文学館の〈川柳講座〉や〈ことばの祭典〉を雫石隆子主幹が中心となっているのは喜ばしい。宮城野賞は伊藤我流、荻原鹿声又最優秀作品賞「個を通す川は形を変えながら　唐木ひさ子」が受賞している。津田暹「川柳の読み方と選評」も目に刺さった。

又菅原孝之助が「川柳の持つ独自性」を発信しているが、これは俳句、川柳、短歌と並ぶ中で特に重要なことである。

「杜人」は作品と共にエッセイ、論が増してきた。「その詩型を読む理由　三枝桂子」「いったいここはどこだろう　芳賀博子」等が心に残った。「弥生」では藤井比呂夢の鑑賞、渡邊眞吾（詩人の眸）、熊谷岳朗「お邪魔します」等が毎号流れている。「朝太郎名言」等も破片として光った。

秋田では「川柳すずむし」「川柳銀の笛」等が活発な発行を続けている。特に「すずむし」では一月号から、故山村夕帆が昭和五十五年一月号から五十六年十二月号まで連載した「秋田県川柳史」を再掲している。これは柳誌としての一つの重さをあらわすものである。

第一回には「井上剣花坊能代へ来る」が目に刺さった。それによると、大正七年六月一日、能代の「わさび吟社」が主催し師（剣花坊）を入れて二十人だった。剣花坊の句「わさびほど利いて買わない米屋町」。全国では百年、百号を期して厚い記念誌が出ているが、柳誌に続けることは重要である。又「忘れ得ぬひと—渡邊銀雨さん（菅禮子）」が載っているが、この文が光る。「銀の笛」は一九一号で長谷川酔月が「平成二十一年を振り返って」を書いたが「秋田国際俳句、川柳、短歌ネットワーク」に関わったこと「吟社創立16周年記念大会」「鶴彬こころの軌跡上映呼びかけ」等の実践を残していることは大切なことである。

福島では各川柳社が独自の歩みを続けているが「川柳連峰」の「巻頭作家作品」「ユーモア川柳」「昇の鑑賞&添削」等が柳誌をふくらませている。この中で「悪い歯は一本もないオール義歯　浅川和多留」「ライバルの影をこっそり踏みつける　三浦幸子」等のユーモアに重きを置いた句が残っている。山形では「山形文学祭」で「川柳、作品と風土」（講師、雫石隆子）が実施され、この中で東北川柳の重さと関西の軽みが語られたことは重要である。米沢市で東北川柳連盟大賞「北へ北へドンキホーテの影消える　横村華乱」が受賞。

二〇〇九年の東北川柳を歩いて来た。全体に作家論、エッセイ、評論が希薄である。今後に期待したい。

（3）

冬空に冷たい雲が流れている。二〇〇八年の東北川柳を思い起こしている。青森の「川柳ねぶた」で佐藤古拙が「陸羯南《くがかつなん》と剣花坊」を書き「正岡子規と剣花坊」の革新を起こしたことに焦点を当てた。また青森県川柳社六十周年記念合同句集を出して結晶とした。第六十二回青森県川柳大会で辻晩穂が「地方の時代と川柳」を講演し、三條東洋樹賞、大雄賞、川柳Z賞の役割と受賞者の横顔に切り込んだことは大きな力であった。柴崎昭雄著「ゼロの握手」は彼の半生を刻み「詩と川柳と家族」の愛を語り貴重な精神を放出した。北貌（高田寄生木編集）は「かもしかし」の残像を残し作品中心主義を重ねている。「触光」では野沢省悟が「時事川柳」を企画しているが、川柳の時事をどれほど追求できるか期待したい。

岩手の「せんりゅう紫波」が三百号記念特集を出した。河であれば中流と言える。この中で子供川柳「家族」が発表された。《かさわすれ雨ふる先にお母さん　小五遠藤公志郎》《ほろ苦さ家族に話し甘くなる　小六　三船恭太郎》が現実生活を圧している。「川柳北上」で鈴木星児が巻頭言で「川柳は抵抗の文学」を語り《遺伝子が泣く人類の啀み合い　七草》の芸術祭賞作品をとりあげ論じたのは意義がある。「川柳人」は「格差社会を考える—中岡光次」「井上剣花坊・信子—高橋竜平」「鶴彬のこと—秋山清」等の論を中心に社会性を求めた。「川柳はなまき」では推薦作品とその評を毎月文として掲げているのは重要なことであった。「川柳原生林」の「栞」の短文で「講演余話—千葉国男」が講演とその時間について論じているのがおもしろい。「川柳かまいし」が米沢市、釜石市、東海市との文化交流誌上大会を実行したことは場を誌上にした良い企画である。独自の方法を岩手に見た。「軽い目眩」（田中士郎句集）「走馬灯」（藤村秋裸句集）「じゃんぬ・だるくのひとりごと」（佐藤美枝子著）が発刊。

宮城では「川柳宮城野」で「またも総理の退陣―あきた・じゅん」が論じ「政治家が職業化している」その現象として「ポイ捨て」が在るとしているのは注目すべきことである。

また、「川柳もうこ」が「田母神前空幕長の論文と行動から―小田綱」を載せ「…戦前の軍隊を恋しがり暴走しようとしている…時事吟で見つめよう」と論じた。これらのことは川柳と社会性を身近にした優れた論であり川柳誌に必要である。「杜人」では編集人の広瀬ちえみが「渡辺隆夫小論」を書き、作家と作品を論じた。このことは他の柳誌に作家論が無いこと、句会報的柳誌になっていることへの一矢でもあり注目した。「せんりゅう弥生」に西恵美子が「思いつくままに」を載せ、女優の森光子の川柳をとりあげ「継続は力なり」を力説している。宮城県川柳連盟は「ジュニア川柳」に力を入れている。《水まきでぼくが作った虹の橋　小六　中嶋宙》《この水がご飯の旨さのかくし味　若生佳奈》《下水道はずかしがりやの働きマン　小四　小保沙紀》等、今後も進めてもらいたいアクションである。

秋田では「川柳すずむし」「川柳銀の笛」を中心に見た。「十年、二十年後の川柳を思う―渡辺松風」は全日本川柳福岡大会の参加の感想から川柳人の高齢化に焦点をあわせている。高齢化を嘆きながら「…誰かが何とかしてくれるのではなく、お互いが川柳の裾野を拡げるような努力を普段持ち続けていくことが川柳の将来に繋がるものと思っている」に耳を傾けた。全国的に高齢化に向かう川柳界へ放ったものである。このような論とそれに添った行動は川柳社の使命でもある。

「川柳銀の笛」では創立十五周年で合同句集を出版した。長谷川酔月が序の中で「…讃辞をいただくより、厳しい審判を甘んじて受けることで明日の銀の笛の糧とさせていただこうと思う。…」と述べるのは明日への力を期待してのことである。

合同句集は結集した川柳人の時の作品であり、一集二集と増すことにより川柳の歴史が創られていくことへの認識でもあると言える。福島では例年どおり「川柳連峰」「川柳三日坊主」「蘭」等が発刊されたが「川柳連峰」の山田昇が「日川協への加盟」で「…大衆文学としての川柳普及向上を図り、もって我が国の文化の発展に寄与する。…」を認識し一歩一歩進みたいとしている。この方向は大切であり、着実に進んで欲しい。また柳誌の中で「作品鑑賞と添削」のスペースが大きいのはうれしいことである。第二十六回東北川柳連盟大会では《ふたつの目ふるさととなる妻が居る　小林左登流》が大賞に選ばれた。山形では「川柳やまがた」に川柳人が結集している。他の柳誌共に「巻頭言」で「川柳は創るのではなく『生まれる』『感ずる』心を吐くものであって欲しい…」と大関ただ志が残している。東北川柳は総じて「岩手の子供川柳」「宮城のジュニア川柳」「秋田の全県子供川柳」への育成への力が今後、益々重要さを増していくことに大きな期待を持ちたい。

(4)

木枯しの泣く声の中で、二〇〇七年の東北川柳をゆっくり振り返ってみる。青森県では杉野草兵の死があった。杉野草兵と高田寄生木は一九八三年に「川柳Z賞」を創設した。これは川柳への情熱を持った者へその意欲を示すものであった。第一回受賞者は細川不凍で、「流氷接岸　心カタカナにして臥す」等の作品が在る。二〇〇七年第二十五回大賞は山崎夫美子の「春暁の部屋に溢れてくる鴎」等が選ばれたが、二十五回をもって終えることは残念である。杉野草兵のこの賞に尽くした力が彼の死によって燃えつきた。「川柳ねぶた」は「山家集」「時事川柳」も健在だが「随想」の中で「いつかは高木恭造賞（内山孤遊）」がおもしろい。「北貌」（高田寄生木編集）は下北半島発川柳同夢で句を中心に出している。「触光」では野沢省悟が「文学とは何か」等を発信している。俳句を意識したものである。また九月に死去した山村祐に光を当てている。北野岸柳は川柳二五〇年句会（東京）で「堀」の選者をつとめた。

　岩手の「川柳かまいし」は第四回河童川柳誌上大会を続けている。ローカルからの発信に力があった。「川柳紫波」の「川柳儀」で高橋竜平が「俳句探検隊」を書いているが、「季語」によりかかる俳句を追求し川柳と比している。「川柳はなまき」には「こぶし」の間があり推薦作品を鑑賞できるのがよい。「川柳人」では中岡光次、大塚ただし、高橋竜平等が論を展開した。「川柳原生林」の「この頃思うこと（藤村秋裸）」はその辛口さが話題となった。「川柳北上」には鈴木星児の巻頭言が時間に触れていることが新鮮であった。

宮城では第二十五回東北川柳連盟大会第三十四回宮城県川柳大会が四月十五日に開催され、大賞は千島鉄男《逝った児を抱くと真綿の雪である》であった。「川柳宮城野」は第五十六回東北川柳大会を仙台で開催した。二六八名の参加は東北で最大の規模であり記念講演「川柳家の系譜」脇屋川柳が川柳の歴史とそこに活躍した川柳人の動きを語った。「松浦静山と川柳」の著書を執筆した脇屋川柳の歴史性の重さを会場に残した。宮城野創立六十周年と川柳発祥二五〇年がマッチした大会であったが、講演等も取り入れたことは貴重なことである。河北賞、本村靖弘《戦争を妊りかけているボタン》。夢助賞、谷隆男《途中下車神の誘いのうまい蕎麦》。杜人社賞、西恵美子《夢という名の乾パンを持ち歩く》。「川柳杜人」は評論、エッセイ、一句一遊等のページが重さを持っている。佐藤みさ子句集「呼びにゆく」を広瀬ちえみが鑑賞しているが、句集のテーマを掘り下げているのは大切なことである。《たすけてくださいと自分を呼びにゆく　みさ子》。「せんりゅう弥生」では藤井比呂夢、渡邊眞吾、熊谷岳朗等が作品へ向かって論じ、詩と川柳の接点を探っているのがおもしろい。小川柳会のふくらみを持っている。

福島では「川柳三日坊主」「川柳連峰」「川柳海」等が号を重ねた。《夏枯れはしない五七五の泉　良子》は三日坊主発行人・佐藤良子の句だが、全体的に句会中心である。「川柳連峰」で山田昇が「安積開拓」を書いている。郡山市の現在を遡って川柳誌に残すことは貴重である。特に読ませるものとして「私の宝ものシリーズ」「ユーモア川柳」が目に止まった。「蘭」の佐久間が「川柳という石段は、険しく厳しい道である。…」と述べ「こつこつ努力する『鈍』でいい。…」と巻頭言で記している。自らの川柳から発見した言葉で意味がある。

柳誌の中に絵と書を取り入れ、そこに川柳を刻むという実践をしていることは他の柳誌に見られないことだ。「川柳海」は「テトラポッドの鑑賞」等を中心に進められたが十二月に最終号を出した。川柳の老年化を小野清秋が病んで訴えていた。

秋田では「第七十二回秋田県川柳大会」を秋田市で行った。この中で「川柳まで千里、詩まで十里」の題であゆかわのぼるの講演があった。彼は詩人で「村・謀略」等の鋭い詩がある。秋田の文化を広めない精神への激しい怒りが出ている。私達に示唆を与えるものだ。「川柳すずむし」の巻頭言、渡辺松風「お宝発見」が残っている。渡辺銀雨とその母の句を発見したと言う。彼は「どんな形でも自分の作品を残すべき…」と記している。

「川柳銀の笛」の彩雲抄が墨作二郎推薦で新鮮。「忘れ得ぬ人々」も読ませる。山形の「川柳やまがた」で山田不及が「温暖化とその対策」を論じ「命をかける点では川柳も同じだ」と巻頭言に刻んだ。川柳誌にこうした現実を記すことは必要なことである。

東北の川柳をダイジェストに記した。二〇〇八年は論やエッセイ等で個々の柳誌が埋まることを望みたい。

(5)

二〇〇六年の東北の川柳界を振り返る初冬である。

二〇〇六年の特筆は(社)全日本川柳協会による「全日本川柳二〇〇六年岩手大会」である。昭和四十九年十二月に発足した日川協が、昭和五十一年の第一回東京大会から、今日の第三十回岩手大会まで続いたのは、日川協と大会開催地となる地元による並々ならぬ努力と強力の賜物である。岩手大会の花巻の地は、交通の便が悪い所にもかかわらず、五〇〇名を越える沖縄から北海道までの参加者で成功した。全国川柳人の交流の場として意義あるものだが、その内容は今後変えていかなければならない。

岩手の「川柳北上」は六〇〇号に達し「川柳北上年間賞優秀作品集―たゆまず―」を発刊した。「川柳はなまき」も四〇〇号記念として「四〇〇号記念誌上川柳大会」を別冊で出した。「せんりゅう紫波」の特記すべきものは高橋竜平の「川柳儀」である。この中では「穿ち論について」「共謀罪について」などが鋭く論じられ、現代川柳の影の部を追求するものである。

「川柳かまいし」も「三〇〇号記念合同句集」を発刊し「河童川柳誌上大会」や川柳展も行った。「川柳原生林」には内容の厳しさが見られた。「川柳人」は八七〇号に達し「鶴彬・井上剣花坊祭」や評論中心の柳誌である。花巻温泉では「第二十四回東北川柳連盟・第二十二回花巻温泉杯合同川柳大会」が開催された。

青森の「川柳ねぶた」は川柳忌県下川柳大会を九月二十三日に行った。大賞「電線に引っかかっている民の声（さざき蓬石）」、「双眸」は二十一号で「特集時事川柳二〇〇五年」を編んだ。

意欲ある企画で重い価値があったが、二十四号で野沢省悟が突然「双眸」の終刊号宣言をしてる。「触光」という造語で創刊を知られているが、終刊と創刊のそれが何を意味するのか見守りたい。「北貌」は下北半島の高田寄生木の編集で手作りのものだが、全て「句会、作品」に徹している。かつて「かもしか」の影が化石のごとく光っている。


宮城の「川柳宮城野」も七〇〇号を越えた。「七〇〇号誌上川柳大会」開催「母からのたすきが少し濡れている大沼和子」、「せんりゅう弥生」は手作りの柳誌だが、藤井比呂夢、詩人の渡邊眞吾等の鑑賞、エッセイが深みを与えている。

「川柳杜人」は二〇〇号を越えた。作家論や「絵で読む川柳」等に他柳誌と異なった内容がある。

秋田の「川柳すずむし」も四〇〇号へ向かっている。三六八号で渡辺松風が川柳すずむし三ヶ条を述べている。その中心は「和」であるとしている。エッセイでは佐々木文子「暮らしの歳時記」等が中心となっている。

「川柳銀の笛」は一五〇号へ全力で走っている。七月の「銀の笛川柳大会」での「私と川柳―あきた・じゅん」の柳話は、川柳へののめり込みを語っていておもしろい。「川柳談話室―田村常三郎」の川柳史の一面、例えば「吉川英治と川柳」に井上剣花坊、信子と吉川英治の接点が記されている。

山形の「川柳わっか」三月号巻頭言で、亡き黒沢かかしが遺言のごとく書き残した。東北の鬼のように、声を大にして自分の川柳論を吐きつづけた彼である。句集「あいうえお」「ひとしずく」「かきくけこ」黒沢かかしは生き続ける。

福島の「蘭」は二〇〇号で「全国ジュニア誌上大会」を行った。「亡き祖父に会える気がする雨上り　三船恭太郎」「今すぐに平和のとびら開けたいな　新井谷永光」「いやな事空を見上げてわすれよう　伊藤亜香里」等の小学生の川柳がきらめきと眼の力を発している。

「川柳海峡」は平成十七年度海峡大賞「生かされて今日も確かな水の音　箱崎芳苑」「しあわせの頂点にいる目玉焼　中野敦子」等を選出し意欲を示した。「川柳連峰」は二十号を走る若い柳誌だが「展望台」「巻頭作家作品」「あだたら集」等に連峰の光を見ることができる。

かつて「川柳は中年文学」を論じたのは山村祐であるが「双眸二十四号」で野沢省悟が「川柳は老年文学」でもよいと思う、と語っている。この中で東北では「子供川柳」へ力を出していることに注目したい。川柳宮城野の「あすなろ抄—津田公子選」「いきいきとはたらくままはかっこいい　太宰完」「お母さんいそぐとしんごうむししてる　漆原まりあ」、郡山市「蘭」のジュニア大会「たんす開け母のへソクリ見ちゃったよ　田村麻里奈」。岩手では「いわて子ども川柳を育てる会」が発足した。「足音で母の気分がすぐ分かる　只野梨良」「つよい風それでもぼくは歩くんだ　澤口和喜」に希望を見た一年である。

Ⅳ

私の川柳論

皆さんこんにちは、ただ今ご紹介いただきました佐藤岳俊です。本日は平成十七年度秋田県民芸術祭参加、第七十回秋田県川柳大会にお招きいただきありがとうございます。

そして又秋田県川柳大会おめでとうございます。

本日のお話の題は「私の川柳論」という少し堅い標題ですが、端的に言いますと、「川柳は自分の世界をうたうのだ」ということです。

そこでわたしの生い立ちを少し話します。

私は昭和二十年生れです。日本の歴史を見ますと、昭和六年の満州事変から、昭和十二年の日中戦争、そして太平洋戦争という、戦争の暗い世界が十五年もつづきました。

日本は昭和二十年、広島と長崎へ世界最初のアメリカの原子爆弾を落とされ、両手をあげたのです。周知のようにマッカーサーの占領によって占領国となった敗戦の日本の世でした。

この中で生まれた私達の小学校の同級生は、十六人でした。

私の父は次男でありましたので、その時代つまり昭和の初期の戦争日本の世で、海軍へ志願して出征したのです。

父は海軍でしたので、日本最初の航空母艦や、魚雷にたずさわっていたことが、茶けた紙に残っています。父に話も聞きました。

南方、東南アジアを回り、そのうちにマラリアの病にかかって帰還させられたのです。

平成五年二月に九十五歳で亡くなりましたが、マラリアで言葉が不自由な姿であったのです。

○ひからびた田螺ひとりの農夫の死

○走馬灯ゆっくり亡父の声がする

東北地方からも多くの男達が、戦争にとられていきました。

そのことを私が知ったのは村にある墓の群れに刻ま

れた戦死者の名前です。

○天皇の足裏にある村の墓

数多くの戦死者の墓を見たのです。

昭和二十年、帰還した父と母と、生まれてまだ四ヶ月ほどの私は、父の兄（長男）の家の隅、納戸という暗い部屋で暮らしました。

小学校に入ってのち、祖父から父がもらった田圃は三反でした。

冷たい水の入る狭い田を、三本鍬でいちまいいちまいずつ起こす父の姿を見て、私は育ったのです。

そこには足の踏み場もないほどの「田螺《つぶ》」が群れ棲んでいたのです。

○慟哭の跡か田螺が泡を吐く

○暗い世がくるぞ田螺のひとりごと

その田螺の姿は黙々と田を起こす父の姿であり、東北人の姿だと私は感じたのです。

小学校三年生頃、父母は森林の中に小さい家を建てました。その森の中の家で生活したことは、森の中の木々、草、虫や小動物を手で触れることであり、私の少年期に多くの贈りものを与えてくれました。

私は森の木々にも育てられたのです。

○馬死んで大きな森がつくられる

○冬木立父母の背骨のまま つづく

中学になると世は増産の政策から、開田がすすめられ、私の中学校も学校田や畑、学校林があり、林の下刈り、田植え、脱穀などが生徒の労働力ですすめられました。

他人の家へ稲刈りに行った日には、稲十パ、四三二一と重ねていくのですが、それが一束《そく》と言ってそれで十円でした。

修学旅行に全員行くため「修学旅行納豆」を十円で売り歩いたのをおぼえています。

私は新聞配達や旧正月にアメダマも売り歩きましたが、新聞配達も行い、一部一円でした。冬になると吹雪の朝、ポツンポツンとある家を歩いたものです。

新聞社から一ヶ月一～二枚ぐらいもらう映画の招待券が、何よりも嬉しかったものです。「二等兵物語」の伴淳やアチャコの喜劇を見たのもこのころです。界俊二がスリとなってお祭りでフンドシをスッた光景もありました。映画のおもしろさを一人感じたものです。

昭和三十九年、高校を出て釜石の機関区に入りました。国鉄の蒸機機関車の庫です。

ここで煤と油に浸りながら、職場にあった一冊の「川柳誌」に出会いました。

「川柳はつかり」です。釜石市は港街であり鉄の街で、二十四時間、溶鉱炉の火が駅前を燃やすような明るさでした。いわゆる高度経済成長、右肩上がりの日本の姿がそこに燃えていたのです。

○大漁旗高く目にしむいわし雲
○海に向き海に傾く漁夫の墓
○冷蔵車だけ並んでる海の駅

その後二十歳で蒸気機関車の助士、いわゆる罐焚《かまた》きになりました。

石炭一t焚くと一〇〇kgだけの熱量しか出ない大変効率の悪いSL（スチームロコムティヴ）蒸気機関車と、昼夜、貨物列車を引いて走りつづけました。だが、この効率の悪さが、どこかに人間に似た姿と息をしていたのです。

JR釜石線は花巻から釜石までの野や山脈を越えるのですが、冬の夜空の星座の美しさは、宇宙を走る、銀河鉄道とそっくりで、宮沢賢治の「銀河鉄道の夜」をそのまま実感したものです。

○機関車に来た蝶は女性かな
○火傷した指D51の跡なんだ
○火を抱いて機関車闇へとけてゆく
○終焉の機関車枯葉埋めつくす
○赤字線折ればごくごく血を吐ける

この乗務員の職で、火と水の力を認識したのです。ここで機関車の窓に流れる風景と人々の生活の姿を目に映しました。井上剣花坊の句に「汽車の窓区切り区切りに飢餓の村」というのがあります。この窓から社会の光景を読み取ることができたのです。

秋田県とのつながりは、盛岡～赤渕～田沢湖～大曲とつづくJR田沢湖線、又好摩～大館をつなぐJR花輪線です。

D51《デゴイチ》、D50《デゴマル》、8600《ハチロク》、C62《シロクニ》、C58《シゴハチ》など機関車の形式はいろいろあるのですが、やはり貨物列車専用の

D51は強力な力をもっていました。高速貨物用の蒸気機関車なのです。

　そしてこの昭和四十年代はじめに、私は白石朝太郎という川柳作家に邂逅したのです。

　すでに七十歳を越えているというのに、目はランランと輝き、川柳作品は彼朝太郎自身に徹したものばかりでした。(写真有)この頃の写真がこれです。

○目出度目出度と貧しい村の唄
○月も冬の厳しさの中にある
○乳房は二つ思いもまた二つ
○極寒を故郷として鳥白し
○立派な人だった不幸な人だった
○怨念を捨てて吹雪の音といる
○石一つ置いて気のすむ墓となる
○人間を取ればおしゃれな地球なり

　私は白石朝太郎先生に川柳の形と精神を教えられたのでした。それは「自分の句」を作るということでもあったと思います。「自分の句」へのこだわりです。

　白石朝太郎先生の師は井上剣花坊でした。

　明治三十六年(一九〇三)日本新聞に「新題柳樽」を開設した井上剣花坊は、その後大正川柳を大正元年に出し、白石朝太郎(維想楼)を編集者として発行を続けたのです。

　昭和九年九月十一日、井上剣花坊が亡くなり、その後は妻の井上信子、鶴彬らが「蒼空」を昭和十年に出しましたが、社会は戦争へ戦争へと向かう日本軍国主義の激しい世だったのです。

　ここで鶴彬《かつじ》について、短く説明します。鶴彬は本名、喜多一二、明治四十二年(一九〇九)一月一日、石川県河北郡、高松町生まれです。高松町は能登半島へいく途中に在る海沿いの町です。

　十五歳で北國柳壇に次の川柳を残しています。

○静かな夜口笛の消え去る淋しさ　　喜多一児
○燧火《マッチ》の棒の燃焼にも似た生命《いのち》
○皺に宿る淋しい影よ母よ

　実は鶴彬は母の肌を充分に知らずに養子に出されたのです。

　これは鶴彬の最初の川柳であり、のちに彼が述べた

「川柳は詩である。詩の領域における特殊的な創作方法と、型式をもつ短詩である」の先取りをした若々しく、息をもった川柳であると思います。

昭和元年（大正十五）（一九二六）、十七歳で大阪へ出て、四貫島で労働者として働きます。ここで田中五呂八（北海道）「氷原」の川柳革新に師事しているのです。昭和三年十九歳で鶴彬《つるあきら》と名を変えています。

田中五呂八の生命主義派と森田一二の社会主義派とが論争し、鶴彬は次第にプロレタリア川柳へとかけあがっていくのです。

○セメントと一緒に神を塗りつぶす　森田一二

○二本きりしかない指先の要求書　鶴彬

昭和十二年、かつての師であり、のちに論争の相手だった五呂八が亡くなります。

この年は日本の中国侵略戦争がはじまり鶴彬は「木材通信社」で働きながら、詩人の秋山清らと会っています。二十八歳のときです。

そしてこの年の十二月三日検挙されて、中野区野方署に留置され翌年の九月十四日、昭和十三年九月十四日死去、二十九歳でした。鶴彬は石川啄木を兄のように思っていましたので、北上川のみえる盛岡に昭和五十七年に鶴彬の川柳碑を建てました。「手と足をもいだ丸太にしてかへし」の句です。

昭和五十二年、第一回の鶴彬祭が岩手県盛岡市の光照寺で行われました。

鶴彬の遺骨をとりにいったのは、盛岡に住んでいた兄の喜多孝雄さんで、鶴彬の遺骨はこの光照寺の墓地に埋葬されたのです。

その年、昭和五十二年からずっと、私が実行委員長となって鶴彬祭そして後に「鶴彬、井上剣花坊祭」をつづけています。

九月は妙な月で九月十一日は剣花坊の命日。九月十四日は鶴彬の命日、九月二十三日は柄井川柳の命日です。鶴彬は私達に川柳の命というものを残してくれました。

今年は九月十八日に鶴彬の「手と足をもいだ丸太にしてかへし」の川柳碑の前で行いますが、大阪と石川県からも多数参加する人がやってくる予定です。特に「反戦川柳作家鶴彬」を出版しました金沢大学名誉教授の深井一郎先生も参加しまして、シンポジウム、そして先生の「鶴彬のこと」のお話もあります。皆さんの中で関心のある方がありましたら、どうぞ参加して下さい。私の持っている「川柳人」をさしあげます。

ひょんな関係から、井上剣花坊、白石朝太郎、井上信子、鶴彬そして井上信子さんの娘さん大石鶴子さんが継いできた「川柳人」を私が引き継いでおります。

それからひとつ葛飾北斎についてお話しします。彼は九十歳で亡くなっていますが、一人の画家であり、「画狂老人卍《がきょうろうじんまんじ》」と名のり、すぐれた川柳作家でもあったのです。画としては「冨獄三十六景」が有名ですが、名前を三十回以上も変えて、自分を変革しています。

富士山を雪の峰から赤富士にしたのも北斎です。又百二十畳の紙にダルマを描き、米粒にスズメ二羽を描いたのも北斎です。

又川柳については

○団子屋の夫婦喧嘩は犬も喰い

これは皆さんわかりますね。

○とんぼうは石の地蔵に髪を結ひ

○八の字のふんばり強し夏の富士

これらから、かなり多くの川柳をつくっているのです。又北斎漫画として、現在の漫画の嚆矢《こうし》となっています。

このごろは「写楽」は誰かという問が出されていますが、私は写楽が北斎であるという確証をひとつもっています。

北斎も常に変革していきましたが、私も又日々変革して川柳をつくっていきたいと思っています。

いままでいろいろ話してまいりましたが、「私の川柳論」の一端としてお聞きとりいただければ、ありがたいのです。ご静聴ありがとうございました。

川村涅槃《ねはん》とわたし

二〇〇〇年の八月十五日の炎天下で、川村涅槃が亡くなった。この知らせを聞いたとき、私はその訃報がウソであると何度も自分に言い聞かせた。

この前まで彼の姿を見ていたし、その声も私の耳に泥のようにたまっていたからである。

しかし葬儀や火葬の日を聞くにつれ、私は頭上に一瞬に落ちてきた雪崩に打ちのめされた。思えば川村涅槃との交流は、私が川柳をはじめた日から始まっていた。

昭和四十年の始め、宮古の川柳の句会に出席した時、彼は若い杜氏として宮古に働きに来ていた。私が二十歳、彼が二十三歳ころだった。その日だったと思うが私と彼はひどく口論した。特選に入った私の「海に向き海に傾く漁夫の墓」が問題を大きくし、酒に酔った心が二人の口を大にしたのをおぼえている。彼の川柳のひどく泥くさい闇を、私はその時少し分かってきたのである。

川村涅槃と私はその時から互いに個性を発していった。昭和四十三年頃、川柳小誌「火山系」を創刊した。吉田成一、高橋章、菅原修、川村涅槃、そして私だった。その場で、川村涅槃の方針が語られた。彼は宮沢賢治の花巻農学校で文学をめざした。そして社会に出て、農業を実践しつづけた。冬は杜氏として働き、夏も又関東、関西へ出稼ぎにいったことなど、彼の重い口から聞いた。

昭和四十四年、川村涅槃の師の高橋放浪児選による岩手県民文芸集一号の知事賞を受賞した。

昭和四十五年、養豚を志し、実践、大迫町に豚二千頭、牛四十頭飼育する。この頃から夜になると川村涅槃の声が、私の家の電話を独占する。

彼の川柳は自分の労働の実践から拓かれていったものばかりである。

昭和五十五年ＮＨＫの明るい農村に「豚と川柳」で出演し、全国に福祉農場が紹介された。彼は川柳を一日五十句以上創作し、この頃「土」という川柳誌を主宰している。

私は川村涅槃を東北農民の代表と見、平成元年に「現代川柳」誌に「東北川柳と東北農民の系――川村涅槃の森から――」を書いた。

彼の内なる闇に向かって、その一部を書き残す思いにかられたからである。この小論の一部は平成三年、彼の自選句集「煤」に載ってる。彼は平成六年川柳集「土蔵」

を出している。平成十年句集「田」を出すこと、その全てを私に任せると言って泥にまみれた句帳を出した。その中から一次選一二〇〇句、二次選六〇〇句を選出した。ゲラが出た時、彼は自分の耕作水田を私に見せて歩いた。そして、「川柳会館」を作る夢を語り、大きく息をついた。枯れきった水田に雪が積もる光景を思い句集「田《でん》」は生まれた。

○抱きしめてあげたき小石のような墓　　涅槃
○貧しくも心豊かに澄んでる田
○嫁の忍従すいこんだ板の間の光
○牛のらりくらり曳いてくる貧困
○味噌ベラにひがんだ姑のことば

川村涅槃の丸い背と、大きな胸にめぐりあうことはない。その悲しみを背負って、私は川村涅槃の影を追って、今日も歩いている。

佐藤岳俊の川柳と評論作品
—「現代川柳の原風景」について考える—

伊藤《いとう》　博《ひろし》

人間には鬱陶しい梅雨空も、植物たちにはまたとない滋養の季節なのであろう。

窓外に拡がる果樹園や植木の里の緑一色の風景を眺めながら、「現代川柳」第三号（一九九一年一月）に発表された佐藤岳俊の「現代川柳と戦争責任」を読んだときの、あの新鮮な驚きを反芻している。

川柳展望第八号（一九七七年二月）の「佐藤岳俊論」を読んで以来、その独特な作風と生きざまに強い関心を持ち注目して来た。

川柳展望誌に毎号発表している作品群は、その重厚な風貌そのものの野性味溢れた体臭を放ち、他の多くの川柳作品とは全く異なった独自の世界を構築している。

「かもしか」が一九八三年に始めた「川柳Z賞」に、毎年入賞を果し、準賞二回、秀逸二回、佳作六回に及ぶ掲載作品一八八句を見ても、それは終始一貫している。

二月に東京で時実新子と話す機会があったが、その中で彼女がこんなことを呟いていたのを覚えている。

『私は、私の川柳を書くために、これまで血みどろになって歩いて来たが、今ふと振り返ってみると、私の後に続いてくる特に女性の川柳作者の多くが、私と同じような作品を発表しているのを見て、果して川柳界はこれでいいのかと感じてしまう』と。

モーツァルトの時代、恐らく彼に似た音楽を書いた似非作曲家は無数に居たのではないかと思う。しかし、それらの作品がどんなに美しい旋律を配し、どれほど響きの良い和音で色どられようと、所詮それはモーツァルトの摸倣・亜流でしかなかった。

その証拠には、それらは歴史と大衆の耳(=神の意志)のきびしい淘汰によって、現代には何も遺されていない。

その意味から言えば、現在の佐藤岳俊の川柳は、過去の誰のエピゴーネンでもない。

同時に「現代川柳の原風景」に書かれた川柳評論の数々は、佐藤岳俊の川柳作品と全く同様に、オリジナリティに満ちている。

一九八五年より九二までの八年間に十三の柳誌と二冊の句集のために発表された二十八の評論は、岳俊流に表現すれば、「落葉樹林帯の現代川柳群像」とでも言うべき、すぐれた労作の集大成ともいえよう。

現存する柳人の中で、岳俊に比肩し得るだけの川柳評論を書けるのは、私の知る限り、山村祐、阪本幸四郎、曽我碌郎の三人だけだといえば、言い過ぎであろうか。

戯曲、小説、詩といった言語芸術の分野に含まれる「評論」にも文学作品としての香りを持った感性と水準が要求される。

二十八篇の殆どの評論の冒頭に記述される自然の風景描写はすぐれており、読む者の気持を和ませ、本論導入を円滑にしている。

『彼岸花が咲いている。道の片隅、樹の影のわずかな日だまりの中で、いつ地中から顔を出したのか、ひっそりと咲いていた』（現代川柳と東北農民の系）

『本州最果て地の、尻屋崎に立つと、寒立馬がゆっくり歩いている』（高田寄生木論）

『コスモスの咲く道に、秋風が静かに通り過ぎていく』（現代川柳と戦争責任）

『細い道に激しく雑草の花がひらき、小川に水があふれている』（北を愛した詩人）

例を挙げればきりがないのでこの位にするが、舌鋒鋭く川上三太郎の戦中戦後の川柳理念の有り様を弾劾し、一転して現在の句会の運営に疑問を投げ掛けるいわば闘う佐藤岳俊の、もう一人の人間としての優しさの一面を窺わせて余りがある。

川柳人口の急増と一方では言われている現在、いまだ文芸としての確実な市民権を得ていない川柳界にあって、川柳界内部だけに通用するムラの文芸評論が多い中で、一般社会にも受け入れられるだけの「川柳評論」をものにし得る佐藤岳俊の存在は貴重である。

それだけに、今後の大胆な脱皮と、大いなる飛躍を心から期待して、いくつかの、要望を提起したい。

先に述べたように、芸術作品と呼ばれて世の中に残ったすべてに共通する必須条件は、オリジナリティを持つことである。

その限りに於て、岳俊川柳と評論は、芸術作品に昇華する前提条件を備えている。

しかし、独自の作風を確立し、これを継続して行く作業は、他者との区別をするよりも、自分自身の既作品に対するオリジナリティにどういう認識で立ち向うかが重大事となる。

除雪する背中ピテカントロプスよ
這いあがる湿田ピテカントロプスよ

前句は第三回、後句は第七回、Z賞佳作掲載作品である。重箱の隅をどうこうと言うのではない。十七音字の川柳作品であれば、すぐ判るが、評論では違う。従って自分自身の作品であっても既発表作品との、視点、切口、発想等の摸倣を潔癖に排する強い精神の集中力を、常に維持して行かねばならない。

進化論を俟つまでもなく、人も動物も植物も、生きとし生けるものは、自らを包み込む風土に育てられ、形成されて行く。

川柳作品が人間を詠った限り、その人間をかたち創った風土と切り離された作品はあり得ない。しかし、だからと言って、風土にしがみついただけの表現をとった作品の羅列は、ときには逆に、風土の中から生まれる作品の真実に遠去かってしまう危険性を孕んでいる。

文芸とはそういう冷徹な一面を持っている。モーツァルトが生きた現実の人生は、『悲惨』の一語に尽きた。しかし、彼の作品はその片鱗すらも見せていない。

佐藤岳俊の川柳作品と評論作品を熟読すればするほど、他に類を見ない作品群全体から発する強烈な土の匂いと、個々の作品に鋳型のように共通する、視点、切り口、発想の類似性のはざまに立ちすくんでしまう。

すべての芸術分野に於いて、すべての一流の芸術家たちが、一生この問題と闘い、結果としてその戦いの場に流された血が凝固して作品となり、後世に残されて行った。

川柳を自己のカタルシスの手段として楽しむだけの、ディレッタントであればいざ知らず、幸運にも（不幸と言い換えてもいい）佐藤岳俊は、その魔の深淵を覗き見てしまった川柳作者の一人であると断言できる。

その意味に於て、時実新子と同列に並び得たと言っても間違いではない。

川柳を始めてから今日までの佐藤岳俊における創作

姿勢は、それはそれで意味も意義も充分にあったと評価したい。

しかし、これからの佐藤岳俊の創作活動は、果して今までの視野と視点のままでいいのだろうかとの疑問を抑えることが出来ない。

何故なら、一般社会や他の芸術分野の専門家にも評価され得るだけの資質を持った数少ない川柳作者の一人だと判断するからである。

最後に二十八篇中の白眉でもあり、佐藤岳俊の評論集のみならず、全部の川柳評論の中でも、屈指の作品と評価し得る「現代川柳と戦争責任―鶴彬没後五十二年の秋―」についての感想を述べることにする。

第五回川上三太郎賞、川柳研究年度賞の受賞者でもある佐藤岳俊が、内部告発にも似た三太郎の戦中と戦後の変り身の卑劣さを批判したこの評論は、高い質的純度を保つと共にすべて事なかれ主義の横溢する川柳界の中で、これを発表した筆者の勇気と深い見識の表われとして高く評価したい。

川柳を知らない一般人でさえ、戦後の殺伐な世相の中で、新聞川柳欄を通じて川上三太郎の名に親しみを込めた認識を持った人々は多いと思う。私もそのうちの一人であった。

また、時実新子を始め、三太郎に師事した川柳界の指導者も非常に多い筈である。その中で敢て、事実は事実として記述し、その偶像の崩壊を宣言したこの評論は、歴史に残る作品となるであろう。

しかし、「現代川柳の原風景」二十八篇を読み、その中で「戦争責任」を発表する以前に、三太郎について書かれた「川上三太郎の終焉と原風景」（一九八九年）「川上三太郎の北方性」（一九九〇年）を共に、「戦争責任」と同時に発表された「現代川柳の歴史と未来―白石朝太郎と川上三太郎―」を読み、少なからぬ不満を感じたのは私一人であろうか。

「川上三太郎の私らに残さなかった暗部がここにあ

る」「彼と共にあった川柳と戦争責任が現代川柳に引きつがれていないのである」「私の中の川上三太郎の虚像が崩壊したのである」「（三味線草を主宰する）森鶏牛子が〈川柳人〉を告発し、井上信子、鶴彬が特高によって検挙されたのだが、ここには、川上三太郎等も共に森鶏牛子側の位置にいたのである」

　ここまで言い切った一九九一年発表のこの評論作品を完結させるためには、この以前と同時期に発表した作品評価の部分を修正するか否かについて言及されるべきだったと思う。

　川柳作品はその作者の人間の真実を詠うものだ、とは良く言われる言葉である。

　崩壊した三太郎の偶像とは、虚像とは一体何か、三太郎の人間性とは作品を含めた一切のものなのか、人間性と作品価値とは別々のものなのか、偶像とは、虚像とは人間性だけを指すものか、作品だけを指すものか、それとも両者を含めたものを指すのか。

　この点についての佐藤岳俊自身の見解を提示し、川柳界に論争を巻き起すべきだったと思う。そのことによって、川柳に携わる多くの人々に、川柳を作ることとは一体何なのか、人間を詠うとは何なのかについて考えさせる絶好の題材であり、機会であった。

　そしてそのことこそが、この「現代川柳の原風景」を不滅の川柳評論として、多くの川柳作者の胸に何かを響かせ、佐藤岳俊の川柳哲学を世に問うものになったのではないかと考えるのである。

　今からでも充分に時間はある。次の機会に佐藤岳俊の巨いなる新評論の出現することを心より待ち望むものである。

北の鬼の熱い吐息

矢本《やもと》　大雪《だいせつ》

私の手元に、一冊の評論集『現代川柳の原風景』（佐藤岳俊著）がある。その本の扉には、著者本人の手による句がサインされている。

北国の屋根合掌のまま朽ちる　　岳俊

その北国の文字が、くろぐろと北の風景を展開させ始める。佐藤岳俊には、まさに北の柳人という言語が似合う。まだ、話をしたこともないが、岳俊の第一評論集『縄文の土偶』を読み、その時、はっきりと佐藤岳俊という名を脳裏に刻んだ。そして、自分なりに形造っていた風貌を、ある川柳大会の会場で確認することができた。私の思っていた通り、佐藤岳俊は、土の匂いのする作家であった。青森では産まれない、岩手の風土を色濃く感じさせる川柳作家であった。

「かもしか」誌の主催する川柳Z賞に、第九回、十回と二年連続で、岳俊が準賞に輝いている。私は、これを大賞受賞よりも素晴らしいことだと思っている。句を掲げる。

咳ひとつ枯野にひびく雪渡り　　岳俊
雪を着る野仏の目も豊かなり
休耕田に並ぶみにくい義歯の列
農婦の死の闇にオリオンだけ光り
泡を吐く田螺の祖父母眠っている
冬の葬泣いて凍土をほりおこす
屈葬のまま眠りきる雪の夜

『縄文の土偶』を読んで感じた、岳俊川柳の背景が、Z賞の句のなかからも鮮明に感じられた。岳俊にとって風土とは何なのか、現代川柳とは何なのか。私は『現代川柳の原風景』を読み進んだ。

『現代川柳の原風景』は、岳俊が昭和六十年代から平成四年にかけて、各川柳誌に発表した小論文を集めたものである。しかし、どの小論にも一貫している岳俊の眼がある。このことは、当然ではあるのだが、しかも、決して容易ではないことなのだ。そして、眼は『縄文の土偶』から、終始一貫している。岳俊の眼が停滞しているのではない。彼は、ぐいぐいと同じ曠野を突き進んでいるのだ。いや、土を黙々と掘り進んでいると表現すべきか。彼の論旨の骨格には、いささかの揺るぎもない。岳俊にとって川柳とは何か。彼自身の言葉を借りよう。

「私の求めていく川柳は、長靴の触れる風景であり、そこには死者の上に堆積した土壌が、雑草の花いちめんにひらく原野や森の域である。恐らく、これからの川柳の錘は、一人一人の意識下の深層に向かっていくと考えられる。それが私の呟く原風景の空間、個の胎盤である。」(「川上三太郎の終焉と原風景」)これからの川柳の錘が、一人一人の意識下の深層に向かう、という論は全く同感である。しかし、岳俊の意識下の深層とは、私の考えているものとは、全く違うらしい。彼の言う意識下の深層とは、あくまでも、人を産み育て、人をつくり、思想をつくった風土のことである。人を育む風土なくして、川柳は生まれない。これが、岳俊の一貫した川柳観である。

「川柳＝人間とはだれかが言った。その人間を求めていくことは、日本人の形と精神風土、その発展性を求めていくことにつながっている、と考える。そしてこの私を囲む荒ぶるの風土は、そこに生きている人の形と精神の広がりを残していくことになるのである。この風土が自らの故郷である。」(「風土と人間」)

「日本列島の特殊な風土の中から、文化、文学も生れたのだが、川柳もまた人間を求める文学として創作されてきたのである。そしてそれを分解していくなら、川柳―人間―風土としてつながっていくのである。川柳の持つ風土性は、人間がいかに自己の風土を吸い、自己の世界観を確立していけるのか、そしてそれは宮沢賢治が深化したように、「人間の幸福」を問いつづける精神風土への根元的な方向へ展開されなければならない。」(「風土と人間」)

岳俊の凝視している風土とは、単に精神的な土壌を指しているのではない。むしろ、具体的に、都市に対しての地方を、東北農民の営みを意味している。風土という抽象的な概念に留まらない、土の匂いそのものが、彼の川柳観を形成している。それゆえ、この本の中でとりあげられた川柳作家を、単に列挙してゆくだけで、ひとつの系が見えてくる。岳俊に書かれるべくしてある作家、白石朝太郎・川上三太郎・鶴彬・吉田成一・川村涅槃・高田寄生木…等々は、まるで北上川のように岳俊のなかで確実な流れを産む。その作家のなかでも特に、白石朝太郎と鶴彬は、岳俊川柳の源流に位置する。二人に対する彼の思いもまた尋常ではない。

冬の永い国なり死ねば雪に埋め　朝太郎
石一つ置いて気のすむ墓とする
手と足をもいだ丸太にしてかへし　鶴彬
屍のゐないニュース映画で勇ましい

　これらの句や、先人の風土色の濃い句を踏まえつつ、岳俊は現代川柳に社会性を！　と提唱する。しかも、現代川柳の方向を、昭和初期の振興川柳運動の見直しの中に求めようとする。例えば、こう述べる。

「現代川柳には、多くの分野が展まり、盛んなようである。川柳社は全国に向けて月刊誌、季刊誌を出しつづけている。しかし、ひとつのテーマや論を、特に現代社会へ向かってのそれらは少ない。かつて昭和初期に燃やした新興川柳の火はどこへ行ったのであろう。

　川柳を内へ内へと抱くあまりに、批評精神の渦は消え、社会性への追求は希薄になっている。私小説化した川柳をここに見る。——中略——社会性は川柳の命である。私の求めていく現代川柳の胃壁は、社会性の探求であり、その闇深き泥の中である。」（「北方の田螺たち」）

　私には、完全には承服しかねる論である。特に、「現代川柳」が単に現在流布している川柳から区別されておらず、さらに、川柳発生上、いや振興川柳以後に限っても、川柳はいまようやく表現者としての主観を手に入れたにすぎず、川柳のバランスシートを思い浮かべても、いまだエセ社会諷刺が主流をなす現在、社会性追求ゆえに個を圧殺してはならない。この本の中で語られる現代川柳が、決して現代川柳の全貌だとは思わない。

　しかしながら、岳俊の語る川柳群が、ぞくぞくと首筋を震えあがらせるのは何故だろう。川柳を血・肉にし、エネルギーに変えてゆく一匹の川柳の鬼、岳俊の熱くて白い息が、確実に私を捉えて離さないのである。

掌《てのひら》の宇宙

長谷川冬樹《はせがわふゆき》

　佐藤岳俊ほど己の出自を大切にする作家はいないだろう。雪が降る土壌で生まれ、そこで生きてゆく彼の精神風土に貫かれている、熱い土の匂いは縄文一万年の原人の匂いを想わせる—。

特に東北地方の日本人のルーツは、最近のDNA鑑定でシベリアのバイカル湖周辺で暮らすブリヤード族と判り、モンゴル系民族で写真で見る限り日本人にそっくりである。この粘着質の民族の血は、佐藤岳俊の背景に貫いていて、彼の川柳活動のエネルギーの源泉になっている。

自分という原野を見据えて、現世を発掘しつづける彼の川柳の生き方については、以前から敬意を抱いていたが、今回の著書を読んで私のこころを捉えたものは、彼の宇宙観だった。

私は、ものを書く時は今の己の現在地から必ず壮大な宇宙を意識している。宇宙空間、地球の成り立ち、人間はどこから来たか、宇宙の終焉など限りなく興味が尽きない。

佐藤岳俊も書いている—。

「…江戸時代の柄井川柳によって生まれた〝川柳〟を凝視するとき、人間の世界を表現する川柳は宇宙・地球・人間を考えることと同一であることを知るのである」

こんな認識をもった川柳家はあまりいない。私は改めて彼の書いた過去の評論などに眼を通して、この宇宙観の裏付けによって、過去の作品までが生き生きと立ち上ってくることに驚きを覚えた。実のところ、彼の過去の評論について、少し重たくて好きになれなかったことを告白しておく—。

宇宙は身近なのである。一五〇億年前のビックバーンから始まって、宇宙は膨張し続けているが、最近の研究からニュートリノという粒子に質量があることが判り、また一〇〇億年位かかって収縮し続けて宇宙が消滅することも判って来た。

埴輪の目のぞく宇宙の闇ひろがる　岳俊
冬木立父の背骨のままつづく　岳俊
オリオンの輝く夜を歩いている　岳俊

また彼の心の中に常に生きつづけている、白石朝太郎への想いは、熱くて深い—。

前も山後ろも山今日も雪降る　朝太郎
極寒を故郷として鳥白し　朝太郎

雪の中で寂寥感あふれる朝太郎像が、禅僧の如く静かに佇む姿が浮かんで、その魂は透明でかそけき哀しみに揺らいでいる――。

現代川柳の〝荒野〟に於いて、白石朝太郎はかけがえのない救世主であった。

佐藤岳俊は〝朝太郎の世界〟へ巡礼者の如く杖を曳いて、その足跡をいつくしんでいる。

そしてやがて鶴彬に出会うのである。

「生きた現実を生きた矛盾の姿によってあらわす川柳文学の諷刺精神」という鶴彬の強烈な川柳ベクトルに岳俊は痺れるのだ。

そのほか彼が取り上げている人物…西行、空海、一茶、賢治、夢二などそれぞれが背負っている生命のほとばしりや過酷な命運を生き抜いたその生きざまを川柳のまなこで掬い取っている。まだ数多くの人々が現代川柳の荒野に登場するが、それらの人々のバックグラウンドミュージックに、放った言葉の「雪の手紙を背に積もらせている」はなんと心にくいオマージュだろう。

最後に宮川蓮子の「れんこ」句集に寄せた一文は限りなく美しい――。このアンビバレンスに対する慕情が彼を詩人に仕立てあげたに違いない――。

変身願望とよく言うが、これからの佐藤岳俊の変身ぶりを見たいと希っている。

荒地を耕す者

木本《きもと》　朱夏《しゅか》

佐藤岳俊さんから過去に二冊著書を頂いていた。『現代川柳の原風景』『現代川柳の荒野』である。そこに今回の句集鑑賞に際して『縄文の土偶』が送られてきた。残り一冊という貴重な著書である。これは心して読まねば……と身がひき締まる。これら三冊の評論集の他に岳俊さんには詩集『酸性土壌』があることを始めて知った。

岳俊さん二十六歳の作品である。詩の一部を抜粋する。

下北半島

北へ向かう私の足を
きりこむように東西の岬は地図を張り
海峡は火山弾のように渦を巻いている
遠い空に
清浄な海と
豊かな原野
誰にも支配されない耕地が
菜の花に埋もれている
川面に
光年の星座がゆれ
共生するものは
互いの愛をゆずりあって
空中を飛びまわっている
（以下省略）

北上川人になど生まれるもんじゃやねえ

これは岳俊さんの盟友・吉田成一さんの川柳である。時には処女のごとくはにかみ、ある時には娼婦のごとく開き直り、荒れ狂う北上川の流域に生まれ育った岳俊さんの、青春を彷彿とさせる一編である。

赤字線貧しい川をのぼっていく
火傷した指Ｄ５１の跡なんだ
機関車に枯葉のふぶきだけ絶えず
鉄道百年機関車喘ぐ人あえぐ

高校卒業後、当時の国鉄に就職。蒸気機関車助士として勤務。あとがきに「詩集『酸性土壌』を出した二十代は、夜も昼もなく貨物列車を引く蒸気機関車の罐焚き（機関助士）をして過ごした」とあり、等身大の働く青年像がうかがえる。

国鉄勤務のかたわら実家の農業を手伝う岳俊さんの作品には、時に牙を剥く自然を相手に、大地に足がつき汗の臭いがする。風土に根差した土臭いしたたかさがあり、生真面目さがある。

休田に咲く草の花　農の首
稲負って老母が歩く稲歩く
うつぶせのまま出稼ぎの棺かえる

暗い世がくるぞ田螺のひとりごと
藁焼いて焼いて農政灰にする

『現代川柳の荒野』で岳俊さんは次のように書く。「農業は句をつくるときに、やはり大きなテーマです。そこに日本の原点があり、日本人が持っていたものがあります。南部藩時代の岩手は日本一の一揆の国で、また昭和八、九年にも一揆があって、まず〝食えない〟ということが原点にあり、そんなことがここにあげた句のむこう側にあります。暗いものを照射して明るいものを見たいと心がけています」。

南国の穏やかな風土のなかに生まれ育った私には、衝撃的な文章である。「一揆」などは学生時代の教科書でしかお目にかかったことはなく、ましてや昭和八、九年にも一揆があったなど、想像もつかぬ我が身の無知が恥ずかしい。しかし、暗い現実に向き合いながら、明るい未来を模索する岳俊さんの姿勢が好ましい。

雪おろし土偶の顔をそのままに
土偶の目のぞけば闇にいる祖父母
飢えた胃で縄文の土器くみたてる
豊満な土偶よ性器までさらす
土偶の目とおい母系の闇へぬけ

岳俊さんは『現代川柳の原風景』に「東北の地は大和国家から、エゾ、エミシと呼ばれた人種である。これは日本列島に住んでいた縄文人の進化であり…」と説く。

岳俊さんの作品の中の批判精神と共に、潜在するおおらかな土着性は、縄文人の血を引き承けているからであろうか。縄文の土偶のどこかほろ苦くユーモラスな姿に、風土に苛まれ、権力に虐げられてきた北の大地の民の、逞しく生きてゆかねばならぬ不屈の魂を、象徴しているように思える。

「佐藤岳俊句集」は三章に分けて、四十年間の五五五句が豊かに結実している。どのページを開いても、岳俊さんの息遣いがする。しずかに震える握り拳が見える。不条理な現世への怒り、批判が、これでもか、これでもかと叩きつけられ、時に息苦しく迫る。

風車くるくる孫と花の下
孫の絵に三本の皺　ヒゲの顎
ハーモニカいつしか孫にとけてゆく

あとがきを読みながら、ある一行に目が釘付けになり、まさか……と読み返し、そしてまた読み返し、私は岳俊さんの身のうちの寒々とした荒野に気付き、愕然とした。

そこには「私は父母妹を一度に亡くしたが、二人の孫娘と遊ぶことが嬉しい」と、厳しく辛い現実が淡々と記されていた。どの著書にも書かれなかった過去を、今回、岳俊さんは文字にして残された。岳俊さんの胸底深く封印されていた慟哭を、地獄を、文字にして曝されたのには岳俊さんなりの、血の滲む覚悟があったであろう。

現代川柳の荒野を開墾しつづける岳俊さんの人生に、お孫さんという希望の星が輝いていることに、私は涙を抑えることができない。岳俊さんの句集から私は、生きるとは何か、勇気とは何か、を教えられた気がする。

『現代川柳の荒野』を読む

高鶴《たかつる》　礼子《れいこ》

先ごろ、「川柳人」を継がれた佐藤岳俊氏の四冊目の著作。精力的にご活躍中の氏らしく、構成は五部立て。評論あり、作家論、エッセイ、対談、講演ありの盛りだくさんの内容となっている。

ことに氏が師と仰ぐ白石朝太郎や思いを寄せる鶴彬に対しては多くのページが割かれ、正しく伝え残したいという思い入れと温かなこだわりが感じられた。何十年か先に、私たちも時実新子のことをこのようなトーンで描き出す時が来るのだろうかと、ふとセンチメンタルな思いに襲われる。

森荘己池氏との対談で明かされる川上三太郎の横顔がおもしろい。三太郎が盛岡に疎開して来た時の話だが、文学者の語る三太郎は一味違う味わいがあった。文献の少なさに悩みながらも川柳について学ぼうとする者にとっては、先駆者の人となりを知るまたとない手懸りであり、ありがたい。

氏がこれまでに展開されてきた風土論は、「血の中に潜む私の宇宙は、私の足から東北の風土へと、そこに生きた人影へと広がっていく」と、本書でも、もちろん健在である。そしてそれを受けてか、登場する句や論には、モチーフとしての「北」と「民」がますます濃厚に漂う。

除雪する背中ピテカントロプスよ
冬木立父の背骨のまま続く
馬死んで大きな森がつくられる
ふるさとを掘ると一揆につきあたる
うつぶせのまま出稼ぎの棺かえる

評論やエッセイにはさみ込まれたこのような川柳作品は「岳俊節」とでも言おうか。それはたとえば、逆境にしがみついて生きなければならない人を見つめるまなざしであったり、それを放置しておくだけの人や社会に対する怒りであったりする。大地に張り付くことを余儀なくされた者たちの「うつむき」や「うずくまり」。溶けることのない縄文の雪。馬の死体。荒い息のピテカントロプス。温暖な近畿生まれの私には想像もつかないこれらのバックグラウンドは「迫力」の一語につきる。

つらつら思うに、氏は、存在の理不尽な置かれ様に対して黙っていられない人なのであろう。それは鶴につながる人々が胸に秘めている資質であると言ってもよい。ちなみに本書の発行日は九月十四日。これは鶴の命日である。

はっきりと牙をむく敵がいた鶴の時代とは違って、平成の敵は見定めることがなかなか難しい。しかし、「社会のなかの一人の人間として、自分の宇宙、自分の風土、自分の思想で表現していくのが川柳の詩の形である」と、氏はきっぱりと言う。荒野を拓く先陣を担われるであろう氏が「社会の中の一人の人間として」という意識を、今後どのように自身の創作の上に展開していかれるのか、ワクワクと注目していたい。

〔1〕細川《ほそかわ》 不凍《ふとう》

—川柳作家全集・佐藤岳俊—

既にこの作家全集に参加された十人の方々から句集を戴いておりますが、岳俊作品が最も異色の存在として映りました。

川柳本来の姿とも言える諷刺を主体とした本格的な社会派川柳の作品が現代川柳では、少なくなりつつあるという傾向をしめているものと思います。

チェックした句の中から特に称揚した秀句を十句に絞って揚げておきます。

休田に咲く草の花農の首
暗い世がくるぞ田螺のひとりごと
うつぶせのまま出稼ぎの棺かえる
稲負って老母が歩く稲歩く
馬死んで大きな森がつくられる
ふるさとを掘ると一揆につきあたる
反骨の血が流だす雪の下
除雪する背中ピテカントロプスよ
いっぽんの蛇になるまで縄を綯う
離農するうしろ姿を雪が消す

風土に密着しつつ自らの足下を掘る情熱と周囲を冷静に視つめる批評の眼の活かされた作品たちで、骨太の社会派川柳と言えます。

川柳の軟弱化とか川柳性の衰退とかが問題視されるようになってきた現代の川柳ですが、岳俊作品はそのような懸念を一蹴するパワーとエネルギーを具えていますね。

掲出した十句は人間の生のかなしみを内に湛え、文芸性の香り高く、岳俊川柳の代表句としてこの先も生き続けることでしょう。

〔2〕広瀬《ひろせ》ちえみ

　ふきげんな春にははらはらとさせられました。「川柳作家全集・佐藤岳俊」コンパクトな版に五五五句がぎっしりとつめられた句集。

　一筋に実践してこられた岳俊の精神が息づいております。田螺の岳俊であろうとする姿がりりしく軽々しく私などが批評できません。…世の中を生きることを激しく問い続けています。きっとこれからも……。

　こういう川柳があることをややもすると忘れがちになります。岳俊さんの使命はそこにあるのだと思います。これからも岳俊さんの路線を開拓していって下さい。

〈1〉
暗い世がくるぞ田螺のひとりごと
苦しんで苦しんで肉牛産みおとす
阿賀野川こんこん血管をくだる
冷凍魚見ればわたしの顔もある
田螺だけ田螺の悲鳴きいている
アテルイの目に流れこむ胆沢川《いさわ》
夕食の材料根雪の下を掘る
荒れた手が美しい衣の下にある
眼の開いた鱈いっぴきをぶらさげる
胃が痛む天皇制がつづいている
農政の死角いちめん稲の花

〈2〉
糞尿をかついで父の後を行く
枯れきった野に生き生きと麦の芽よ
除雪する背中ピテカントロプスよ
いっぽんの蛇になるまで縄を綯う
勲章がミイラの後について ゆく
悲しみが怒りに変わるまで歌う
断崖に立つとき海は父となる
くちびるを閉じて怒りをためている

〈3〉

目も口も書かぬこけしを産んでいく

農政のない日本のコメこぼれ
ほんとうの実力だった不合格
大根が光る腐った世の中で
墓石を倒せばやすらかに眠る
世を笑うように舗道の牛の糞
海のいちばん深いところに鶴彬
健康な体でうまいとこ こめし

読んでいて気がついたのですが、同じ句が何句か（ことばは少し違うのですが）散見されたのが気になりました。しかし、これも、そこで生活し、毎年同じ生物を目にして、そこに暮しがあるからだと思います……。

〔3〕 平山《ひらやま》 繁夫《しげお》

岳俊川柳との邂逅は、昭和四十年後半であったように思われる。当時の川柳界は一部文学性に傾斜した作品も見られたが、大方は俳諧の「たわむれ」より脱却できぬ体質があった。その頃、岳俊川柳と始めて対面した時は、未知の世界を覗いたような深い幻想に落ちた。

その時、直感したことはプロレタリア文学であった。それは優れた詩精神と反逆精神とが結合した青白い閃光である。

句集「佐藤岳俊」を開いたとき、再びの光芒が強く私の眼を打った。今も衰えぬヌーベルヴァーグの熱い呼吸が作品に波打っていたのである。

これらの作品群は、日本独自の土着的風土と否定的詩的思考がモザイク状に重層され、確かな強さをもって造型されている。

プロレタリア文学「蟹工船」の小林多喜二の文学理論は、政治の優位性、実現不能のナップ（戦旗派）の運動理論、言い換えれば目的意識が強く政治優先主義である。

中野重治は、悪しき時代の風潮を批判しながら、左翼文学の文学性を高めようとする資質を持っていた。そして、人間の深いところから、人間の美と悲しみを汲みあげ、貧しいものに手をさしのべ、その未来に心からの愛を送ったのである。

岳俊川柳は、どちらかというと後者で深遠性、即ち傷ついた思索がある。

シャープな感性、生活意識の内面的思考、そして、社会的真実、個性的真実を追究しようとするあくなき姿勢を感知する。

そこに、岳俊川柳の泥にまみれた庶民の芸術性の香気をも感じるのである。

表現技法として、ひとつひとつと平明であるが、粘着した抑揚の流れが作品の韻律を豊かにしている。

羅列された作品を読みそろえ、静かな感動が全身に拡散した。

美しく貧しい北国の叙情が全編に流れている。この映画的手法と知的操作によるリリシズムが一層作品を価値あるものにした。

近代文学確立後、リリシズムが軽視されるようになったのは、そこに近代的な知的操作が皆無であったためと言われている。

作　品　　　　　　　　　　　　　　　　佐藤岳俊

休田に咲く草の花農の首
熱い泥這うとき農婦貝になる
北国の屋根合掌のまま朽ちる
権力の背に死票だけ積んでやる
咳ひとつ枯野にひびく雪渡り
飢えた胃にぼたぼた積もるぼたん雪
凍土掘る馬の埴輪に会えるまで
田圃死ぬ日本の農夫千人死ぬ
寒月を受け蒼白い貨車を引く
藁を焼く田を焼く俺を焼く　灰

〔4〕尾藤《びとう》　一泉《いっせん》

新葉館出版企画の〈川柳作家全集〉に『佐藤岳俊』が入集したことは喜ばしい。誌上や句会でふだん会う〈人〉としては知っていても、〈作家〉としての全貌は、身近な川柳人であってもなかなか知る機会が少ない。

　現代に活躍する百作家による文庫判一二八ページという手頃な句集の刊行は、川柳という文化においても大きな貢献であり、これらの句集から新たに〈発見〉する身近な作家の横顔や心の内にあらためて感心させられたり、喜ばせられたりしている。

　たくさん届けられる句集の中で「請批評」のメッセージとともに句集『佐藤岳俊』が作家の手ずから送られてきた。

　さて、ありがたく拝読しようと思ったが、他の〈川柳作家全集〉の作家とは異なり、さっと数時間で読み終えるような訳にはいかなかった。ページ数は、誰もいっしょであり、特に岳俊氏の本だけが分厚いというわけではないのに、遅々として読み進むことができなかった。

　ひとつには、コンパクトなサイズの句集では、通常一紙面に対して二句ないし多くて三句というのが、句を読者にゆったりと鑑賞させるに都合のよい組である。中には、贅沢に一ページ一句の配置で、句を引立たせようとする編集もみられる。そんな中で、この句集は一ページ五句という詰め込んだ形がとられている。

　もちろん、全集的な資料としての句集では作家の全句を記録するため、できるだけ多くの作品を一ページに組むこともあるが、作者自体を表現するための一般句集では、通常行われない手法である。

　読んでいて、疲れを感じるのは、一ページあたりの句数が多いことに起因しているようにも感じた。

　いや、中には、岳俊氏と同じように一ページ五句組みの句集もあるが、岳俊氏に限って疲れるのは、むしろ「句の重み」が大きな理由となっているように思う。単に、表面的な十七音がいくら並んでいても、句に対する読者の働きかけが不要であれば、決して数だけで疲れるということはあるまい。

　岳俊氏の句は、確かに重い。

　巻頭の五句をみてみよう。

　休田に咲く草の花農の首　①
開拓碑背にびょうびょうと休耕田　②
逆吊りの豚の悲鳴を聞いてくれ　③
倒された稲をささすれば穂を孕み　④

農政がどう変わろうと種を蒔く　⑤

よく計算されて選ばれている。初句①では休耕田に広がって咲く草の花に目をやり、まず景色を広げておいて「農の首」と作者の目に転回する。この景色と首の取り合わせで作者の表現方向が示された。

その休耕田に立つ先祖の汗たる開拓碑には「びょうびょう」と風が吹く。この風には、中央の農政に対する農民の絶望感が感じられる。常に、この北の地ではまったく見もしない、手も触れることもない中央政府によって虐げられて来た…といった作者の訴えも聞こえてきそうである。

その風の音は、聴覚的に屠殺される寸前の豚の悲鳴に繋がり、作者はこれを「聞いてくれ」という。豚の悲鳴は、そのまま農民の悲鳴であり、「逆吊り」という言葉自体が、豚というコトバの表面的な意味から、悪しき農政に虐げられる北の農民の置かれた姿そのものとして映る。おおくの読者は、きっとこういったイメージを句から伝えられるだろう。

ここまでが、「起」（①）、「承」（②、③）である。

作者は、見事に④で「転」ずる。

冷害や台風などの気象被害であろうか。倒された稲を愛おしむ作者の姿。稲の復元力は強く、これに応えて穂を孕むという。大自然の強さとともに、踏みにじられた農民の姿の象徴のようなものである。少し深読みすれば、中央政府によって弾圧された表現者の姿にも繋がる。国家総動員の翼賛体制下、鶴彬に代表される反戦思想は弾圧されたが、今日、彼らの作品は、たわわなる穂を孕んでいる。

さて、五句目で、作者は「農」というものの本質を描き「結」とする。国家や政治、農政が変わっても、「農」という存在は、種を蒔き続けるだけであるという。それは、翻って作者自身のことを見据えてもいると感じられる。社会から、ないし川柳界などからどのように見られようと、我は我の往く道を進むのみ…といった決意も伝わる。

さいしょの五句だけでも、作者のメッセージ性は大きく、いろいろ裏を読み込んでいくことを句に要求される。

これが、岳俊作品の特徴なのだろう。したがって、作品を感覚的に読み楽しむということがしにくい。一句一句、作品と、また作者と対峙することが必要になる。わたしは、何度か一気に読み進めようとしながら「疲れ」によって断念した。もちろん、日常の忙しさの中でそれだけに掛かったわけではないが、やっと、全体を読み終えたのは一ヵ月の時間を要してしまった。

全三章、五五五句に通底するのは、北の心情だろう。これらを訴えかけるように十七音にコトバを結び、これでもか、これでもか…と句を費やす。

このニンゲンの奥から出てくるようなエネルギーが、一句一句を重くし、その背後に作者の訴えをぶらさげていく。

かつて「川柳は一つの武器である」といった作家があったが、岳俊作品も通底した確かな視点を持ち続けているため、ある意味強いメッセージとして読者に訴えかけてくる力が大きい。これも、大きな川柳の表現領域のひとつであり、大事にされねばならない。

もうひとつ、岳俊句集の重さは、イメージの繰り返しが多い点だろう。一句一句の印象が強いだけに、同想の句が出てくると、鑑賞者にとっては、また元に引き戻される感がある。たとえば、

傷ついて故郷の川を鮭のぼる　⑥
傷ついた鮭いっしんに川のぼる　⑦

がページをあけて出てくる。また、

糞尿をかついで父の後を行く　⑧
糞尿をかつぐ老父の影を踏み　⑨

⑥、⑧は印象に残り抜書きしていた。すると、後から⑦、⑨が繰り返される。いずれも後の句の方がさらに良いと思うが、一冊のアンソロジーにおいて繰り返されるのは、一巻の俳諧においての嫌い去り同様、避けるほうが好ましいだろう。さらに、

雪おんな抱き屈葬のまま眠る　⑩
地吹雪が刺さり両足抱いて眠る　⑪

では、前の⑩がいい、⑪は、スケッチであり、⑩の句の元になっているようだ。

くずれゆく曲り家絵馬を抱いたまま　⑫
合掌のまま崩れだす絵馬の家　⑬

煤の絵馬のこし曲り家背を曲げる　⑭

⑫から⑭も似たイメージを喚起する。他にも絵馬というモチーフはくり返されているが⑬のスケッチから⑭の細密描写に移り、「抱いたまま」の心の風景に謳い上げる⑫の作品に至るデッサンが並べられているように思う。せっかく、一句一句の重みがある作品がこういった繰り返しで「煩《わずら》わしさ」に繋がってしまってはもったいないと感じた。

逆に、岳俊氏のこうした一連の重さからちょっと解放された新鮮な感覚の句として、

やがて確かな円墳となる乳房ふたつ

がある。やや「ふたつ」が蛇足とも思えるが、乳房に円墳を重ねた感性は、ずっと読み進めてきた岳俊作品の中にあって、息が抜ける気分を味あわせてくれた。

そんな句集の中から、私が特に深く感じた「農」の作品には、次のものがある。

墓石もなく継いでゆく一揆の血
いちめんの菜の花疎開に灯をともす
阿賀野川こんこん血管をくだる
稲負って歩く地平に顔を擦り
いくたびも孕み地中に伏す土偶
どしゃ降りへ乳房あらわに火の農婦
雪おんな抱き屈葬のまま眠る
ピカピカの農機に男つぶされる
アゴ紐が駄馬に似てきた炎天下

こんな風に抜き出すと、一句一句の重さより連作としての「農」が浮かび上がりそうだが、それは、岳俊氏の好む所ではなかろう。ややしつこいくらいの繰り返しのなかで、深い思いを伝えるドロドロした北の心こそ、作者の存在そのものを表現するに足る方法なのだと思う。

また、家族や自身を見つめた句には、次のようないいものがある。やはり、川柳の一つのテーマとして、自分の存在と対峙したものには打たれる。

雪おろし北に生きてる尾骶骨
母乳からこんこん北の劣等感
萩の道農具ひきずり父母老ゆる
父の背を刺すリヤカーの杭十本
凍み大根洗って白い祖母の闇

走らない馬のひずめを聞いている
凍土掘る馬の埴輪に会えるまで
方言も吹雪の中で鍛えられ
墓石を倒せばやすらかに眠る
何もしないわたしを燃やす冬木立
死ぬ日までやわい麦の芽もち歩く

これらの句から、あらためて佐藤岳俊氏を見た気がする。句集というものの存在意義のひとつは、作者を俯瞰するに足る「何か」がそれぞれの個性で詰め込まれているという楽しみだろう。

いったんは、読み進めるのに難儀した句の重さも、読み切って、『佐藤岳俊』という句集を客観化したとき、その全体像が感じられさらには、岳俊氏の人柄にも逢えたような気がした。

川柳家は、作品を通して残すより自分を表現する手段を持たない。川柳に関わる多くの行事などに関わり、そこで自らのアイデンティティーや良さを発揮しえたとしても、後世の柳人が、また、読者が感じうるのは、作品からのメッセージと感性である。

そんな点で、『佐藤岳俊』は、読み進める過程で「繰り返し」や「重さ」、「拘《こだわ》り」を感じたが、それも含めて作者の個性であると思い至った時、決してその瀟洒ではないスタイルも、大切な一部であると感じた。

「江戸っ子は宵越しの金は持たない」など拘らない淡泊な生き様をしてきた自分にとって、他者を知る大きな勉強になった。とても私には、こういった表現はできない。が、表現における〈アイロニー〉という点では、大いに重なる部分もあることを知った。

今回は、川柳という大きな世界の中で、川柳の表現を構成する大きな要素を担う岳俊氏の作品を楽しませてもらったことを感謝したい。今後は、岳俊作品の展開を別の意味で、また楽しませてもらおうと目を皿にして待ちたいと思う。

蒸気機関車の窓から

私は二十歳代前半の頃、青森県の野辺地《のへじ》駅、大湊《おおみなと》駅をつなぐJR大湊線で、C11型蒸気機関車の罐焚《かまた》きをしていた。野辺地は東北本線から下北半島への分岐点であり、専用線が港へとつながっていた時代である。尻屋岬、大間《おおま》、恐山《おそれざん》、仏ヶ浦《ほとけうら》、佐井《さい》等を一人旅した。機関車の窓に菜の花の海が満ち流れた。そして今も蒸気機関車の炎を抱いて歩いている。

さて青森県の川柳界を展望すると、歴史的性格、中間的性格、革新的性格等に分類される。大正七年に小林不浪人が、「みちのく」を創刊し、青森県川柳の先駆者となる。この不浪人の影響は、青森川柳の全てに与えているが、特に「林檎」「ねぶた」「くろいし」「うまっこ」等がその系を歴史的に引いている。中間的性格として「八甲田」「ひらない」「常夜燈」等が掲げられる。そして革新的性格を持つ川柳誌は「かもしか」「洋燈」「川柳りばあ」等として見ることができる。

しかし川柳誌の内には、常に古い型式と新しい型式が入り混じっているので、一概には言えない。特に注目すべきものは「かもしか」が幕を閉じ、「双眸」として生れたことである。高田寄生木、杉野草兵の尽力が、全国的に川柳作家を育てる土壌を築きあげた。

「双眸」は二〇〇三年一月創刊、野沢省悟、矢本大雪が「かもしか」の血を引き、そのコンセプトは「明日をみつめる二つの眼」である。川柳大賞の企画も盛んで、「風の町川柳大賞」は北野岸柳、「川柳Z賞大賞」は杉野草兵、高田寄生木等が実践している。川上三太郎、時実新子等が一つの新風を与えた。

これらの現状から、青森県川柳界は歴史的遺産を持ちながら、川柳の可能性を追求していくことになるだろう。総じて川柳の持つ社会性、風土性、組織等の希薄さが今後の課題になる。各川柳社の前進を促す力学は、作品評論を刻む確たる独自性である。

本書には一部、不適切な用語が含まれておりますが、当時の時代背景をより鮮明に反映させるため、引用部分は原文をそのまま掲載しております。

あとがき

彼岸花が秋風に揺れて咲き乱れている。

この本を纏めようと思ったのは、二〇一〇年の今頃であった。思い起こせば一九七一年の詩集「酸性土壌」を出してから四十年以上の歳月が流れている。あの頃、十年に一冊ぐらいの本を出したいと満月に誓ったのを思い出す。二十六歳であった。その後、三十代で「縄文の土偶」、四十代で「現代川柳の原風景」、五十代で「現代川柳の荒野」そして六十代で木の葉句集「佐藤岳俊」を纏めた。そして「川柳人」の編集を大石鶴子さんより八〇一号から引き継ぎ、この晩秋に九〇〇号になるので、その節目にこの本をと思いついたのである。四十年以上の歳月は、私がめぐりあい指導を受けた多くの川柳作家や詩人達が活動し、そして又亡くなっていった年月でもある。

二〇一一年三月十一日の東日本大震災は、私達の全身を激しく揺さぶり、私を地上に叩きつけた。M9の大地震による巨大津波が、岩手、宮城、福島の沿岸に悪魔の手となって押し寄せ、一瞬にして市町村を廃墟にしていった。

そして最も恐ろしい福島第一原子力発電所がメルトダウンして爆発し、空中に多量の放射能を撒き散らしている。東北、関東に降った放射能は「ウラン換算で広島型原爆の二十個分」であったと言われている。

そしてその放射能は、私の住む地上にも南風によって拡散して降っていたのである。

ノーベル賞作家大江健三郎氏を中心とする「脱原発」の叫びが九月中旬、六万人の声となって東京で渦を巻き起こしている。さてこの評論・エッセイ集を四つに分けた。このことを少し書く。

〈Ⅰ〉では「川柳作家の役割」を主体とした。

白石朝太郎、鶴彬、松本清張、太宰治等の軌跡を辿った。又時事川柳の現状を少し掘り下げてみた。「鶴彬のトライアングル」では鶴彬を生み育てた土壌とその時代を広げた。

この中では詩人の秋山清、小野十三郎、金子光晴、白石幸男、岡本潤、中野重治、長沢佑、織田秀雄、森佐一、宮沢賢治、石川啄木、北本哲三その他の人々にすり寄って論じた。「現代川柳の宇宙」は、白石朝太郎の川柳作品と現代の宇宙を引き合わせた。そして太陽の核融合反応とこれに反する核分裂反応、つまり現代の原子力発電が生む「核分裂の連鎖反応」と放射能の恐怖を少し書いた。

〈Ⅱ〉では川柳作家の句集を中心として、その作家小論をコンパクトに抱きかかえた。

田中士郎、猿田寒坊、ふじむらみどり、大塚ただし、大和田ひろ子、時実新子や松本清張、松永伍一、秋山清等の作品を中心に述べた。又小林多喜二、石川啄木、本庄睦男、亀井勝一郎、猪狩満直《いかりみつなお》、国木田独歩、細川不凍、進藤一車等の風土にも足を踏み入れた。

又井上剣花坊と濱《はま》夢助、空海とアテルイの不思議なつながり、そして又関西の麻生路郎《あそうじろう》、赤松ますみ等にも、歴史的視点で触れてみたのである。

〈Ⅲ〉では源義経から筆を起こし、詩人の松永伍一《まつながごいち》、真壁仁《まかべじん》、佐藤秀昭《さとうひであき》、北畑光男《きたばたけみつお》、小原麗子《おばられいこ》、渡邊真吾《わたなべしんご》、斎藤彰吾《さいとうしょうご》、等のめぐり会いを少し書いた。

「北方の大地から」は、かつてのSL（蒸気機関車）に乗って見たローカル線の美しい風景と、そこに息づく人々の姿を内に留《とど》めた。D51、D50、D58、C11、C60、D60、C61等の窓に流れる東北本線、北上線、釜石線、山田線、花輪線、八戸線、大湊線から、ダイジェストとして線路を残したと思っている。

「生涯現役の川柳人を求めて」では、長寿国の生涯現役の新藤兼人《しんどうかねと》、丘灯至夫《おかとしお》、やなせたかし、葛飾北斎《かつしかほくさい》、白石朝太郎《しらいしあさたろう》、等を私の掌で掬《すく》ってみた。「東北川柳の光景(1)(2)(3)(4)(5)」では、二〇〇六年から二〇一〇年までの東北川柳界の活動と、そこに表われた川柳作品と人の多くを拾ってみた。川柳界では「西高東低」つまり関西が高く、東日本は低い等と言われてもいるが、千年に一度と言われる東日本大震災での東北の人々の姿は、静かで沈着であった。川柳作品も又この傾向がにじみ出ている。

〈Ⅳ〉では僭越《せんえつ》ながら「私の川柳論」を、自分の躰を分解して歴史的に辿ってみた。又これとは正反対の私への弾丸になる批評を、伊藤博、矢本大雪、長谷川冬樹、木本朱夏、高鶴礼子、細川不凍、広瀬ちえみ、平山繁夫、尾藤一泉氏等によって打ち込まれた。

私はこれらの批評によって、自らを客観視することができたと思っている。

〈Ⅰ〉〈Ⅱ〉〈Ⅲ〉〈Ⅳ〉と分けたが、これらは川の流れのように、私の影の連続である。

やっと辿り着いた六十代半ばの塊をここに纏めることができたのは嬉しいことである。

ここまで私の背を押してくれた友人、私を支えてくれた妻に感謝している。

この本のために、お世話してくださった竹田麻衣子さんに心から感謝致します。

二〇一一年九月二十四日　彼岸花の光を浴びて

佐藤　岳俊

◎発表紙誌一覧

〔Ⅰ〕
白石朝太郎の世界を歩く…平成17年1月「川柳人間座」88号
我がモンゴロイドの精神風土…平成15年1月「川柳人間座」80号
父の死と太平洋戦争…「宇宙船」第64号
鶴彬生誕百年の周辺…平成21年11月書き下ろし
川柳と風土…平成14年12月「川柳つくばね」
革新川柳の時代…平成14年3月「川柳マガジン」
川柳に鋭気を流すオノマトペ…平成18年10月「川柳マガジン」
時事川柳は未来をめざす…平成18年5月「双眸」21号
白石朝太郎と北方の川柳…平成15年10月「川柳さっぽろ」
鶴彬…平成14年8月「川柳マガジン」
人間の生き方を孕む川柳を…平成12年9月「川柳さっぽろ」510号
生きた矛盾の姿を求めよ…平成17年2月号「川柳マガジン」
モンゴロイドの穿ちの精神へ…平成14年9月「川柳さっぽろ」
生涯現役の葛飾北斎…平成21年4月「川柳葦群」第9号
鶴彬のトライアングル…「川柳人」884号～899号
現代川柳の宇宙…平成23年8月書き下ろし

〔Ⅱ〕
捩れ花の行方―田中士郎小論―…平成20年12月20日「軽い目眩」田中士郎川柳句集Ⅱ
やさしい鬼の風土を歩く―猿田寒坊小論…平成16年4月「起きあがり小法師　還暦」猿田寒坊句集
奈落の世の言霊《ことだま》―ふじむらみどり句集―…平成14年11月「かもしか」430号
九州文学のライフワーク…「川柳葦群」第5号
「蒼空」時代の鶴彬の作品…平成20年11月「川柳学」
北海道文学と川柳の底流…平成20年春「現代川柳　劇場」第38号
空海とアテルイとモレ…「平成柳多留」12集
濱夢助《はまゆめすけ》と井上剣花坊《いのうえけんかぼう》…平成22年3月「東北川柳連盟会報」
「麻生路郎読本」の周辺を歩く…平成23年1月「川柳塔」
歴史の水脈を辿る―赤松ますみ句集―…「川柳文学コロキュウム」21号
葉鶏頭愛は憎しみかも知れず―大和田ひろ子―…平成9年1月「オール川柳」
現代川柳を発掘する詩人…平成17年10月吉日「川柳応援団廃業届」大塚ただし著

〔Ⅲ〕
源義経と北行伝説…平成18年3月「岩手県川柳連盟会報」第15号
詩と詩人との邂逅《かいこう》…平成17年3月「日本現代詩歌文学館館報第43号」
一関川柳教室…平成23年3月「岩手県川柳連盟だより」52号
冬の月のきびしさと父母と…平成2年12月「川柳かもしか」316号
北方の大地から(1)～(9)「鉄道川柳」平成9年1月号～平成10年7月号
生涯現役の川柳人を求めて…平成21年1月「鉄道川柳」325号
古川柳と現代社会…「鉄道川柳」
藁沓《わらぐつ》を履《は》いた白馬…JA岩手ふるさと会報
二十一世紀の光を浴びて…平成13年1月「岩手県川柳連盟だより」

第33号
東北川柳の土壌…平成14年3月「岩手県川柳連盟だより」第35号
東北川柳の光景(1)～(6)…平成18年～平成22年「川柳マガジン年鑑」
平成23年「川柳マガジン」9月号

〔Ⅳ〕
私の川柳論…平成17年8月「第70回秋田県川柳大会」講演
川村涅槃《ねはん》と私…平成12年11月「川柳はなまき」
佐藤岳俊の作品と川柳活動…平成5年夏「現代川柳 北緯39度」
北の鬼の荒い吐息…平成5年冬「現代川柳 北緯39度」
掌《てのひら》の宇宙…平成13年1月「柳都」
荒地を耕す者…平成22年「川柳展望」秋号
「現代川柳の荒野」を読む…平成14年1月「月刊 川柳大学」第73号
佐藤岳俊句評…(1)～(4)平成22年「川柳人」893号～平成23年「川柳人」894号
蒸気機関車の窓から…平成14年12月「青森近代美術館」

◇参考文献

的川泰宣著「宇宙の謎を楽しむ本」PHP文庫
佐藤勝彦著「宇宙はわれわれの宇宙だけではなかった」PHP研究所
前田利夫著「いのちの起源への旅137億年」新日本出版社
須川力著「星の世界」(株)そしえて
斎藤文一著「銀河系と宮沢賢治」国文社
日本詩人全集「宮沢賢治」新潮社
松本清張著「実感的人生論」中央文庫
松本清張著「昭和史発掘」文藝春秋
太宰治「人間失格」他　新潮文庫
NHK知る楽こだわり人物伝「松本清張・太宰治」
藤井康栄著「松本清張の残像」文春文庫
石上玄一郎著「悪魔の道程」冬樹社
「岩手民説伝説辞典」岩手出版
百瀬明治著「開祖物語」タチバナ教養文庫
佐藤秀昭著「織田秀雄作品集」青磁社
一叩人編「鶴彬全集」たいまつ社
白石幸男著「朝太郎断片」川柳はつかり吟社
「川柳マガジン年鑑」'07～'10・「川柳マガジン」平成23年9月号
佐藤岳俊著「縄文の土偶」青磁社
「秋山清著作集」第一巻～第十一巻・別巻　ぱる出版
日本詩人全集「金子光晴」新潮社
岡田一杜・山田文子著「川柳人(鬼才)鶴彬の生涯」機関紙出版
深井一郎著「反戦川柳作家　鶴彬」機関紙出版
山口敏太郎著「怨霊と呪いの日本史」夢文庫
「麻生路郎読本」川柳塔社
「時実新子全句集1955～1998」大巧社
「詳説・世界史研究」山川出版社
日本詩人全集「石川啄木」新潮社
赤松ますみ著「赤松ますみ集」邑書林
細川不凍著「北の相貌」
尾藤三柳著「川柳の基礎知識」雄山閣

【著者略歴】

佐藤岳俊（さとう・がくしゅん）

1945年、岩手県奥州市生まれ。1964年、岩手県立水沢高校卒。白石朝太郎に師事。第5回川上三太郎賞。川柳研究年度賞。河北文学賞。第8回大雄賞。柳都賞。第9回及び第10回川柳Z賞準賞。岩手県川柳連盟理事長。日本現代詩歌文学館理事。(社)全日本川柳協会理事。「川柳人」801号より編集・発行人。
一級土木施工管理技士。
著書に詩集「酸性土壌」、評論集「縄文の土偶」「現代川柳の原風景」「現代川柳の荒野」「川柳作家全集　佐藤岳俊」。

現住所：〒023-0402　岩手県奥州市胆沢区小山字斎藤104-1
TEL & FAX 0197-47-1071

現代川柳の宇宙

○

2011年11月1日　初版発行

著　者
佐　藤　岳　俊

発行人
松　岡　恭　子

発行所
新　葉　館　出　版
大阪市東成区玉津1丁目9-16 4F　〒537-0023
TEL06-4259-3777　FAX06-4259-3888
http://shinyokan.ne.jp/

印刷所
BAKU WORKS

○

定価はカバーに表示してあります。

ISBN978-4-86044-444-0